LOUANGES

« J'avais prévu de me coucher tôt, mais impossible de poser
ce livre avant de l'avoir terminé vers 3 heures du matin.
Comme ses autres romans, les personnages sont fascinants et
l'intrigue réussie, proche de la vie réelle. Ma
recommandation : foncez lire tous les livres de Tammy L
Grace. »
— *Carolyn, à propos de Beach Haven*

« Ce livre est une belle romance simple dont l'histoire de
fond ressemble beaucoup à celles de Debbie Macomber.
Alors si vous aimez ses livres, vous aimerez celui-ci. Un
roman où se côtoient chiens, plaisirs de vacances et joie de
donner, qui vous réchauffera le cœur. »
— *Lecteur anonyme, à propos de A Season for Hope: A Christmas
Novella*

« Ce livre était aussi féérique que les autres. Face à
l'adversité, l'amour d'un groupe d'amis. Je recommande cette

série incontournable. J'ai adoré chaque chapitre de ce roman.
Une nouvelle auteure fabuleuse. »
— *Maggie! à propos de Pieces of Home: A Hometown Harbor Novel
(Tome 4)*

« Tammy est une auteure extraordinaire. Elle me rappelle
beaucoup Debbie Macomber... Un roman agréable,
réconfortant... et réaliste. »
— *Plee, à propos de A Promise of Home: A Hometown Harbor
Novel (Tome 3)*

« Un roman divertissant et apaisant. Tammy Grace a une
façon simple et convaincante d'entraîner le lecteur dans la
vie de ses personnages. Ce fut un plaisir de lire une histoire
qui ne compte pas sur des drames, des événements irréalistes
ou des scènes de sexe torrides pour remplir les pages. Ses
personnages et son intrigue suffisent à retenir l'intérêt du
lecteur. »
— *MrsQ125, à propos de Finding Home: A Hometown Harbor
Novel (Tome 1)*

« C'est une histoire très bien écrite qui évoque la perte d'un
être cher, le deuil, le pardon et la guérison. Je crois que tout
le monde peut s'identifier aux situations et aux sentiments de
cet ouvrage. C'est une lecture qui vous accompagnera
longtemps, même une fois terminée. »
— *Cassidy Hop, à propos de Finally Home: A Hometown Harbor
Novel (Tome 5)*

« Mélodie mortelle est un roman policier bien écrit et bien
ficelé. Les personnages vifs et hauts en couleur brillent au fur
et à mesure que l'auteure dévoile leurs secrets cachés. Un

roman captivant dont on ne se lasse pas de tourner les pages.
»

— Jason Deas, auteur best-seller de Pushed et Birdsongs

« Je n'ai pas pu lâcher ce livre ! C'est soigneusement écrit et bourré de suspense ! Une histoire 5 étoiles ! Vivement la suite ! »

—Colleen, à propos de Killer Music (version anglaise)

« Sans conteste, le meilleur livre de cette auteure. L'intrigue est bien ficelée avec une chute inattendue. J'aime essayer d'anticiper la fin. Si j'ai été capable de prédire une partie de l'intrigue, j'étais loin d'imaginer certains détails, rendant la lecture des derniers chapitres très captivante. »

—0001PW, à propos de Deadly Connection

MÉLODIE MORTELLE

MÉLODIE MORTELLE

DÉTECTIVE COOPER HARRINGTON 1

TAMMY L. GRACE

LONE MOUNTAIN PRESS

Mélodie mortelle
de
Tammy L. Grace

Mélodie mortelle est une œuvre de fiction. Les noms, personnages, lieux et incidents sont le fruit de l'imagination de l'auteure ou utilisés de manière fictive. Toute ressemblance avec des événements, des lieux, des entités ou des personnes réelles, vivantes ou décédées, est purement fortuite.

www.tammylgrace.com
Facebook : https://www.facebook.com/tammylgrace.books
Twitter : @TammyLGrace

Publié aux États-Unis par Lone Mountain Press, P.O. Box 5384, Fallon, NV 89407

Couverture conçue par Elizabeth Mackey

Traduit de l'anglais par Ariane Linstrumelle
Édité par Christelle Livoury

Imprimé aux États-Unis d'Amérique

ISBN 9781945591426 (eBook)
ISBN 9781945591440 (paperback)

One Unforgettable Christmas: A Hometown Christmas Novella

Christmas Sisters: Soul Sisters at Cedar Mountain Lodge

Christmas Wishes: Soul Sisters at Cedar Mountain Lodge

SÉRIE GLASS BEACH COTTAGE

Beach Haven

Moonlight Beach

Beach Dreams

SÉRIE DÉTECTIVE COOPER HARRINGTON

Killer Music

Deadly Connection

Dead Wrong

Cold Killer

SÉRIE THE WISHING TREE

The Wishing Tree

Wish Again

Overdue Wishes

SOUS LA PLUME DE CASEY WILSON

A Dog's Hope

A Dog's Chance

Tammy aime communiquer avec ses lecteurs sur les réseaux sociaux et espère vous retrouver sur votre plateforme préférée.

N'oubliez pas de vous inscrire sur sa liste de diffusion pour recevoir une interview exclusive avec les chiens de ses livres, réservée exclusivement aux lecteurs inscrits sur sa liste de diffusion. Suivez ce lien pour vous inscrire : https://wp.me/P9umIy-e.

~Pour mon père ~
Le meilleur détective et le travailleur le plus dédié que je connaisse,
grâce à qui j'ai appris les notions d'intégrité et de moralité

« Le véritable test du caractère d'un homme est ce qu'il fait quand
personne ne regarde »
— John Wooden

CHAPITRE UN

Alors qu'il dormait à poings fermés dans la quiétude de sa luxueuse chambre d'hôtel, un martèlement sonore réveilla en sursaut Grayson Taylor. Désorienté, il se leva le cœur battant et se précipita vers la porte. Après un bref coup d'œil par le judas, il se frotta les yeux et observa de nouveau par la petite ouverture pour étudier plus précisément celui ou celle qui osait venir l'importuner aussi tôt un vendredi. Une fois son visiteur identifié, il retourna sans un bruit dans la chambre à coucher et demanda à Pamela de ne pas en sortir.

L'esprit embrouillé, assailli par une multitude de souvenirs en reconnaissant l'homme en question, il parvint cependant à maîtriser son rythme cardiaque et entrebâilla la porte pour lui parler.

— Andy, quel bon vent t'amène ? chuchota Grayson d'une voix qu'il voulait la plus naturelle possible.

— Celui qui t'annonce quel sacré enfoiré tu es, vociféra le type, furieux.

Grayson scruta le couloir vide de droite à gauche, puis

ouvrit la porte en grand avant de faire signe à Andy d'entrer. Une fois à l'abri des regards, il l'invita à prendre place sur le grand canapé orienté vers l'immense baie vitrée qui surplombait la ligne d'horizon de Nashville.

— Qu'est-ce qui se passe ? Je ne t'ai pas vu depuis des années, bredouilla Grayson.

Ignorant son invitation, Andy se mit à faire les cent pas devant lui.

— D'où ma venue. Abby me tuerait si elle savait que j'étais là, mais j'ai quelque chose à te dire, lâcha-t-il, les poings serrés.

— Abby ? Quel est le rapport avec Abby ? Je n'ai pas vu ta sœur depuis le lycée, s'étonna Gray. Et puis, comment as-tu appris que je me trouvais ici ?

— Gray, les gens normaux comme moi ont aussi des amis, tu sais. Et il se trouve que j'en ai même un qui travaille dans cet hôtel pompeux et qui m'a informé de ta présence ici. Pas très surprenant vu ton statut ! s'écria Andy ironiquement.

— Qu'est-ce que tu veux au juste ? Et parle moins fort s'il te plaît. Tu vas réveiller tout l'hôtel.

— Arrête de me dire ce que je dois faire, postillonna Andy. Tu t'es toujours cru meilleur que nous. J'en ai marre de voir Abby ramer alors que tu mènes la grande vie et t'enrichis sans te préoccuper un seul instant des autres.

— Où veux-tu en venir, Andy ? s'impatienta Grayson.

— Abby a deux boulots pour subvenir à ses besoins et à ceux de ton fils, mais ça, tu n'en as rien à secouer.

— Bon sang, mais de quoi parles-tu ? Tu as bu ?

— Non, absolument pas, espèce d'enflure, le fustigea Andy. Le jour où Abby est tombée enceinte de toi à dix-sept ans, ça te parle ? Et que la seule façon que tu aies trouvée pour tasser l'affaire a été de lui donner de l'argent pour qu'elle avorte ? Ça te dit quelque chose, Gray ?

— Oui, je m'en souviens et je n'en suis pas fier, murmura le concerné, le visage pâle comme un linge.

— Eh bien, contrairement à toi, Abby n'a pas souhaité donner la mort à cet enfant sous prétexte qu'il était gênant. Notre famille a travaillé dur ces dix-sept dernières années, pour les aider, elle et son fils. Et vu qu'il compte aller à l'université après le lycée, Abby doit travailler d'arrache-pied pour espérer financer ses études, poursuivit Andy d'un ton amer. Elle bosse dans une école le jour et dans une pizzeria le soir. Ils vivent tous les deux dans un misérable appartement près de l'aéroport. J'en ai ras-le-bol de la voir trimer et de savoir que tu t'en balances.

Anéanti par la nouvelle, Gray sentit ses jambes se dérober sous son poids et se laissa tomber sur le canapé.

— Andy, parvint-il à articuler, il faut que tu me croies, je n'en avais aucune idée. J'ai toujours regretté ce qui était arrivé à Abby et au bébé, mais elle m'avait bien fait comprendre qu'elle ne voulait plus jamais me revoir. Donc j'ai pris mes distances.

— Oh, ça, tu peux être certain qu'elle ne souhaite toujours pas te revoir. Mais je ne trouve pas ça juste pour Taylor. C'est un brave gamin. Il est intelligent et bien élevé. Il ne mérite pas une vie comme la sienne.

— Taylor ? Elle l'a appelé Taylor ?

— Oui, et il te ressemble comme deux gouttes d'eau, dit-il avec dédain. Alors, débrouille-toi pour trouver un moyen de l'aider. Abby est trop fière pour te demander quoi que ce soit. Mais comme je le disais, Taylor mérite mieux.

Il marqua une pause, puis ajouta d'une voix plus calme :

— J'imagine que tu seras à la soirée de Silverwood demain ?

— Oui. Toutes les maisons de disque y seront. C'est l'une des raisons principales de ma venue à Nashville. Pourquoi ?

— Eh bien, Taylor travaille là-bas cet été, donc tu le verras à l'événement. Peut-être que tu te décideras enfin à assumer tes responsabilités. Fais-moi signe si c'est le cas, conclut Andy en lui jetant une carte de visite alors que des coups retentirent de nouveau à la porte.

— Monsieur Taylor, police de Nashville. Ouvrez la porte s'il vous plaît, fit une voix forte.

Incrédules, ils échangèrent un regard, puis Gray se leva rapidement et se dirigea vers la porte, Andy sur ses talons.

— Monsieur l'agent ? demanda-t-il en ouvrant la porte.

— Des nuisances sonores ont été rapportées à votre étage, Monsieur Taylor. Il y a un problème ?

— Désolé. On s'est emportés, rien de grave. Tout va bien, dit-il en donnant une tape amicale dans le dos d'Andy.

L'agent de police se tourna vers Andy.

— Et vous, Monsieur ?

— Oui, Monsieur l'agent, veuillez nous excuser pour le désagrément. Gray, on se parle plus tard, je suis en retard au travail, déclara-t-il précipitamment.

— Vous êtes vraiment certain qu'il n'y a aucun problème, Monsieur Taylor ?

— Certain. Tout est sous contrôle. Désolé encore d'avoir dérangé les clients de l'hôtel et que vous vous soyez déplacés pour rien, assura Gray tout en récupérant une carte de visite sur la table basse avant de la tendre à Andy.

Les deux policiers prirent les coordonnées d'Andy et le laissèrent ensuite partir.

Dès l'instant où Gray se retrouva seul avec eux, une femme en peignoir apparut sur le seuil de la chambre.

— Gray, que se passe-t-il ?

— Tout va bien, répondit l'un des deux policiers à sa place. On en a pour une minute et on vous laisse.

Alors qu'elle retournait dans la chambre, Gray sentit le

regard interrogateur de la police quant à la présence de la jeune femme et leur expliqua d'un air embarrassé qu'elle travaillait comme secrétaire pour le bureau de sa maison de disque, Global Records, à Nashville, tandis qu'il dirigeait l'entité de Los Angeles. Il était venu ici ce week-end pour assister à plusieurs réunions et soirées. Pamela l'avait accompagné pour finaliser quelques dossiers en cours.

Une fois qu'il eut donné à contrecœur les coordonnées de la jeune femme et les siennes, les policiers lui souhaitèrent une bonne journée et prirent congé non sans échanger un petit sourire narquois.

— Je te parie ce que tu veux qu'ils ne bossaient pas sur des « dossiers en cours », ricana l'un des deux policiers une fois dans l'ascenseur. Il nous a vraiment pris pour des abrutis.

Arrivés à l'accueil, les deux policiers firent un bref compte rendu au responsable de l'hôtel, le rassurant que tout allait bien, et quittèrent l'établissement.

Gray referma la porte et se laissa tomber dans le canapé, le visage dans les mains. Il avait un fils. Il n'en revenait pas qu'Abby ne l'ait jamais informé de son existence ou du moins, tenté de le contacter. Comment allait-il pouvoir expliquer la situation à sa femme Emily ? Sans parler du fait qu'il allait devoir mettre un terme à sa relation avec Pamela. Gray savait pertinemment que les agents n'avaient pas cru un seul mot de son histoire de « dossiers en cours ». C'était dire à quel point il était tombé bas.

Non seulement il était prêt à compromettre les valeurs inculquées par ses parents en adoptant toutes sortes de stratagèmes pour profiter d'artistes débutants, mais il était également tombé dans le piège de l'adultère. Comment avait-il pu autant déshonorer ses racines ? L'année dernière, il était même parvenu à se convaincre qu'une liaison en voyage d'affaires n'était pas un drame en soi vu que son mariage avec Emily ne respirait pas le bonheur. Et puis, il appréciait les moments passés avec Pamela. Il se sentait spécial et important avec elle. Ses parents auraient tellement honte s'ils savaient ce que sa vie était devenue.

Son infidélité n'était pas juste pour Emily ou leur fille Hannah. Après un regard rapide vers la pendule, il se résolut à annoncer à Pamela que tout était fini entre eux. À bien y penser, Gray et son amante ne se voyaient qu'à Nashville, soit toutes les six semaines, un rythme qui lui convenait et qui ne laissait de place qu'aux plaisirs charnels. De plus, ils ne faisaient jamais rien ensemble à l'extérieur par peur d'être surpris. Rien qui ne puisse vraiment la combler sur le long terme, pensa-t-il tout en espérant qu'elle ne lui en tiendrait pas rigueur.

Prenant son courage à deux mains, il se rendit dans la chambre à coucher où Pamela était déjà habillée et occupée à rassembler ses affaires.

— Je dois partir travailler.

— Avant que tu y ailles, il faut que je te parle, dit-il doucement en lui montrant le canapé.

Ne lui laissant pas le temps de se préparer à ce qu'il s'apprêtait à lui dire, il enchaîna.

— Je crois qu'il vaudrait mieux que l'on arrête de se voir. Ce n'est juste ni pour toi ni pour ma femme.

Elle laissa échapper un petit cri de surprise et fondit en larmes.

— Je ne comprends pas, Gray. Tout allait bien hier soir, hoqueta Pamela, le nez dans un mouchoir. Cet homme, que t'a-t-il dit ?

— Il n'a rien à voir avec tout ça. Ça ne peut plus durer entre nous, c'est tout. Tu dois rencontrer quelqu'un de sérieux. Moi, je suis marié et j'ai une famille. On ne peut pas continuer comme ça. Je suis désolé, je n'ai pas envie de te blesser, mais je préfère être honnête. Il vaut mieux qu'on arrête de se voir, répondit Gray en lui caressant doucement la main.

— Je ne suis pas une vulgaire chose que tu peux utiliser, puis jeter comme bon te semble, s'écria-t-elle en retirant aussitôt sa main. Ça ne marche pas comme ça !

— Je suis désolé, Pamela. C'est fini.

— Je n'en reviens pas que tu oses me traiter de la sorte, espèce de pourriture. Ne crois pas en avoir fini avec moi. Tu vas le regretter, explosa-t-elle, hors d'elle.

Elle saisit son sac à main d'un geste brusque et se précipita hors de la chambre, de longues traces de mascara noir ruisselant sur son visage.

Incapable de bouger, Gray entendit le bruit de ses talons parcourir la pièce principale de la suite, et quelques secondes plus tard, le lourd claquement de la porte résonner. Avant même qu'il ne puisse décider quoi faire ensuite, la sonnerie de son portable retentit. Sur l'écran de son téléphone s'afficha le numéro de la maison des parents d'Emily dans le Kentucky.

Il prit une profonde inspiration et décrocha.

— Bonjour ma chérie, ça va ?

— Pas vraiment. La nuit a été difficile pour papa. Je doute qu'il s'en sorte…

Sa voix se cassa.

— Je suis désolé, ma puce. J'ai encore quelques dossiers à boucler, mais je peux faire en sorte d'être là dimanche matin.

— J'aimerais bien, oui. J'essaie de rester optimiste pour ma mère, mais en toute franchise, je ne pense pas qu'il ira mieux.

— Et Hannah, ça va ?

— Ça va. Elle s'occupe l'esprit en restant auprès des

chevaux. Elle n'est pas allée à l'hôpital. Je préfère qu'elle ne voie pas son grand-père dans cet état.

— Je devais déjeuner avec mes parents dimanche, mais je leur expliquerai. Bowling Green est seulement à une petite heure d'où je suis. Je pourrais y être dès la première heure dimanche. On va trouver une solution. Embrasse Hannah pour moi. À plus tard. Je t'aime.

Alors qu'il raccrochait, Gray sut qu'il avait commis une terrible erreur en entretenant une liaison avec Pamela. Le front plissé, il songea à son fils caché et scruta nerveusement le tapis sous ses pieds dans l'espoir d'y trouver des réponses. Qu'allait-il bien pouvoir faire ?

Andy avait raison, il devait aider Taylor. Il lança un regard distrait vers l'horloge et constata qu'il était déjà neuf heures passées.

Dans un effort surhumain, il se força à prendre une douche et à se raser. Il commença à élaborer un plan tout en se regardant dans le miroir. Il avait rendez-vous à quatorze heures avec le PDG de Global Records, Mel Lewis, et rien que l'idée de lui annoncer sa démission pour lancer son propre label indépendant lui tordait l'estomac. Évidemment, Mel allait être furieux, mais Gray n'avait qu'une seule hâte : quitter cet univers impitoyable qui n'avait fait que détruire sa vie ces derniers temps.

Après avoir grignoté rapidement un morceau de toast sec de la veille et s'être habillé d'un costume propre, il se versa une tasse de café et composa le numéro d'Andy, désireux de savoir où vivaient Taylor et Abby. Méfiant, le frère de cette dernière ne manqua pas de lui rappeler de ne pas tenter d'entrer en contact avec sa sœur. Chose que Gray promit tout en lui disant qu'il souhaitait conduire jusque chez eux pour voir comment leur être utile. Andy lui annonça alors que sa sœur et son neveu vivaient dans une résidence sur

Glastonbury Road, près de l'aéroport. Gray griffonna l'adresse sur un bout de papier et appela aussitôt un taxi.

Une vingtaine de minutes plus tard, il prit place dans le véhicule et indiqua au chauffeur sa destination. Cette situation délicate lui pesait. D'un côté, il était très enthousiaste à l'idée de voir Taylor demain soir, et d'un autre, il était terrorisé. Il se détestait de faire une telle chose à Emily, surtout en ce moment. Suite aux problèmes de santé de son père, elle avait pris quelques jours de congé pour rester à son chevet et n'avait certainement pas besoin d'endurer une énième difficulté. Apprendre qu'il avait un fils l'anéantirait à coup sûr. Malgré le fait que leur mariage loin d'être parfait, Gray aimait Emily. Il ne parvenait pas à comprendre ce qui l'avait poussé dans les bras de Pamela. Bien entendu, il ne se voyait pas l'annoncer à sa femme maintenant en plus du reste.

Le chauffeur le coupa dans ses réflexions en lui annonçant qu'ils étaient arrivés alors qu'il s'arrêtait devant une résidence à l'aspect propre mais vétuste. L'imaginer vivre dans ces conditions et travailler jour et nuit sans relâche fut le coup de poignard qui acheva Gray. Il l'aurait aidée, évidemment, s'il avait su. Autour de lui, des fast-foods, des murs criblés de graffitis et une foule concentrée près des arrêts de bus ne firent qu'exacerber son sentiment de honte et de culpabilité.

Emily et lui vivaient dans une belle demeure au bord de la plage à Malibu. Hannah fréquentait une école privée, possédait son propre cheval, suivait des cours particuliers au gré de ses envies et, par-dessus tout, ne manquait de rien. Sa fortune s'estimait à des millions de dollars et il ne refusait jamais rien à Emily ou Hannah. Ils menaient tous les trois une vie plus que confortable. Bien loin de la misère dans laquelle vivaient Andy ou Abby.

Déterminé à les aider coûte que coûte, Gray se creusa la tête pour trouver une idée lumineuse. Peut-être pourrait-il lui transmettre une bourse d'études anonyme si Abby ne souhaitait pas que Taylor fasse sa connaissance. Avant toute chose, il devait prendre des dispositions. Il demanda au chauffeur de faire demi-tour et de retourner en ville. Il appela son avocat en chemin.

— Salut, Steve, désolé de te déranger. Je suis à Nashville pour le boulot et je viens d'apprendre une sacrée nouvelle. Apparemment, je serais le père d'un petit Taylor Nelson. Une vieille histoire qui remonte à l'époque du lycée, énonça-t-il d'une traite. Bref, j'aimerais que tu envisages les différentes options qui s'offrent à moi pour subvenir à ses besoins, par exemple, avec une bourse pour qu'il puisse aller à l'université. Je souhaiterais également l'inclure dans mon testament. On regardera tout ça de plus près à mon retour.

Il marqua une courte pause.

— Ah, et Steve, je n'ai encore rien dit à Emily. Je lui en parlerai dans les prochains jours. Je t'envoie les détails par message. On en discute la semaine prochaine. À plus tard.

Il envoya un texto à Steve aussitôt après avoir raccroché. Gray lui demanda de créer une bourse d'études anonyme, d'y transférer un montant de 400 000 $, puis lui transmit également les coordonnées d'Abby. Il reçut la confirmation de son avocat quelques minutes plus tard. Il s'adossa contre le fond de son siège et poussa un soupir de soulagement. Un premier pas vers la rédemption. Le premier d'une longue liste, il l'espérait.

Alors qu'il sentit sa nervosité le quitter progressivement, il décida d'aller déjeuner avant son rendez-vous. Loin de lui l'envie d'agacer Mel. Gray était reconnaissant de tout ce qu'il avait fait pour lui. Cependant, il ne pouvait pas continuer de justifier ses actions pour le bien de l'entreprise et de son compte en banque. Tout ce qui comptait à ses yeux était d'être un meilleur exemple pour Hannah et désormais Taylor.

Il avait une réservation dans la soirée au Bluebird Café et attendait avec impatience de découvrir de nouveaux artistes qu'il envisageait d'engager sous son propre label. Avec un peu de chance, la journée se terminerait mieux qu'elle n'avait commencé.

CHAPITRE DEUX

omme le voulait la tradition, Cooper petit-déjeunait depuis vingt ans avec Ben Mason, son meilleur ami rencontré sur les bancs de la Vanderbilt Law School et accessoirement inspecteur général de Nashville. Ce vendredi matin n'échappait pas à la règle. Malgré leur allure très différente, l'un petit, trapu et dégarni, l'autre grand, dégingandé, les cheveux denses et sombres, ils étaient plus complices que jamais.

Tandis que Myrtle, la serveuse de Peg's Pancakes, lui servait son habituel café noir, Cooper jeta un bref coup d'œil à sa montre sans prêter attention au brouhaha des clients affamés venus de bonne heure. Le détective ne se lassait ni de la délicieuse odeur de sirop d'érable qui embaumait la salle ni de l'éternelle cacophonie de couverts.

Il attrapa le sucrier, puis remua distraitement sa cuillère dans sa deuxième tasse de café de ce matin. Ben arriva à cet instant et se glissa sur la banquette en vinyle en face de lui.

— Comment va mon duo préféré en cette matinée

étouffante ? demanda Myrtle guillerette en servant à Ben une tasse fumante du breuvage noir.

— Salut Myrtle, comment vas-tu ? demanda poliment Ben.

Elle lança un regard vers la porte d'entrée où une nouvelle vague de clients fit son apparition.

— Surmenée. Qu'est-ce que je vous sers aujourd'hui ? Comme d'habitude ?

— Oui, parfait.

— Parfait, répéta Ben.

— C'est comme si c'était fait, fit la serveuse sans perdre une once de sa bonne humeur.

Elle ravitailla une énième fois la tasse de Coop et fila en cuisine.

— Alors, comment s'est passée ta semaine ? commença Coop.

— Pas trop mal. Principalement des cambriolages. Avec un peu de chance, on est sur une bonne piste et l'affaire sera résolue aujourd'hui. Et toi ?

— On s'occupe comme on peut. Je finis un dossier pour une société cliente sur des vérifications d'antécédents et des polygraphes. Pas trépidante pour un sou la vie de détective privé cette semaine, concéda Coop.

Un délicieux fumet chatouilla leurs narines alors que Myrtle déposait deux énormes assiettes de pancakes chauds accompagnés de bacon et d'œufs brouillés.

— Bon appétit ! s'exclama-t-elle en leur laissant l'addition ainsi qu'une boîte à emporter.

— J'ai une soirée guindée avec Shelby demain, annonça Coop en entamant sa pile de pancakes. Elle a obtenu des places grâce à son travail pour découvrir les nouveaux talents émergents de la musique country. Autrement dit, pas le choix que de s'habiller sur son trente-et-un et de passer la soirée à écouter une bande d'imposteurs.

— Je suis désolé pour toi, mon vieux. Avec Jen, on va au match des Sounds demain soir. Les garçons sont partis camper avec des amis pour le week-end. Je voulais te proposer de te joindre à nous.

— Merde. Je préférerais largement assister à un match de baseball qu'aller à une soirée bobo. Mais j'ai promis à Shelby que je l'accompagnerai. Elle est surexcitée. En plus, Beau Branson, ce nouveau chanteur dont elles sont toutes fans, est censé venir. Elle ne fait qu'en parler, fit Coop en levant les yeux au ciel.

— Une prochaine fois. Donc cette Shelby…, enchaîna Ben sans transition, c'est du sérieux ou un simple passe-temps ?

Coop haussa les épaules.

— Elle est sympa et mignonne, mais on n'a pas grand-chose en commun. Ce ne sera que notre deuxième rendez-vous ensemble, ajouta Coop comme pour se justifier. À croire que je n'arrive pas à trouver la femme qu'il me faut.

Il s'interrompit pour prendre une bouchée, puis reprit.

— Tu as eu de la chance de rencontrer Jen.

Installés près d'eux, deux agents en uniforme prenaient leur repas en même temps qu'eux. Quelques minutes plus tard, ils se levèrent précipitamment et lancèrent quelques billets sur la table. L'un des policiers aperçut Ben avant de partir et s'approcha.

— Bonjour, chef. Une urgence, on doit y aller. Des nuisances sonores ont été rapportées dans l'une des suites de l'hôtel Loews.

— Soyez prudents, prévint Ben qui détestait les troubles de voisinage.

La situation pouvait dégénérer et devenir incontrôlable à tout moment pour les agents sur place.

Repus, les deux amis finirent leur petit-déjeuner et laissèrent un généreux pourboire à Myrtle. Alors que Coop se levait, Ben remarqua son t-shirt au slogan osé « Je préfère être MALIN plutôt que CRÉTIN ».

— C'est un nouveau t-shirt ? Je ne me souvenais pas de celui-là, s'esclaffa Ben.

— Ça me touche que tu t'en sois aperçu. Je l'ai reçu hier, fit-il fièrement. Il complète à merveille ma grande collection.

Tandis qu'ils regagnaient leur véhicule respectif, l'atmosphère accablante du mois de juin les enveloppa instantanément tel un épais manteau détrempé. Gus, le fidèle golden retriever du détective, sortit la tête par la fenêtre de la Jeep garée sous une canopée de hêtres et aboya joyeusement en voyant revenir son maître. Ben se dirigea vers sa voiture après une tape affectueuse sur l'épaule de son ami.

— À vendredi prochain. Amuse-toi bien à ta soirée demain, dit-il, hilare.

— Ne m'en parle pas. Tu penseras à moi quand tu seras au match en train de boire une bonne bière. Je t'envie vraiment, tu sais.

Coop lui fit un signe de la main et grimpa dans son 4x4 vintage vert métallisé.

Un kilomètre plus loin, alors qu'il se stationnait à l'arrière de la maison rénovée de trois étages qui servait de local à son bureau, Harrington and Associates, Coop remarqua l'état de la pelouse en friche. Il ne manquerait pas de rappeler à Annabelle d'appeler le gamin censé l'entretenir régulièrement. À peine libéré, Gus sortit en trombe et attendit son maître près de la porte arrière du bâtiment, impatient de retrouver l'air conditionné des bureaux.

L'arôme accueillant du café les accueillit, preuve qu'Annabelle, son assistante, était déjà au travail depuis belle lurette.

— Bonjour, Annab', c'est nous, cria Coop.

— Salut, Coop, répondit-elle de sa voix douce depuis l'entrée.

Au son de cette voix familière, Gus détala comme à son habitude à travers la pièce pour lui faire la fête.

— Hé, comment va mon petit chien-chien préféré ? rit Annabelle en se baissant pour lui grattouiller la tête.

Dès la seconde où elle interrompit ses caresses, Gus, satisfait cette petite attention de bon matin, fonça, la langue pendante, vers sa fontaine à eau pour y vider la moitié de son contenu.

Coop, une tasse de café fumante à la main, arriva d'un pas tranquille dans la pièce principale où se tenait le grand bureau de style ancien de son assistante.

— Pourrais-tu passer un coup de fil au môme qui tond la pelouse ? Ce n'est pas beau à voir, dit Cooper en posant la boîte en carton de Peg's Pancakes sur son bureau.

— Bien sûr. Je termine juste d'abord les rapports d'expert que tu m'as demandés. J'aimerais que tu puisses les rendre aujourd'hui. Je l'appellerai dès que je les aurai bouclés. Comment va Ben ?

— Au top de sa forme. Ce veinard va même voir un match de baseball demain, répondit-il de façon laconique non sans une pointe de sarcasme.

— Oh. Mais toi aussi tu vas bien t'amuser à cette soirée, fit-elle en découvrant ses pancakes recouverts de pêches et de crème chantilly. Miam, merci !

— Je sais, je dois me montrer plus optimiste envers Shelby, concéda Coop. À présent, je sais ce qu'oncle John devait ressentir lorsque tante Camille l'emmenait à toutes ces soirées caritatives. Elle est tout autant passionnée par ces événements. Moi, ce n'est pas mon truc.

— C'est vrai. Camille y a consacré toute sa vie. Elle ne jurait que par ces soirées. Quel ange.

Une fois réhydraté, Gus s'affala aux pieds d'Annabelle, appréciant l'air frais de l'aération sur son pelage.

— Espèce de traître, maugréa Coop en prenant la direction de son bureau.

Comme presque tout le reste du local, son espace de travail arborait de vastes murs en brique et un sol brillant en bois de chêne. Une somptueuse cheminée dominait la pièce, et l'ajout d'un canapé et de fauteuils rendait l'ensemble encore plus chaleureux. En face se tenait un large bureau, une table de conférence, ainsi que plusieurs chaises en cuir, dont une sur laquelle Gus avait jeté son dévolu depuis la nuit des temps. Il émanait de la pièce une irréfutable présence masculine, à commencer par le bois sombre et la tapisserie vert forêt qui ornait le sol et les murs. Depuis le décès de son oncle l'année dernière, ce bureau qui lui appartenait autrefois était devenu le sien.

Issu de la classe moyenne, Coop avait grandi dans une partie rurale de l'état du Nevada et connu une enfance tranquille, entouré de ses parents et de son frère. Lorsqu'il avait choisi de poursuivre ses études à Vanderbilt, John, le frère de son père, et sa femme Camille, avaient tous les deux insisté pour qu'il vienne vivre avec eux. Il avait suffi d'un seul trajet à travers le pays pour que Coop passe d'un cadre de vie ordinaire à bourgeois.

Tante Camille, quant à elle, faisait partie de l'histoire de la municipalité de Belle Meade, dans l'état du Tennessee, et descendait de plusieurs générations de familles fortunées.

Jouissant d'un très bel héritage, oncle John et sa tante vivaient dans une belle bâtisse sur Jackson Boulevard sur un domaine couvrant dix ares de forêt, agrémenté d'un terrain de tennis, d'une piscine et d'une pool house. Elle avait grandi entourée de chevaux, et bien qu'elle ne montait plus, elle continuait d'entretenir les écuries qui abritaient plusieurs de ses étalons favoris. Même si tante Camille n'avait jamais eu besoin de travailler, elle occupait son temps libre avec toutes sortes d'activités comme des déjeuners et des goûters entre amis au club de bridge, des réunions ecclésiastiques et des événements caritatifs.

Après avoir pris sa retraite à l'époque où Coop entamait sa quatrième année à l'université, John Harrington, ancien détective privé, avait décidé d'ouvrir son propre cabinet d'investigation sur la 17ᵉ Avenue, proche de Vanderbilt. Quelque temps après, son neveu avait commencé à travailler pour lui pendant l'été, puis avait continué à mi-temps en attendant d'entrer en école de droit. Coop adorait son oncle. Grâce à lui, il s'était découvert une passion pour les enquêtes criminelles.

Au courant de sa deuxième année d'étude, sa mère avait quitté son père pour un homme bien plus jeune et n'était jamais revenue sur sa décision. Depuis, elle papillonnait d'un homme à un autre et n'était jamais parvenue à se poser durablement avec quelqu'un. Le contact peu fréquent qui suivit entre eux ne fit qu'exacerber le manque de communication, à moins, bien sûr, qu'elle n'eût besoin de quelque chose. Ce fut à cette époque que le jeune Cooper vécut ses premiers problèmes de sommeil, complication que la plupart des médecins mirent sur le compte du stress lié aux études et à la séparation de ses parents. Pourtant, des années plus tard, les symptômes ne faiblirent pas et laissèrent même place à des insomnies chroniques.

Malgré tous les efforts de Coop pour le convaincre de déménager au Tennessee, son père resta vivre au Nevada, ne se remaria jamais et à sa connaissance, ne rencontra personne.

Le frère de Cooper, quant à lui, vivait toujours à proximité du domicile familial et l'avait gâté d'une ribambelle de petits-enfants. Une aubaine pour son père qui s'en occupait avec plaisir.

Une fois diplômé, Coop n'avait aucunement eu le souhait de retourner vivre dans son état natal et après avoir brillamment passé le barreau, il préféra continuer à travailler à plein temps pour son oncle et intégra même plusieurs services légaux de l'entreprise.

En guise d'héritage, oncle John avait légué Harrington et Associates à son neveu chéri. Coop avait alors embauché par la suite Annabelle, son amie rencontrée à l'université et également employée par oncle John à ses débuts, ainsi que deux jeunes enquêteurs, Madison et Ross. Ils possédaient tous les deux leur propre bureau situé de part et d'autre de la réception. Comme le faisait habituellement son oncle, Coop prenait toujours en stage un ou deux étudiants en droit. Mais avec la remise de diplôme au mois de mai, leur bureau partagé restait une bonne partie de l'année vide.

Bien qu'Annabelle fît partie des meilleurs de sa promo à Vanderbilt Law School, elle ne montra pas d'intérêt pour passer le barreau et se réjouit de prendre la gestion du cabinet et d'occuper le rôle d'assistante juridique. Ravie de troquer tailleurs et collants contre jeans et sandales, elle appréciait grandement l'atmosphère décontractée du bureau.

Chaque jour, Coop avait hâte de venir travailler et se remémorait sans cesse les bons moments passés avec son oncle à apprendre les méandres du travail d'enquêteur. Sa tante et son oncle n'avaient pas eu d'enfants et considéraient Coop comme leur fils. En réalité, Coop vivait même encore chez eux. Ils avaient tenu à ce que leur neveu reste après ses études. Bien que préoccupé par l'avenir de son père, il avait joyeusement accepté leur proposition tellement il les appréciait. Comblé pour son fils, son père l'avait encouragé à être heureux et lui rendait souvent visite, puis les visites s'étaient espacées avec le temps jusqu'à ne plus se produire du tout.

À présent, Coop avait quarante ans et des poussières et vivait encore avec sa tante. Une situation confortable qui lui convenait parfaitement. Il savait combien sa tante se sentait seule depuis la disparition de son époux. Sans parler du fait qu'ils n'avaient pas eu d'enfants. Dès que l'idée de trouver son propre logement lui effleurait l'esprit, il la chassait en se convainquant qu'il devait rester pour le bien de Camille.

Madison et Ross arrivèrent autour de dix heures. Ils travaillaient main dans la main sur plusieurs cas de divorces, une tâche ingrate qui impliquait de fourrer son nez dans toutes sortes de détails et de faire de la surveillance même la nuit. Alors que Coop tentait tant bien que mal de ranger sa pile de dossiers qui prenait dangereusement la forme de la tour de Pise, il entendit le vrombissement de la tondeuse se déclencher à l'extérieur. Chargée de plusieurs grandes enveloppes prêtes à être livrées, Annabelle apparut et déposa le courrier sur le peu d'espace que le bureau lui offrait, c'est-à-dire entre le téléphone fixe et le bol de M&M's qui traînait depuis des semaines.

— Merci Annab'. Notre jeune délinquant s'est enfin décidé à tondre la pelouse à ce que je vois.

— Oui, Justin m'a dit qu'il avait oublié.

Elle ouvrit l'armoire massive qui se dressait à côté de son bureau et en sortit un polo qu'elle posa sur le téléphone.

— Je savais que je n'aurais pas dû conclure ce genre de marché avec lui, mais je me suis dit que cela lui donnerait de quoi s'occuper plutôt que de passer son temps à faire des âneries.

Toujours prêt à aider son prochain, Coop avait sorti d'affaire Justin en échange de quoi il devait tondre la pelouse et s'occuper de leurs espaces extérieurs tout l'été.

— Je trouve qu'il a l'air plutôt sincère, objecta Annabelle. Il est venu tout de suite après mon coup de fil. Je suis certaine qu'il va assurer.

— Garde tout de même un œil sur lui, fit Coop, sceptique. Je pars en ville déposer les rapports.

Annabelle tapota le polo posé devant elle en guise de rappel.

— Je sais, je sais. Je vais me changer avant de partir.

Son amie insistait pour qu'il s'habille convenablement lorsqu'il rencontrait des clients, exit donc ses t-shirts à logo déplacé. Bien qu'il restait intransigeant sur son souhait de porter des shorts en été, le détective n'avait pas réussi à la convaincre de garder ses tenues excentriques.

— À tout à l'heure, dit-il à voix haute à l'intention d'Annabelle, retournée dans son bureau. Je laisse Gus ici.

Il sortit une minute plus tard, prêt à braver la chaleur étouffante de la ville.

CHAPITRE TROIS

Arrivé devant le portail du jardin botanique de Silverwood, Coop se gara derrière une file indienne de limousines toutes plus belles les unes que les autres. Le parc occupait à lui tout seul une centaine d'ares et renfermait un somptueux manoir en pierre calcaire habité durant des décennies par une famille fortunée de Nashville et désormais transformé en musée d'art. Un lieu apprécié qui accueillait autant des événements distingués que décontractés, comme ce samedi soir.

Une fois que ce fut son tour, Coop roula au pas jusqu'au guichet destiné à récolter les tickets d'entrée.

— Salut Eula Mae, comment vas-tu ? demanda-t-il en lui tendant le sien.

Amie de longue date de tante Camille, la vieille dame arborait comme à son habitude une coiffure tirée à quatre épingles et un rouge à lèvres rose vif.

— À merveille. Comme tu peux le voir avec toutes ces limousines, on attend beaucoup de monde ce soir, répondit-elle les yeux brillants d'excitation. Gare-toi au grand parking et si vous n'avez pas envie de marcher, une navette vous conduira directement au manoir. Amusez-vous bien.

Elle lui adressa un clin d'œil complice tout en réajustant la veste kaki qui portait le logo du lieu.

Coop avança un peu plus loin, puis parvint à se garer sur l'emplacement le plus proche du lieu de réception. Eula Mae disait vrai, le nombre de limousines était tel qu'elles occupaient toute l'allée et serpentaient jusqu'aux places de stationnement.

Le détective sortit de son véhicule et alla ouvrir la portière de Shelby, élégamment vêtue d'une robe à paillettes couleur champagne et d'un châle fin, et chaussée de talons hauts scintillants. Appréciant la brise légère et l'ombre des arbres, ils décidèrent de marcher jusqu'au manoir malgré la chaleur persistante.

— Merci d'être venu ce soir, dit Shelby en lui serrant légèrement la main, je sais que ce genre d'événement n'est pas trop ton truc , mais je suis sûre que tu vas t'amuser. Et puis, cet endroit est tellement beau.

Il haussa les épaules, peu convaincu.

— Tu es très belle. Tu es certaine de réussir à marcher avec ces chaussures ? s'enquit-il en regardant ses talons vertigineux qui dépassait son mètre quatre-vingts de quelques centimètres.

— Et tu es très beau aussi. Tu ne portes toujours que des shorts et des t-shirts extravagants, remarqua Shelby en admirant son costume anthracite, sa chemise de soirée et ses cheveux noirs épais contrastés de gris au niveau des tempes.

Elle trébucha et serra son bras davantage.

— Bon, j'ai parlé un peu trop vite, il faudra peut-être que je prenne la navette au retour, gloussa-t-elle avant de reprendre son sérieux. Je suis un peu nerveuse, personne d'autre de la radio ne vient ce soir. Je risque de ne pas connaître grand monde.

— Ça ira, ne t'inquiète pas. De toute façon, tu es venue essentiellement pour admirer Beau Branson. Est-ce que je me trompe ? la taquina Coop.

— C'est vrai, je suis aux anges, dit-elle en riant. D'ailleurs, on aimerait l'interviewer, j'espère pouvoir lui parler un peu.

Alors qu'ils se rapprochèrent de l'événement, la majestueuse demeure se dressa devant eux. Entouré de parterres de fleurs et éclairé de minuscules guirlandes lumineuses, l'édifice rayonnait dans la pénombre. Subjugués, ils pénétrèrent dans la grande entrée et furent accueillis par un air de musique country. Un employé également vêtu d'une veste kaki leur donna plusieurs jetons à échanger contre des boissons et leur indiqua où se situaient le bar et les différents espaces pour se restaurer. Au grand soulagement de Coop, il s'agissait de petits-fours et d'amuse-bouches servis sur les trois étages du manoir et non d'un dîner au cours duquel il serait forcé de faire la conversation. Au premier étage, une petite scène avait été installée pour recevoir les différents artistes et des places assises étaient disponibles un peu partout dans la maison.

Tandis que Shelby saluait ses homologues d'autres stations de radio, Coop en profita pour aller leur chercher une collation. Puis il prit place dans un coin avec une assiette à partager remplie de mini tacos, de hamburgers et de rouleaux de printemps qu'il attaqua sans attendre. Trop anxieuse pour manger quoi que ce soit, Shelby préféra quant à elle calmer sa nervosité en allant faire la connaissance des autres invités tout juste arrivés.

Alors qu'il entama son troisième mini hamburger, le téléphone de Coop se mit à vibrer. Il le sortit de sa poche et découvrit en souriant un message de Ben accompagné d'une photo du fameux match de baseball, avec en légende « J'aurais aimé que tu sois là, et je parie que toi aussi ! ».

Une fois son repas terminé, il décida d'aller voir de plus près les différentes expositions et de retrouver par la même occasion sa compagne. Il se rendit donc au dernier étage et entreprit de commencer la visite des lieux. Après avoir autant admiré que détesté une série d'œuvres d'art contemporain, il sortit d'une pièce pour découvrir la suivante et tomba sur une conversation animée entre un homme qui semblait important et une femme en robe rose moulante. Le visage meurtri par des larmes et des traces de maquillage, elle semblait dévastée. Ni l'un ni l'autre ne remarquèrent tout de suite la présence de Cooper.

— Ressaisis-toi, Pamela. Tu dois passer à autre chose, fit l'homme en tentant de la rassurer calmement malgré sa gestuelle qui disait tout le contraire.

Tout à coup, le type leva la tête et sursauta quand il découvrit qu'ils n'étaient pas seuls.

— Désolé, fit le détective, je ne fais que passer.

— Pas de problème, j'allais partir, lâcha l'homme en quittant précipitamment la pièce.

— Tout va bien ? demanda Coop à l'attention de la jeune femme alors que son regard se perdit dans son décolleté plongeant.

— Ça ira. Je dois aller aux toilettes, si vous voulez bien m'excuser, fit-elle en serrant sa pochette.

Cooper la regarda traverser la pièce à son tour, droite comme un I, tentant de se redonner un semblant de contenance.

D'après lui, cette scène ressemblait à une querelle de couple, mais pour en avoir le cœur net, il se mit en quête de retrouver Shelby et de lui demander si elle connaissait le type en question. Il poursuivit sa découverte des lieux, puis retourna au rez-de-chaussée. Une fois en bas, il aperçut Shelby en grande discussion avec un petit groupe de personnes, et alors qu'il s'approchait, Coop reconnut le type de tout à l'heure.

Il posa sa main dans le dos de sa compagne pour lui annoncer son retour. Elle lui présenta alors le groupe avec lequel elle discutait. Vaguement intéressé, Coop attendit que vienne le tour de l'inconnu de se présenter, puis fit mine de s'intéresser au reste de la conversation principalement axée sur la musique. Une fois que leur échange prit fin, Cooper en profita pour demander à Shelby la question qui lui brûlait les lèvres.

— Que sais-tu au sujet de ce Grayson Taylor ?

— Pas grand-chose, à part qu'il est responsable exécutif chez Global Records, une maison de disque en vogue. Il dirige les bureaux de Los Angeles, mais il a débuté, ici, à Nashville. Pourquoi ?

— Je l'ai vu en haut tout à l'heure ; il parlait avec une jeune femme. Elle était en larmes.

— Oh, c'est bizarre. Et qui était cette femme ?

— Je ne sais pas. Je l'ai entendu l'appeler Pamela, répondit-il en scrutant la foule. Je te la montrerai si je la vois. Elle porte une robe rose ultra-courte.

Ils continuèrent à déambuler dans la pièce principale, puis se mirent à la recherche d'une table pour déguster le dessert tout juste servi. À peine furent-ils assis qu'un groupe commença à jouer et le nom de Beau Branson fut annoncé. S'ensuivit alors un tonnerre d'applaudissements assourdissants lorsque le chanteur populaire monta sur scène, tira son chapeau et entama son nouveau tube, « Tennessee Summer ». Sans surprise, le succès fut au rendez-vous. La foule en émoi chanta à l'unisson. Une fois son morceau achevé, les cris et les applaudissements fusèrent de nouveau.

Surexcitée, Shelby l'entraîna à travers la foule pour espérer rencontrer le chanteur en personne et parvint à capter son attention alors que quelqu'un lui tendait un autre verre de whisky.

— Bonjour, M. Branson !

— Tu peux m'appeler Beau, ma belle, répondit-il avec un sourire charmeur.

— Super. Je me présente, je m'appelle Shelby Saunders, et je travaille pour une radio locale de Nashville, l'informa-t-elle en lui tendant une carte de visite. On adorerait vous accueillir dans notre émission. Auriez-vous un peu de temps à nous consacrer durant votre passage ?

— Pour toi, ma chérie, je trouverai le temps.

Il sortit à son tour une carte de sa poche et la tendit à Shelby.

— Tiens, ma carte et mon numéro privé. Appelle-moi et on fixera une date ensemble.

Il lui fit un clin d'œil tout en la scrutant sans gêne de haut en bas.

— P-parfait, balbutia-t-elle, prise de court par son enthousiasme. Génial. Merci beaucoup. J'ai… J'ai adoré votre prestation ce soir !

— Merci, Shelby. À plus tard, ma belle.

Beau l'embrassa sur la joue, puis descendit d'un trait son verre au liquide ambré avant de se tourner vers une nouvelle horde de fans.

Sur son petit nuage, Shelby sautilla joyeusement vers Coop.

— Il m'a dit qu'il viendrait à l'émission ! Je suis trop contente ! Ils ne vont pas en revenir à la radio, exulta Shelby.

Derrière elle, Coop vit le chanteur, un autre verre à la main, occupé à discuter avec un énième groupe de personnes, puis remarqua Pamela dans un autre coin de la pièce.

— Près du groupe avec Beau, lui chuchota-t-il à l'oreille, il y a la femme dont je te parlais tout à l'heure. Tu la connais ?

— Non, son visage ne me dit rien. Je vais voir si je peux me renseigner.

Elle partit aussitôt mener son enquête. Coop, quant à lui, continua en attendant d'observer les différents invités présents dans la salle tout en se délectant d'un autre dessert.

Alors qu'il savourait une délicieuse crème brûlée, son œil de lynx aperçut Grayson Taylor, visiblement contrarié par l'un des types que lui avait présentés Shelby plus tôt, Mel Lewis, le PDG de Global Records.

D'où il se tenait, Coop profitait d'une vue imprenable sur les deux hommes pris dans une conversation des plus houleuses. Décidément, ce Grayson Taylor s'était mis dans de beaux draps ce soir.

— On est loin d'en avoir fini toi et moi, Gray, pesta Mel, le visage écarlate. Tu ne vas pas t'en tirer aussi facilement, crois-moi.

Coop le vit alors sortir en trombe par la porte d'entrée. Gray baissa la tête, ahuri.

De retour à table, Coop glissa à Shelby une truffe au chocolat qu'il lui avait précieusement gardée.

— Viens avec moi, dit-elle, j'aimerais te présenter à certains législateurs.

Le détective laissa sa compagne le guider vers un autre rassemblement organisé au deuxième étage dans l'une des salles d'exposition.

Là-haut, quelques personnes écoutaient parler le sénateur Grant Wagner, l'un des plus anciens législateurs et actuel président de la commission des finances. Visant un titre plus élevé, il s'était lancé dans la course au poste de gouverneur de l'état du Tennessee. Tout sourire, le sénateur donnait autant de poignées de main que de brochures de campagne à qui voulait l'entendre. Arrivé à leur niveau, il serra chaleureusement la main de Shelby et de Coop.

— Je compte sur votre soutien en novembre prochain, déclara l'homme d'une voix profonde.

Il leur présenta son chef de cabinet, Meredith Stevens, qui leur sourit à son tour et leur remit un autocollant ainsi qu'une brochure.

Ils firent ensuite la rencontre de l'actuelle présidente de la Chambre des représentants, Lois Evans. Accompagnée de sa fille, elle prenait le temps de serrer la main de tout le monde et d'écouter avec attention chacun de ses potentiels partisans. Lorsque Shelby lui annonça qu'elle travaillait pour une station de radio locale, la présidente ne manqua pas de lui dire qu'elle l'écoutait quotidiennement sur le chemin du travail. Lorsqu'elle entendit le nom de famille de Coop, elle lui demanda s'il possédait un lien de parenté avec Camille et lui déclara allègrement que sa mère était très amie avec sa tante. Sa personnalité chaleureuse et amicale plut immédiatement à Shelby et à Coop.

Après plusieurs minutes de discussion, un air de musique s'échappa du rez-de-chaussée, leur rappelant qu'un nouveau groupe s'apprêtait à jouer. Ils firent leur adieu et s'éclipsèrent.

Tandis que Shelby profitait du concert, Coop se concentra de nouveau sur son activité favorite : l'observation. Il avait le don de se fondre naturellement dans le décor pour tenter de comprendre les gens et ce que pouvaient cacher leurs histoires. Au fond de lui, il sentait que Pamela n'était pas la femme de Grayson Taylor et sa curiosité le poussait à découvrir la raison derrière ces deux altercations. Pris au jeu, il décida de focaliser son attention sur M. Taylor, personnage principal de sa fiction.

La première chose qu'il remarqua à son sujet fut la façon dont Grayson ne semblait étrangement pas prêter attention aux différents artistes. Il passait le plus clair de son temps à scruter les serveurs et à traîner près des amuse-bouches sans pour autant en prendre un seul. À chaque fois que Pamela se trouvait à proximité, Taylor s'efforçait de l'ignorer en changeant de direction avant de disparaître. Mel, quant à lui, était revenu et se tenait debout près d'un groupe de musiciens, applaudissant à la fin de chaque chanson. D'après sa démarche titubante et son visage rouge, il devait avoir déjà écoulé tous ses jetons de boisson.

Alors que le dernier morceau s'achevait, Coop vit Grayson se diriger à l'étage. Intrigué, il avança nonchalamment près des escaliers, puis le suivit discrètement. Feignant de s'intéresser aux tableaux accrochés au mur, il entra délibérément dans la pièce opposée à celle où était parti Grayson et croisa quelques invités plongés dans une conversation pour savoir quel message caché renfermait chaque œuvre.

Coop traversa plusieurs pièces, puis débarqua dans le couloir et vit à cet instant Grayson se rendre sur la terrasse. En entrant dans la galerie suivante, Coop tomba sur Beau Branson, entouré de plusieurs fans en pâmoison, qui semblait avoir des difficultés à articuler et à marcher tant il était ivre. Pourtant, malgré son état, il tourna la tête juste à temps et vit Grayson sortir sur la terrasse.

———

Soulagé de pouvoir se tenir à l'écart de la foule, Gray avança sur la terrasse plongée dans le silence. Il avait reconnu le jeune Taylor dès l'instant où il l'avait aperçu près des tables de repas. Il avait fait son travail consciencieusement et s'était montré poli et serviable avec les invités tout au long de la soirée. Grand et souriant, il avait même hérité des beaux yeux bleu profond d'Abby.

Alors que Gray s'approchait de la balustrade en pierre, il entendit plusieurs personnes chuchoter près des arbres dans le jardin orné de statues adjacent à la terrasse.

— Et s'ils le découvrent ? fit la voix d'une femme qu'il ne reconnut pas.

— Ça n'arrivera pas. On s'en assurera, lui répondit une voix sévère masculine.

Peu enclin à parler à qui que ce soit, Gray se dirigea vers l'extrémité la plus éloignée de la terrasse et s'adossa contre le rebord en pierre. Il se mit à pianoter sur son téléphone et envoya un message rapide à Emily.

Salut Em'. Je voulais avoir de tes nouvelles. Je vais bientôt partir de la soirée. Il faudra que je te parle demain. J'ai fait des choses dans le passé qui m'obligent aujourd'hui à prendre des dispositions. Je t'expliquerai tout ça. Embrasse Hannah, je t'aime, G.

Soudain, la porte de la terrasse s'ouvrit avec fracas. Il glissa précipitamment le téléphone dans sa poche.

— Grayson Taylor ! Je me disais bien que je t'avais vu passer, s'exclama Beau d'une voix tonitruante.

— Tu as l'air en forme ce soir, Beau.

— N'essaie pas de faire ami-ami avec moi. Comme tu peux le voir, j'ai un sacré succès malgré tes sales petites manigances. Ne crois pas que j'ai oublié la façon dont tu t'es bien foutu de moi, espèce de salaud mythomane, hurla-t-il, le visage à deux centimètres de celui de Gray.

— Et si on discutait de tout ça autour d'un café, un de ces

quatre ? tenta Gray en grimaçant face à son haleine de whisky.

— Je n'ai pas besoin de discuter, enfoiré. Toi, par contre, tu vas bien m'écouter. Tu m'as fait perdre un sacré paquet d'argent et as même ruiné ma carrière en me volant mes morceaux. Tu penses vraiment t'en sortir comme ça ?!

Malgré ses menaces, Gray garda son calme.

— Beau, je sais que tu es furieux, et je ne peux pas t'en vouloir. Je suis désolé si les choses ne se sont pas déroulées comme prévu, mais regarde-toi aujourd'hui, tu…

— Arrête ça tout de suite, Gray, vociféra Beau. Tu t'es bien foutu de ma gueule et tu vas payer pour ça. Je vais t'en faire baver même si c'est la dernière chose que je fais de ma vie.

Sentant la nervosité le gagner, Gray lança un regard vers les portes vitrées et vit une petite foule de curieux agglutinés près de l'entrée.

— Viens, Beau, allons marcher un peu, dit rapidement Gray en lui montrant du doigt l'escalier extérieur qui menait à la grande allée.

— Ne t'avise pas de partir, hurla de plus belle le jeune chanteur en le suivant tant bien que mal.

Ils remontèrent l'allée, la musique country en fond s'estompant progressivement, puis zigzaguèrent entre les limousines étincelantes. Ce n'est qu'une fois que Beau eût crié tout ce qu'il avait sur le cœur, et que Gray eût écouté ses accusations sans rien dire, que la conversation sembla finalement s'apaiser. Préférant discuter quand Beau serait sobre, il se nota dans son agenda numérique de l'appeler lundi sans faute.

Tandis que le chanteur déambulait maladroitement entre les voitures pour retourner faire la fête, Gray glissa son téléphone portable dans la poche de sa veste et prit la direction de l'escalier extérieur pour remonter jusqu'à la terrasse.

Au fond de lui, Gray savait que Global avait arnaqué le jeune artiste dès lors qu'il était venu les voir avec ses compositions. C'était ce genre d'attitude qui l'avait récemment incité à partir après plus de dix ans de bons et loyaux services avec la maison de disque. S'il était resté, c'était essentiellement pour l'argent et pour les promotions. Mais en y repensant, il savait pertinemment à l'époque que Beau n'était pas le seul artiste dont ils avaient profité pour s'en mettre plein les poches. Aujourd'hui, il en avait sa claque de toute cette avidité. Son poste dans l'entreprise le dégoûtait au plus haut point.

Conscient de devoir réparer certains torts, il commencerait par parler à Emily de son fils, Taylor, et de sa volonté de prendre en charge ses études à l'université et au-delà. Dans un second temps, il demanderait à Abby l'autorisation d'avoir un contact avec son fils, mais il se doutait d'emblée que cela prendrait du temps. Il était prêt à attendre le temps qu'il faudrait. Peut-être qu'Andy serait même prêt à l'aider.

Gray espérait qu'Emily lui pardonnerait et comprendrait. Entre l'annonce de son fils caché et son départ de chez Global Records, il appréhendait déjà sa réaction. Il avait déjà tenté par le passé de lui évoquer la création de son propre label, mais elle ne l'avait jamais pris au sérieux. Ils devraient faire quelques ajustements dans leur vie pour y arriver, comme retourner vivre à Nashville près de ses parents chéris. Sur le long terme, Gray savait qu'ils seraient plus heureux ainsi.

L'esprit ailleurs, il se plut à les imaginer amoureux comme au premier jour, entourés d'Hannah et de Taylor, en famille modèle recomposée. Il se mit à sourire, puis se leva pour prendre son téléphone. Au même instant, un bruit grinçant siffla dans les airs. À peine eut-il le temps de se retourner qu'une masse lourde le heurta de plein fouet à la tête et le fit basculer par-dessus la balustrade. Juste après avoir atterri avec un bruit sourd sur le mur de pierre en contrebas, des mains gantées apparurent et saisirent le corps sans vie, puis le firent rouler sous les arbustes fleuris.

CHAPITRE QUATRE

oop fut l'un des premiers à remarquer Beau brailler sur la terrasse. Il avait tout de l'ivrogne bagarreur typique. Par chance, après quelques minutes, la situation sembla se stabiliser. Quand il les vit descendre les escaliers, le détective estima qu'il avait eu sa dose de drames et de paillettes pour ce soir et retourna retrouver Shelby au rez-de-chaussée.

Après une dernière mignardise pour lui, ils prirent ensemble la direction de la sortie, bras dessus, bras dessous. Comme s'il avait attendu ce moment toute la soirée, Coop dénoua sa cravate et déboutonna sa chemise dès qu'ils eurent quitté le manoir. Comblée par sa soirée, Shelby accepta de marcher jusqu'au parking et ne manqua pas de répéter combien elle s'était amusée et à quel point rencontrer tous ses nouveaux artistes impressionnerait à coup sûr son directeur. Une fois arrivés devant la Mercedes de tante Camille, Coop se défit aussitôt de sa veste de costume et la jeta sur le siège arrière ; il pouvait enfin respirer.

Une vingtaine de kilomètres plus loin, Coop déposa

Shelby à son appartement de Green Hills, lui souhaita une bonne nuit puis rentra chez lui. Lorsqu'il arriva à destination, Coop vit de la lumière dans la chambre de sa tante, vraisemblablement encore éveillée malgré l'heure tardive. Une fois à l'intérieur, il se déchaussa, puis gravit les marches de l'escalier. Après quelques coups sur la porte, il l'ouvrit doucement et trouva tante Camille dans son lit en train de lire confortablement, Gus allongé par terre à ses côtés.

— Bonsoir, tante Camille, je viens de rentrer, dit-il en lui souriant.

— Oh, super. Tu t'es bien amusé ?

— C'était une soirée intéressante, et la nourriture était bonne. J'ai vu Eula Mae au guichet au fait, se rappela-t-il en bâillant.

Il caressa affectueusement la tête de Gus, puis ajouta :

— Ah, et on a rencontré Lois Evans, la présidente de la Chambre des représentants. Elle m'a dit que sa mère et toi étiez de bonnes amies.

— C'est exact. Lois est une fille charmante. Elle fait d'ailleurs la fierté de Francene, sa mère. Ça fait des lustres qu'on se connaît. À elles trois, elles forment une famille formidable.

— En effet, Lois m'a semblé tout à fait honnête, admit Coop dans un énième bâillement. Bon, je vais me coucher, je suis lessivé. Bonne nuit.

— Bonne nuit, Coop, fais de beaux rêves, fit Camille de sa voix douce.

Voyant son maître quitter la pièce, Gus se releva, puis trottina derrière lui jusqu'à sa chambre.

———

En dépit du silence, des stores occultants, de l'absence d'appareils électroniques et des nombreuses techniques de relaxation qu'il avait apprises, dormir se révélait toujours être un véritable calvaire. Comme à son habitude, Coop ne s'endormit pas avant trois heures du matin.

Deux heures plus tard, la sonnerie stridente de son téléphone le réveilla en sursaut. D'une main, il le chercha à l'aveuglette pour tenter de couper au plus vite le générique du feuilleton Perry Mason.

Dans un effort surhumain pour identifier son interlocuteur, il décrocha.

— J'espère que tu as une sacrée bonne raison de me réveiller aussi tôt un dimanche matin, grogna Coop d'une voix rocailleuse.

— Suspicion de meurtre, ça te suffit comme raison ? demanda Ben, pince-sans-rire. Que s'est-il passé à la soirée hier ? Je suis en route pour Silverwood. Un cadavre a été découvert.

— Hein ? Qui est mort ?

— Je l'ignore pour le moment. Un jardinier a trouvé ce matin le corps sans vie d'un type dans les buissons, près du manoir. Je me suis dit que comme tu y étais aussi, tu pourrais me filer un coup de main. On se retrouve là-bas ?

— Ça marche, à tout à l'heure, répondit rapidement Coop en se levant d'un coup.

Priant pour que l'eau chaude de la douche lui donne un semblant d'énergie, il partit se laver, puis enfila à la va-vite un jean et un de ses t-shirts au slogan évocateur, « La Bêtise n'est pas un Crime, Tu es Libre de Partir ».

Une fois prêt, il dévala les escaliers et trouva Camille en robe de chambre dans la cuisine en train de se servir une tasse de café.

— Tu es bien matinal ce matin, Coop.

— Je sais. Ben vient de m'appeler. Ils ont découvert un cadavre au jardin botanique. On se retrouve là-bas. Apparemment, ce serait l'un des invités de la soirée d'hier, expliqua Coop. Je laisse Gus ici et je reviens dès que possible.

Il l'embrassa rapidement sur la joue.

— Oh, que c'est excitant ! Ça me rappelle ces fois où John partait enquêter sur un homicide, s'écria Camille, nostalgique. Aucun problème, je m'occupe de Gus. Appelle-moi quand tu en sais plus.

En guise de petit-déjeuner, Coop attrapa une bouteille de thé sucré dans le réfrigérateur et partit en coup de vent. Heureusement, seulement trois kilomètres environ le séparaient de Silverwood. Il serait sur place en un rien de temps.

Sans perdre une seconde, il grimpa dans sa Jeep et prit la direction de Belle Meade Boulevard.

Une dizaine de minutes plus tard, alors qu'il s'approchait du portail, Coop vit à travers les grilles du grand parc la voiture de Ben se diriger vers le manoir. À l'entrée, il fut accueilli cette fois-ci par un jeune agent qui lui demanda son nom et son prénom. Le détective lui répondit qu'il accompagnait l'inspecteur Mason, puis on lui fit signer d'entrer après avoir vérifié et noté son identité.

Plutôt que de se garer sur les places de stationnement comme la veille, Coop remonta jusqu'à l'allée circulaire située devant l'entrée de la bâtisse où il aperçut Ben qui lui adressa un geste rapide de la main.

Concentré, son ami semblait absorbé par la conversation avec les agents arrivés en premier sur la scène du crime. Il hochait frénétiquement la tête tout en prenant des notes sur son calepin. Coop ferma la portière de sa voiture et avança vers lui.

— Bon, eh bien, on a l'identité de notre victime. Grayson

Taylor, vice-président de Global Records. Il dirige les bureaux de Los Angeles, lui annonça Ben.

Coop resta pantois quelques secondes, puis déclara :

— Je l'ai vu hier soir. Il se disputait sur la terrasse avec Beau Branson. Beau était complètement ivre et ne faisait que hurler. Ils sont partis tous les deux par l'escalier extérieur.

— À première vue, M. Taylor serait tombé de là-haut, fit-il en montrant la terrasse qui surplombait l'allée. On aura la confirmation une fois que le médecin légiste aura terminé son travail. Mais ça semble être l'hypothèse la plus probable. Pour le moment, on va s'occuper de contacter ses proches. On aimerait dresser une liste de tous les invités présents. À quelle heure est-ce que tu l'as vu discuter avec Beau ?

— Autour de vingt-deux heures trente, je dirais. On est partis peu de temps après. Il était onze trente quand je suis rentré chez moi, si je me rappelle bien. La liste des invités risque d'être longue, il y avait foule ce soir-là, entre les fans, les artistes, les labels et certains politiciens…

— Sans parler du fait que ce sera une affaire très médiatisée avec autant de personnalités présentes à l'événement. On aura donc le plaisir d'interviewer des artistes, ainsi que des hommes et des femmes politiques, deux de mes espèces préférées, ironisa Ben. Bon, dis-moi tout ce que tu as remarqué d'anormal hier soir.

— Je l'ai vu pour la première fois lorsqu'il parlait avec une jeune femme blonde en robe rose. Elle semblait furieuse et pleurait à chaudes larmes. Il essayait de la consoler comme il pouvait. Taylor l'a laissée plantée là quand ils m'ont vu, se remémora Coop. Elle s'appelle Pamela, mais je ne sais rien d'autre. Shelby devait se renseigner à son sujet, donc elle devrait pouvoir nous éclairer.

Ben l'écouta attentivement et rédigea à la hâte quelques mots dans son carnet.

— Parfait. Ces infos me seront utiles, je vais commencer par là.

— Ah, et j'ai aussi vu la victime parler avec Mel Lewis, le PDG de Global Records. D'après ce que j'ai vu, ils semblaient, eux aussi, se prendre le bec hier soir. Mel était tellement furax qu'il a quitté la soirée, puis il est revenu un peu plus tard pour regarder les autres artistes jouer.

Songeur, Ben semblait reconstituer la scène dans son esprit. Un agent de police l'interrompit dans ses pensées.

— Chef, ils ont uniquement les vidéosurveillances des salles d'exposition et du portail. On va les passer au peigne fin. Et il semblerait que la majorité des invités soient venus en limousine ou en taxi, donc on va chercher aussi du côté des sociétés de location, en fonction de celles que l'on voit sur les caméras et d'autres sources.

— Bon travail, Jimmy, le félicita Ben. Coop était présent aussi hier soir. Il m'a raconté sa version des faits. On verra ce que dit le légiste, mais apparemment, notre victime était encore en vie autour de vingt-deux heures trente. Commencez à étudier la liste complète des invités de près dès qu'on l'a et croisez les informations avec les voitures de location et les heures d'arrivée et de départ. Tant que vous y êtes, profitez-en pour extraire les enregistrements de son téléphone portable et pour détailler ses finances. On va devoir parler à Beau Branson, Mel Lewis, et toute femme qui s'appelle Pamela. Ah, et il nous faut leurs adresses.

— Aucune chance que ce soit un accident ? hasarda Coop.

— Ça reste possible, mais je préfère d'emblée écarter l'idée. Pour tout te dire, on a relevé des marques anormales sur la terrasse. Tout porte à croire qu'il s'est passé quelque chose. Et puis, selon moi, il n'a pas atterri là où on l'a trouvé, estima Ben. Quelqu'un a tenté de cacher le corps sous le feuillage des arbustes. Sans parler de sa tête, qui est dans un sale état, et la présence de taches de sang sur le mur en pierre. L'ensemble est trop… soigné, si je puis dire, pour être un accident.

Il marqua une pause, comme pour mettre de l'ordre dans ses réflexions, puis ajouta :

— Comme on peut le voir, les jardins du parc sont impeccables. Chaque arbuste est scrupuleusement entretenu tous les matins par une équipe de jardiniers. Et, en l'occurrence, ce n'est qu'après avoir creusé la terre que l'un deux a eu la mauvaise surprise de déterrer le cadavre. D'après l'aspect des plates-bandes, il était positionné dans les buissons. Pas d'empreintes, à part celles du jardinier. Donc, soit notre coupable a pris le temps de les recouvrir de terre, soit le jardinier les a piétinées par inadvertance.

— Ben, je viens de me souvenir d'un détail qui peut avoir son importance. Au cours de la soirée, Grayson Taylor semblait focalisé sur le personnel. Il restait constamment près du buffet, prenait de temps à autre une assiette, mais ne mangeait quasiment rien. Je ne suis pas certain de savoir pourquoi, mais son comportement était louche.

Alors que l'inspecteur complétait ses notes, son téléphone émit une vibration. Il décrocha et poursuivit sa rédaction tout en hochant la tête quelques instants, puis raccrocha.

— C'était au sujet d'Emily, l'épouse de la victime. Les bureaux de Los Angeles nous ont informés qu'elle se trouve actuellement dans le coin, à Bowling Green, chez ses parents. Je dois la tenir au courant de la situation au plus vite, et il vaut mieux que je le fasse en personne.

— Courage, je sais à quel point ce n'est pas évident d'annoncer ce genre de nouvelles. Appelle-moi quand tu seras sur le chemin du retour, dit Coop d'une voix compatissante alors que Jimmy, l'agent de police de son équipe, revenait vers eux.

— Désolé de vous déranger encore une fois, chef, mais en entrant les informations de la victime dans notre base de données, il s'avère que Grayson Taylor avait été entendu par la police vendredi matin à l'hôtel Loews pour nuisance sonore. Les agents envoyés sur place ont échangé avec lui et un autre type qui s'appelle…

Il vérifia ses notes un bref instant.

— Andy Nelson. Ils ont tous les deux dit qu'il s'agissait d'un malentendu et ils ont également évoqué une certaine Pamela Hargrove également présente dans la chambre d'hôtel avec M. Taylor.

— Ça m'a tout l'air de correspondre à l'appel reçu vendredi pendant notre petit-déjeuner, intervint Coop.

— Ouaip. On dirait bien, approuva Ben. Parfait, on en sait donc un peu plus sur cette Pamela en robe rose. Je vais passer un coup de fil à Kate et lui demander de m'accompagner voir l'épouse de Grayson. On s'appelle plus tard.

De retour chez lui plus qu'affamé, Coop se prépara un petit-déjeuner digne de ce nom tout en narrant à tante Camille les événements de la matinée. Elle l'écouta, les coudes sur la table, fascinée.

— Si tu veux mon avis, je doute que le coupable soit une femme, remarqua la vieille dame, cela demande beaucoup de force de déplacer un corps sans vie.

— Eh bien, l'enquête est en cours, et avec un inspecteur brillant comme Ben, l'assassin ne risque pas de lui échapper bien longtemps. Il m'appellera une fois qu'il se sera entretenu avec la femme de la victime.

Après avoir discuté longuement, tante Camille lui fit savoir qu'elle irait voir dès que possible son amie Eula Mae ; peut-être qu'elle en saurait davantage sur cette sombre histoire. Reconnaissant de son implication, Coop dût toutefois la prévenir de ne pas trop divulguer d'informations confidentielles, puisque l'équipe de Ben irait très probablement lui parler directement.

Le reste de la matinée se révéla plus reposant pour Coop qui, installé confortablement devant la télévision, finit par s'endormir, la tête de Gus sur ses genoux.

Alors qu'il était plongé dans un rêve sans queue ni tête, la sonnerie de son téléphone le réveilla aux alentours de midi.

— Salut, Ben, alors comment ça s'est passé ? marmonna Coop d'une voix pâteuse.

— Je suis sur la route du retour. Comme tu t'en doutes, son épouse était sous le choc, fit-il tristement. En plus, ils ont une petite fille de neuf ans. Sale histoire… Comme le stipule la procédure, on a dû l'interroger malgré tout sur ce qu'elle faisait la nuit dernière, et surtout vu qu'elle se trouvait à proximité de la scène du crime. Évidemment, elle l'a mal pris et nous a dit qu'elle engagerait quelqu'un d'autre pour enquêter sur la mort de son mari. Il nous a fallu un moment pour la calmer, et puis…

Ben hésita quelques instants.

— J'ai fini par lui donner tes coordonnées, lâcha-t-il, en lui affirmant que tu étais un détective de confiance. Bref, elle va bientôt te contacter. Je voulais te l'annoncer de vive voix.

— Oh, eh bien… Merci d'avoir pensé à moi. Même si je ne suis pas certain de pouvoir faire mieux que toi et ton équipe.

— J'ai essayé de le lui expliquer, mais quand elle a appris que tu étais à la soirée, elle était encore plus intéressée par tes services. Je crois qu'elle a l'habitude d'avoir ce qu'elle veut et d'agir en conséquence, donc il y a des chances qu'elle se montre particulièrement exigeante.

— Entendu, je te tiendrai au courant si elle me contacte.

— Parfait. Je pars voir Beau Branson. À plus tard, Coop.

CHAPITRE CINQ

Lorsque Coop l'appela pour lui apprendre la nouvelle, Shelby répondit d'une voix ensommeillée, signe qu'elle était certainement sortie après qu'il l'ait déposée chez elle la veille. Il ne lui fallut cependant que peu de temps pour se réveiller complètement quand il lui expliqua qu'un meurtre avait été commis au jardin botanique ce soir-là. Horrifiée, elle sentit sa légère gueule de bois disparaître, puis se remémora au même instant qu'elle avait obtenu des renseignements supplémentaires concernant Pamela. D'après les dires, la jeune femme en pleurs travaillait comme secrétaire chez Global Records.

Coop l'informa dans la foulée que la police, connaissant désormais son prénom et son nom de famille, comptait bientôt l'interroger, ainsi que plusieurs autres invités. À peine eut-il raccroché avec Shelby que son téléphone sonna, lui indiquant qu'un transfert d'appel provenait de son numéro professionnel.

— Harrington and Associates, j'écoute.

— Je cherche à joindre Cooper Harrington, fit une voix de femme sans préambule. Je m'appelle Emily Taylor.

— Bonjour, Mme Taylor. Cooper Harrington à l'appareil, vous pouvez m'appeler Coop.

— Vous devez certainement vous douter de la raison de mon appel. J'ai discuté ce matin avec l'inspecteur Mason ; c'est lui qui m'a donné votre numéro. J'aimerais vous engager, déclara-t-elle sans détour. Je veux que vous enquêtiez sur la mort de mon mari.

— Eh bien, je serais ravi de vous aider, Mme Taylor, mais sachez que la police met tout en œuvre à l'heure actuelle pour découvrir l'auteur du crime, et selon toute vraisemblance, y parviendra sous peu.

— C'est ce que l'inspecteur m'a dit. Mais je souhaite avoir quelqu'un sur le terrain. À plein temps, asséna-t-elle. Dites-moi ce dont vous avez besoin. Je veux savoir pourquoi mon mari a été tué.

Aussi perplexe par le ton tranchant de sa voix qu'admiratif de son courage, Coop se massa les tempes un instant, incertain, puis lui annonça ses tarifs. Sans une once d'hésitation, Emily accepta de lui transférer un acompte dès lundi matin. Sur un ton légèrement plus aimable, elle en profita pour lui faire part de ce qu'elle savait au sujet de la venue de Gray à Nashville, et notamment de son message lui révélant qu'il souhaitait lui parler et faire des changements dans sa vie. Avant de raccrocher, elle l'informa qu'elle comptait séjourner à Bowling Green encore toute la semaine prochaine et lui transmit ses coordonnées. En retour, Coop lui promit de la tenir informée de l'avancée de l'affaire et de lui faire parvenir par email le contrat de l'enquête.

Dans un long soupir, le détective prit place derrière son espace de travail tout aussi désordonné que son vrai bureau et prépara le contrat en question. Une fois prêt, il le lui envoya.

Coop compatissait à sa peine, mais selon lui, Emily perdait son argent plus qu'autre chose à faire appel à un détective privé.

Il appela rapidement Ben et lui annonça qu'il travaillait officiellement sur ladite affaire. Son ami lui suggéra de passer à son bureau pour qu'ils puissent regarder ensemble les informations déjà réunies, non sans lui demander de leur acheter à déjeuner à emporter sur le chemin.

Coop siffla sur le pas de la porte, et Gus apparut cinq secondes plus tard, la queue frétillante.

Une fois installé dans sa voiture, il prit la direction d'une enseigne de fast-food située sur la route du commissariat de West Precinct et passa directement au drive pour commander plusieurs sandwichs et boissons. Après quelques minutes de trajet, il se gara et se dirigea jusqu'à l'entrée du poste de police, accompagné de son fidèle compagnon. Une fois à l'accueil, on le conduisit dans une grande pièce aménagée de plusieurs box et d'un énorme tableau blanc. Assis à la table de conférence, Ben lui adressa un signe de la main. Gus se précipita aussitôt vers l'inspecteur qui lui offrit une longue caresse sur la tête, puis appela Kate et Jimmy. Tous les quatre se rassemblèrent autour de la grande table et entamèrent leur déjeuner tardif.

— Merci pour le repas, Coop, dit Jimmy, la bouche pleine tout en donnant un morceau de sandwich à Gus sous la table.

— Avec plaisir. Alors, que dit l'enquête pour le moment ? demanda Coop.

— Regarde derrière toi, répondit Ben avec malice.

Le détective se retourna et découvrit sur le tableau géant une grande frise chronologique qui illustrait l'instant T où le corps de Grayson avait été trouvé et celui où Coop l'avait vu se disputer avec Beau sur la terrasse. Une liste de plusieurs noms accompagnés de photos figurait sur la droite, dont ceux de Pamela Hargrove, Mel Lewis, Beau Branson et Andy Nelson.

— Qui est Andy Nelson ? demanda Coop.

— Le type à l'origine du tapage quand on prenait notre petit-déjeuner, lui rappela Ben. Il travaille dans le bâtiment et a toujours vécu dans les environs. Casier judiciaire vierge. Concernant l'altercation, le rapport indique que M. Taylor n'a signalé aucun problème aux agents sur place, qu'il s'agissait d'un simple malentendu et que la femme présente était bien Pamela.

— J'en étais sûr, triompha Coop. Je savais que ce n'était pas sa femme quand je les ai vus se crêper le chignon.

— J'ai parlé avec Beau, poursuivit Ben. Même s'il ne paraissait pas dévasté, sa réaction semblait réellement sincère quand il a appris le décès de Grayson. Il m'a évoqué leur dispute. Apparemment, Beau était furieux contre lui parce que son label lui avait volé les droits d'une chanson au début de sa carrière. Il n'était pas certain de l'heure à laquelle leur querelle a éclaté, mais il m'a dit qu'il se souvenait avoir vu Gray partir dans l'allée principale, puis retourner sur la terrasse ensuite. Et d'après ses souvenirs, Beau serait parti en ville juste après, accompagné de quelques fans. Il faudra qu'on vérifie son alibi et qu'on confirme l'heure de son départ.

Coop approuva d'un signe de la tête, puis ils finirent leur repas en silence avant de se replonger dans l'affaire.

— Et si tu m'accompagnais voir Mel Lewis et Pamela Hargrove ? On pourrait en savoir plus, suggéra Ben à Coop. Kate et Jimmy vont s'occuper de vérifier l'alibi en question.

— Je te suis, confirma Coop. Je laisse Gus ici.

Obéissant, le chien suivit son maître jusque dans le

bureau et se lova dans le panier usé que Ben gardait rien que pour lui. Habituée à sa présence, toute l'équipe du commissariat s'en occupait avec plaisir lorsque les deux amis partaient en mission. Tout le monde y trouvait son compte. Coop ne se plaignait pas d'être rémunéré en bière et en donuts pour ses services gratuits en tant que consultant, et Gus était ravi d'être gâté avec des friandises et occasionnellement un morceau de sandwich.

Résidente d'un appartement luxueux sur Church Street, Pamela Hargrove fut la première à qui ils rendirent visite. Après s'être stationnés près du bâtiment, les deux compères débarquèrent à l'accueil où Ben déclina son identité à un agent de sécurité qui contacta ensuite Pamela et l'informa de l'arrivée d'un inspecteur venu la voir.

Une fois dans l'ascenseur, ils montèrent au dix-septième étage, puis frappèrent à sa porte. Quelques secondes plus tard, une femme en vêtement de sport, les cheveux tirés en queue de cheval, leur ouvrit.

— Oui ? dit-elle simplement comme si elle ignorait la raison de leur présence.

Coop ne put s'empêcher de remarquer que son allure était loin d'être aussi sophistiquée que la veille.

— Mme Hargrove, je suis l'inspecteur Mason, et voici le détective M. Harrington. On a quelques questions à vous poser au sujet de Grayson Taylor.

Elle leva les yeux au ciel.

— Entrez. Mais je préfère vous prévenir, je ne sais rien de plus que ce que Gray et l'autre type ont dit aux agents venus à l'hôtel l'autre fois.

— Vous voulez parler de vendredi matin ?

— Exact.

— Nous sommes là pour vous interroger sur la soirée qui

a eu lieu samedi soir à Silverwood, corrigea Ben. Vous y étiez, n'est-ce pas ?

— Oh, fit Pamela, légèrement surprise.

Elle jeta un coup d'œil vers son associé, puis fronça les sourcils.

— Attendez une minute, c'est vous qui m'avez demandé comment j'allais, je me trompe ? demanda-t-elle en regardant son accoutrement. Vous semblez différent.

— Oui, c'est bien moi.

— À quand remonte la dernière fois que vous avez vu Grayson Taylor, la questionna Ben, soucieux de reporter leur conversation sur la véritable raison qui les amenait.

— Samedi, à la soirée. Je lui ai parlé pour la dernière fois autour de vingt-et-une heures, quand M. Harrington nous a vus. Je l'ai ensuite revu un peu plus tard dans la soirée, mais on ne s'est pas adressé la parole, se souvint-elle. Pourquoi toutes ces questions ?

— Quelle est la nature de votre relation avec M. Taylor ?

— Je suis secrétaire chez Global Records au bureau de Nashville. Grayson est à la tête de ceux de Los Angeles. Je travaille également pour lui quand il vient en voyage d'affaires ici.

— Est-ce la raison pour laquelle vous vous trouviez dans sa chambre d'hôtel vendredi matin ? Pour travailler ? insista Ben, essayant de lui tirer les vers du nez.

Son visage se décomposa.

— Je... Je l'aidais à préparer un rendez-vous important et...

— Mme Hargrove, la coupa Ben d'un ton grave. Désolé de vous l'annoncer ainsi, mais M. Taylor est mort hier soir. Il me faut donc des réponses claires et honnêtes. Tout de suite.

Prenant conscience de la nouvelle, son regard s'élargit

d'épouvante, son visage devint blême et elle se laissa tomber sur le canapé.

— Qu-quoi ? Gray, mort ? Mais quand ?

— Il a été retrouvé sans vie ce matin. On enquête actuellement sur son décès, et il nous faut la vérité pour nous permettre d'y voir plus clair. Donc, je répète : quelle était la nature de votre relation ?

— On se fréquentait depuis environ un an et on se voyait quand il venait à Nashville pour le travail, avoua Pamela, les larmes aux yeux.

Ben jeta un coup d'œil à Coop et hocha la tête.

— Mme Hargrove, reprit le détective, vous sembliez très en colère quand je vous ai vue avec M. Taylor, Pour quelle raison ?

Pamela renifla plusieurs fois, puis se leva pour aller chercher une boîte de mouchoirs.

— Après le départ de la police vendredi matin, Gray m'a annoncé que tout était fini entre nous. Il disait que je méritais de rencontrer quelqu'un de sérieux et qu'il ne pouvait pas continuer à faire ça à sa femme.

Elle se moucha, puis reprit d'une voix tremblante.

— Quand… Quand je l'ai vu à la soirée samedi, j'ai essayé de lui parler. Je l'aimais, vous comprenez. Je ne voulais pas qu'il me quitte. Mais il est resté catégorique. Ce qui se passait entre nous devait cesser. À la fin, il m'a dit de me ressaisir et de passer à autre chose. Voilà.

— À quelle heure êtes-vous partie ?

— Oh, il était tard. Probablement autour de onze heures et demie, par là. Je suis rentrée avec un chauffeur accompagnée de M. Lewis. Ils auront sûrement l'heure exacte.

— Quelle était la compagnie de location ? demanda Ben.

— Executive Limos, dit-elle du bout des lèvres.

— Auriez-vous une idée de qui pouvait en vouloir à M. Taylor au point de le tuer ? tenta Ben en prenant quelques notes dans son carnet en cuir.

Elle secoua vivement la tête.

— Pas vraiment. Enfin, à bien y penser, l'univers dans lequel il travaillait est rude. Il a souvent dû refuser des artistes. Je sais que M. Lewis était furieux contre lui samedi soir. Il avait bu et n'arrêtait pas de me dire que Gray n'allait pas s'en sortir aussi facilement.

— Savez-vous à quoi il faisait référence ?

— Je ne suis pas certaine. Il ne faisait que répéter que Gray l'avait entubé.

— La limousine vous a déposée ici, à votre appartement ? Soudain mal à l'aise, la jeune femme baissa la tête.

— Oui… et M. Lewis aussi. Il a passé quelques heures chez moi.

— Vous a-t-il confié autre chose au sujet de M. Taylor ?

— Non, on ne s'est pas beaucoup parlé, dit-elle en secouant la tête. On a couché ensemble et puis il est resté dormir quelques heures avant de rentrer chez lui ensuite.

— À quelle heure ?

— Je dirais qu'il était autour de quatre heures du matin, déclara Pamela, les lèvres pincées.

Des larmes coulèrent sur ses joues et elle les chassa d'une main.

— Vous devez vous dire que je suis une sacrée garce. Coucher avec Gray, puis Mel. C'est juste que j'aimerais être plus que secrétaire, vous voyez.

Sans savoir quoi lui répondre, Ben et Coop hochèrent simplement la tête.

— Merci pour votre temps, Mme Hargrove. Si vous pensez à quoi que ce soit d'autre, appelez-nous, fit l'inspecteur Mason en lui donnant sa carte.

— Comment va sa femme ? demanda subitement Pamela.

— Bouleversée, comme vous pouvez l'imaginer. Tout comme sa petite fille.

Jugeant utile de le préciser, il fit un geste vers Coop et ajouta :

— Elle a engagé M. Harrington pour accélérer l'enquête.

— Je suis tellement désolée, couina-t-elle en s'essuyant le nez une énième fois.

— On connaît le chemin, inutile de nous raccompagner, la rassura Ben. Une dernière chose. Pour les besoins de l'investigation, je vais vous demander de ne pas quitter Nashville. Si vous devez vous déplacer, il faudra m'avertir au préalable.

Son visage, déjà pâle, vira d'une teinte encore en dessous.

— Parce que je fais partie des suspects ? s'offusqua-t-elle.

— Pas pour le moment, mais je préfère garder à porter de main toutes les personnes présentes à cette soirée jusqu'à ce que l'enquête progresse. J'aurais également besoin de vérifier vos informations. Simple question de routine, répondit Ben.

Les deux inspecteurs se levèrent en même temps et se dirigèrent vers la porte d'entrée, appréciant la vue qu'offrait son balcon.

— Très bel appartement, remarqua Coop.

— Oui, merci, marmonna-t-elle, un paquet de mouchoirs dans la main.

— On reste en contact, Mme Hargrove. Prenez soin de vous.

Ils sortirent dans le couloir et patientèrent en silence jusqu'à l'arrivée de l'ascenseur.

Arrivés au rez-de-chaussée, Ben se rendit jusqu'à l'accueil et demanda à l'agent de sécurité s'il pouvait parler à son responsable. L'homme passa un bref appel, puis les invita à venir jusqu'à la porte située derrière son bureau.

À l'intérieur, Ben et Coop saluèrent d'une poignée de main un homme aux cheveux blanc vêtu d'un costume impeccable et d'une cravate en soie. En réponse à leur demande, il accepta de fournir les enregistrements des caméras de surveillance du bâtiment et promit de les envoyer d'ici quelques heures. Un rapide coup d'œil au registre permit également de leur confirmer le témoignage de Pamela quant à la venue d'un invité chez elle qui était reparti autour de quatre heures du matin.

Satisfaits, ils sortirent et grimpèrent dans la vieille Crown Victoria bleue de Ben pour retourner au commissariat. Mel Lewis ne vivant pas très loin de chez tante Camille, Coop décida de passer d'abord chercher Gus et sa Jeep pour pouvoir rentrer directement chez lui après l'entretien.

Par chance, les rues étaient désertes et réduisaient grandement la durée du trajet.

— Je suis curieux de voir ce que Lewis va nous apprendre au sujet d'hier soir.

— Oui, et j'ai le mauvais pressentiment que notre secrétaire préférée compte lui filer un petit coup de fil avant notre arrivée, admit Coop.

— Je me demande si Gray savait qu'elle couchait avec le big boss…

— Aucune idée. Il faudrait que l'on sache la raison de leur dispute d'hier soir. Peut-être que c'était Pamela. Mais j'ai comme l'impression que Gray en avait réellement fini avec cet adultère lorsque je les ai vus dans la galerie. Il ne semblait pas lui montrer beaucoup d'affection.

De retour au commissariat, Ben déposa Coop devant l'entrée. Ce dernier fila retrouver Gus, puis ressortit quelques minutes plus tard avec son chien. Ils grimpèrent dans sa voiture banalisée et les deux véhicules repartirent aussitôt. Après quelques kilomètres, ils débouchèrent dans une allée et s'arrêtèrent devant un portail ultramoderne. De sa voiture, Ben appuya sur la sonnette, puis une voix de femme lui répondit.

— Oui ?

— Ben Mason, inspecteur général de la police de Nashville. Je dois parler à M. Lewis. Je suis accompagné de mon associé, M. Harrington, dans la Jeep derrière moi.

— Un moment, fit la voix robotique.

Ils attendirent un instant, puis le portail électrique émit une sonnerie et s'ouvrit devant eux.

Tandis qu'ils remontèrent l'allée bordée d'arbres, une immense propriété en pierre apparut dans leur champ de vision. Impressionné, Ben gara sa berline de service dont les portes grinçantes ne firent pas honneur au lieu et à son jardin parfaitement entretenu.

— Ouah, une maison plus grande que la tienne, Coop, plaisanta Ben.

Son ami lui jeta un regard de travers et observa l'édifice qu'il estimait faire aux alentours de mille huit cents mètres carrés, puis ordonna à Gus de rester dans la voiture.

Alors que Ben s'apprêtait à soulever le heurtoir en forme de note de musique, la porte s'ouvrit sur un homme plus âgé en queue de pie noire.

— M. Lewis vous attend. Il est à la piscine. Si vous voulez bien me suivre.

Ils quittèrent l'entrée intégralement recouverte de marbre et suivirent le majordome à travers différentes pièces dégoulinant d'opulence et de richesse. Enfin, un magnifique espace extérieur aménagé d'une grande piscine s'offrit sous leurs yeux.

Une serviette sur les épaules et une boisson à la main, Mel Lewis, le crâne dégarni et le ventre bedonnant, les attendait, vêtu de son plus beau maillot de bain. À peine eurent-ils le temps de le saluer qu'une domestique menue apporta un plateau avec de la limonade, du thé glacé, des bières et des glaçons.

— Messieurs. Prenez place et servez-vous, leur dit-il aimablement en posant son verre sur la table.

Il tendit la main vers Ben.

— Mel Lewis.

— Merci de nous recevoir. Ben Mason, inspecteur général. Et voici Coop Harrington, également sur cette affaire.

Coop lui serra la main à son tour et se prépara un thé glacé mélangé à de la citronnade.

— Quelle terrible nouvelle au sujet de Grayson. J'imagine que c'est la raison de votre présence.

— C'est exact, Monsieur, confirma Ben. Dites-moi, comment avez-vous appris son décès ?

— Sur Twitter, répondit évasivement Lewis.

Ben croisa brièvement le regard de Coop.

— Je vois. Dites-nous en plus à propos de la soirée d'hier. Pour quelles raisons vous disputiez-vous ?

Mel secoua la tête.

— Rien de bien méchant, j'ai simplement réagi de façon excessive.

— M. Lewis, je me trouvais également à Silverwood hier, et il semblerait que vous étiez sur le point d'exploser, se permit d'intervenir Coop.

— Oui, j'étais en colère, admit-il. Gray était venu me voir vendredi après-midi pour me dire qu'il quittait Global pour fonder son propre label. Je n'arrivais pas à y croire, surtout après tout ce que j'avais fait pour lui. Je lui avais offert sur un plateau d'argent le poste de vice-président des bureaux de Los Angeles et je le payais gracieusement de surcroît. Ça n'avait aucun sens.

Il secoua de nouveau la tête et but une gorgée.

— Je ne comprends pas ce qui a pu le pousser à me trahir de la sorte, reprit-il.

— Lui avez-vous posé la question ? demanda Ben.

— Oui. Il m'a dit qu'il voulait faire des changements dans sa vie et qu'il souhaitait lancer sa propre entreprise à sa façon. Ce à quoi je lui ai répondu que c'était ce qu'il possédait en Californie. Mais visiblement, ça ne suffisait pas. Il m'a expliqué qu'il en avait marre de travailler dans une aussi grande entreprise et qu'il voulait quitter cet univers.

— Quand comptait-il démissionner ?

— Bien trop tôt à mon goût, dit Lewis. Il voulait être parti dans le mois. Ça m'a rendu furieux. Comment pourrais-je le remplacer en quatre semaines seulement ? C'était ridicule. Nous avons des projets en cours dont il était le seul à connaître l'existence. Je voyais son départ comme une sérieuse complication.

— À quand remonte la dernière fois que vous l'avez vu ?

— À la soirée, répondit-il simplement.

Mel observa Coop un instant, puis sourit légèrement.

— Je vous reconnais. Oui, vous accompagniez cette petite beauté, celle qui bosse pour une station de radio. Pas vrai ?

Coop hocha la tête.

— Tout à fait, j'y étais aussi en tant qu'invité.

Sans parvenir à mettre le doigt sur l'heure exacte quand il avait vu Gray pour la dernière fois, Mel avoua avoir eu une discussion houleuse avec lui, puis l'avoir revu plus tard, sans échanger un mot. Il se rappela ensuite avoir quitté la soirée autour de onze heures et demie et fait appel à l'une des limousines présentes pour rentrer.

— À quelle heure êtes-vous parti ?

— Eh bien, ma femme n'étant pas à la maison, je suis sorti en ville et ne suis pas rentré avant quatre heures du matin.

Ensuite, j'ai pris une douche, me suis couché et fais la grasse matinée plus tard que d'habitude, détailla-t-il.

— Où étiez-vous jusqu'à quatre heures ?

— C'est une information censée rester confidentielle, chuchota Mel en regardant autour de lui. J'étais avec une amie.

— Nom et adresse, fit Ben d'un ton sec.

— Pamela. Elle travaille pour moi et vit sur Church Street.

— Saviez-vous que Pamela couchait aussi avec Gray ?

Les joues de Lewis prirent une violente teinte rouge et ses yeux s'agrandirent.

— Non, je n'y crois pas une seconde !

Il se leva et fit les cent pas autour de la table, son ventre flasque rebondissant au rythme de ses allers et retours.

— Qui vous a dit ça ?

— Demandez à Pamela, répondit Ben. J'ai encore quelques questions. Asseyez-vous, M. Lewis.

Il continua à marcher le long de la piscine, puis revint s'asseoir autour de la table et prit son verre qu'il vida d'un trait. Son regard était soudainement sévère. Visiblement, la réponse de Ben ne lui avait pas plu.

— Vous êtes-vous rendu sur la terrasse hier soir ?

— Pas vraiment, marmonna-t-il. J'y suis allé seulement pour me rafraîchir les idées après avoir parlé à Gray, mais pas longtemps.

— Y avait-il quelqu'un d'autre quand vous y étiez ?

Il sembla réfléchir, puis regarda vers la piscine.

— Non. J'ai entendu quelques voix du côté des arbres, vers l'arrière de la maison, mais personne sur la terrasse.

— Auriez-vous en tête quelqu'un qui pouvait en vouloir à M. Taylor au point de le tuer ?

— Certes, j'étais hors de moi, mais je ne lui aurais jamais

fait de mal. J'ai un caractère bien trempé, mais ça ne fait pas de moi un meurtrier pour autant, assura Mel. Je sais que Beau en voulait aussi à Gray et je les ai vus partir tous les deux après son concert. Mais je doute fortement qu'il l'ait tué.

Ben hocha la tête et lui tendit sa carte de visite tout en l'informant, comme Pamela, qu'il n'hésite pas à les contacter s'il repensait à quoi que ce soit d'utile pour l'enquête. L'inspecteur lui fit également savoir que la police fouillerait le bureau de Gray à Nashville et à Los Angeles et qu'elle posséderait un mandat pour saisir tout objet pertinent à l'affaire.

— Pas de problème. Je ferai en sorte de prévenir le personnel de vous laisser prendre ce dont vous avez besoin.

Il marqua une courte pause, puis ajouta :

— J'étais énervé pour des raisons égoïstes. Pour tout vous dire, j'ignore comment je vais pouvoir me débrouiller sans lui. Qui plus est avec un timing aussi serré, déplora Mel, la tête baissée et les yeux embués de larmes.

L'air perdu, il fixa ses genoux, la bouche à demi ouverte, ressemblant à une tortue grotesque, loin de l'image de l'homme confiant et flambeur qu'il renvoyait plus tôt.

— On ne va pas vous déranger plus longtemps, fit Ben en se levant. Comme je le dis à toutes les personnes interrogées, faites-le-moi savoir si vous avez besoin de quitter Nashville. Nous allons vérifier tous les alibis, et toutes les personnes concernées sont tenues de rester dans les alentours jusqu'à la fin de l'enquête.

— Je comprends. Eh bien, je dois me rendre à Los Angeles dans les prochains jours. J'ai du pain sur la planche désormais.

— Tenez-moi au courant.

Coop finit le reste de son verre et le posa sur le plateau en argent, puis le majordome les raccompagna jusqu'à la porte d'entrée.

— Je ne suis pas certain que Lewis savait que Pamela couchait avec Gray, fit Coop tandis qu'ils marchaient vers leur voiture respective.

Ben acquiesça.

— Oui, il avait l'air autant sous le choc que furieux.

— Et je pense aussi que c'est lui qui paie pour l'appartement de Pamela. Je ne connais pas beaucoup de secrétaires qui peuvent se permettre de vivre dans une telle résidence. C'est probablement la raison pour laquelle elle semblait si triste quand on est partis. À mon avis, elle a compris que la fête était finie et qu'elle allait bientôt se retrouver à la rue.

— Ces satanés gourous de la musique, un vrai cauchemar. On dirait un feuilleton télévisé.

— Quand auras-tu les résultats de l'autopsie ?

— Demain. Le Dr Lawrence m'a dit qu'elle fera les rapports d'analyse aujourd'hui et nous enverra un premier jet dans la matinée. À présent, il faut qu'on parle à Andy Nelson pour entendre sa version des faits et qu'on croise les infos avec Jimmy et Kate.

— La liste risque d'être longue. J'ai rarement vu une soirée aussi bondée. En plus des invités et de leurs entourages, il y avait tous ces politiciens et leurs laquais.

— Je sais. J'espérais que l'une de ces entrevues donnerait quelque chose de concret, comme un vrai mobile. Mais pour le moment, aucun ne me convainc vraiment. Peut-être qu'Andy y parviendra.

Ben consulta son téléphone.

— Il vit dans le quartier de Donelson. Et si on allait manger un bout avant d'y aller ? proposa-t-il.

—Tante Camille prépare toujours un excellent souper le

dimanche. Tu devras supporter son interrogatoire, mais son poulet frit et ses crackers valent le détour.

— Parfait, je suis affamé. On mange rapidement et on file voir Nelson.

Ils claquèrent leurs portières puis se dirigèrent vers la maison. L'effluve de la volaille et du sucre chaud leur titilla les narines à leur arrivée.

— Tante Camille, j'ai un invité pour le souper, cria Coop en ouvrant la porte d'entrée. On est sur une mission, donc on ne s'éternisera pas.

Fou de joie, Gus courut vers la cuisine et sauta sur ses deux pattes arrière. Après vingt ans, Coop peinait toujours à appeler le repas du soir « souper », et celui du midi « dîner », mais sa tante persistait à lui faire entendre raison.

— Oh, les garçons, je suis contente de vous voir. J'ai hâte que vous me racontiez tout au sujet de cette affaire, se réjouit Camille en sortant un plat de biscuits du four. D'ailleurs, j'ai vu Eula Mae aujourd'hui, mais elle n'a malheureusement pas pu être d'une grande aide.

Humant une délicieuse odeur ambiante, Ben repéra une tarte aux pêches sur le plan de travail.

— Ça sent divinement bon, dit-il en étreignant son hôtesse.

— Allez, asseyez-vous. Tout est prêt. Coop, va chercher le thé, et on pourra commencer.

À peine furent-ils à la table que tante Camille les mitrailla de questions.

— Alors, on en sait plus sur la cause de sa mort ? Des suspects ? Et sa femme, elle doit sûrement être impliquée, non ?

Coop leva la main.

— Pour le moment, on ne sait pas grand-chose. Le crime est très récent. On a passé la journée à interroger certains invités, expliqua-t-il. On doit se rendre à Donelson pour en interroger un autre juste après le repas.

— Nous n'aurons pas les résultats de l'autopsie avant demain, ajouta Ben. Son épouse a engagé votre illustre neveu pour enquêter ; mais pour être honnête, je doute qu'elle soit impliquée dans l'affaire.

— Oh là là. Bon, on ne sait jamais. J'essaierai d'en apprendre plus pour vous demain. J'ai rendez-vous au Bella's pour une coupe et me faire les ongles. Avec un peu de chance, j'obtiendrai un scoop, fanfaronna Camille en glissant quelques mèches blanches derrière ses oreilles.

Elle prenait rendez-vous tous les deux jours à l'institut pour faire coiffer le peu de chevelure qui lui restait.

Elle leur adressa un large sourire et prit une grosse part de tarte aux pêches qu'elle recouvrit d'une généreuse cuillerée de crème avant d'embrayer sur un autre sujet.

Une demi-heure plus tard, les deux amis rassasiés remercièrent Camille et l'embrassèrent.

— Merci pour le souper, tante Camille, c'était grandiose, fit Coop en caressant son chien. Je prends la Jeep. On se voit tout à l'heure quand je rentre.

— Gus et moi t'attendrons. Faites attention à vous, dit-elle tendrement.

Elle sortit avec eux sur le perron, puis leur fit un signe de la main quand elle les vit passer en voiture.

— Allez, Gus. On a un mystère à résoudre, nous aussi.

Avant d'aller s'installer dans son canapé, elle appela Mme Henderson, sa gouvernante, pour l'aider à nettoyer sa cuisine et à préparer les repas de la semaine. Cette dernière vivait avec son mari dans la petite maison du gardien à l'entrée de la propriété. Il s'occupait du jardin et des divers travaux de bricolage, tandis qu'elle était en charge du ménage et de la cuisine.

Alors que Camille récupérait son carnet à fleurs, Gus en profita pour bondir sur le canapé en chintz et l'observa parcourir la liste des invités qu'elle avait obtenue lors de sa visite chez son amie Eula Mae. Elle se mit alors à écrire toutes sortes d'annotations à côté de chaque nom.

— Un meurtrier figure parmi cette liste, Gus, murmura-t-elle, ses yeux bleu pâle pétillant d'excitation.

Gus poussa un petit soupir et posa sa tête sur sa jambe, prêt à assister à une soirée digne des plus fins limiers.

CHAPITRE SIX

Pour cette troisième entrevue, un changement de décor complet s'opéra. La banlieue de Donelson contrastait nettement avec l'exubérance des quartiers riches de Nashville. Alors qu'ils arrivaient devant une maison modeste mais bien entretenue, un vieux pick-up aux lettres délavées annonçant Nelson Construction attira leur attention, leur confirmant qu'ils se trouvaient au bon endroit.

Ben sonna à la porte, puis recula légèrement avant qu'un homme en jean et en t-shirt ne fasse son apparition.

— Bonjour, on souhaiterait parler à un certain Andy Nelson. Inspecteur général Mason, police de Nashville, et voici mon associé, M. Harrington, se présenta Ben en exhibant son badge.

L'homme ouvrit plus largement la porte, un sourcil levé, visiblement surpris de voir la police débarquer chez lui à cette heure-ci.

— C'est moi, entrez, répondit-il sèchement.

Andy les guida jusqu'à son salon, tout aussi modeste que la devanture de sa propriété, et les invita à prendre place sur un vieux canapé défraîchi. Une petite télévision diffusait un match de baseball en fond sonore et l'homme s'empressa de couper le son.

— Qu'est-ce que je peux faire pour vous, inspecteurs ? demanda-t-il.

— Nous sommes là au sujet de Grayson Taylor, fit Ben.

— Bon sang. Je pensais qu'on avait réglé le problème avec les agents sur place. On a eu un désaccord, mais ce n'était rien de dramatique. Il a porté plainte ?

— Non, du tout. M. Taylor est mort, lâcha Mason en le regardant fixement.

— Quoi ? Gray est mort ? Mais comment ? s'exclama Andy.

— Son corps a été retrouvé hier matin à Silverwood. Quand l'avez-vous vu pour la dernière fois ?

— Oh, purée, je n'en reviens pas, s'écria-t-il en secouant la tête, anéanti.

— M. Nelson, quand l'avez-vous vu pour la dernière fois ? répéta Ben avec une patience inégalable.

— Euh, eh bien ce matin-là à l'hôtel. Vendredi matin.

— Quelle était la raison de votre dispute ?

— Bon sang, c'est pas vrai, marmonna-t-il comme pour lui-même avant de se concentrer de nouveau sur les questions de l'inspecteur. J'ai connu Gray à Nashville, au lycée. Lui et ma sœur Abby sont sortis ensemble à une époque. Je… Je suis allé le voir parce que je voulais qu'il aide ma sœur et leur fils.

— M. Taylor a eu un enfant avec votre sœur ? redemanda Ben pour être certain d'avoir bien saisi.

Andy hocha doucement la tête.

— Oui, mais elle ne lui a jamais dit pour Taylor, expliqua Andy. C'est un brave gamin de dix-sept ans qui veut aller étudier à l'université. J'ai appris que Gray se trouvait dans cet hôtel par une amie qui y travaille comme femme de chambre. Donc je suis allé lui passer un savon pour qu'il leur file un coup de main.

— Votre sœur est-elle au courant ? le questionna Coop.

— Oh, non. Elle me tuerait si elle savait, répondit Andy d'une voix vive. Enfin, pas vraiment, évidemment. Elle ne voulait pas de son aide, et encore moins que Gray apprenne l'existence de son fils.

— M. Taylor a-t-il accepté ?

Andy hocha une nouvelle fois la tête.

— Oui, il m'a appelé peu de temps après ma visite surprise et m'a demandé où vivait Abby. Il m'a promis qu'il ne contacterait ni elle ni Taylor, mais qu'il voulait savoir où ils vivaient. Il semblait réellement sincère.

Pensif, il s'interrompit, puis se passa les mains dans ses cheveux sombres avant de s'écrier :

— Merde, je lui ai dit que Taylor serait présent à la soirée samedi soir. Il y travaille tout l'été.

— Votre neveu vous a-t-il parlé de Grayson ? demanda calmement Coop.

— Non. Quand je l'ai récupéré après son service, il était content. Il m'a raconté que la soirée avait été intense et qu'il s'était fait une tonne de pourboires, mais rien à propos de son père.

— Donc vous vous êtes rendu à Silverwood hier soir ? supposa Ben en sortant son carnet.

— Oui, je suis venu le chercher autour de minuit. Abby devait travailler ce jour-là, donc je lui ai proposé de le récupérer pour qu'elle puisse aller se coucher.

— À quelle heure êtes-vous arrivé sur place ?

— Relativement tôt, vers onze heures. J'étais de sortie avec quelques amis et je n'avais pas envie de rentrer jusque chez moi pour refaire toute la route ensuite, donc j'ai attendu sur le parking qu'il finisse son service.

Ne voulant omettre aucun détail pour l'enquête, Ben lui demanda où il était sorti ce soir-là et l'identité de ses amis et le nom du restaurant où ils avaient dîné. Il voulut également avoir les coordonnées d'Abby et s'assura qu'Andy avait bien pris son véhicule pour aller à Silverwood. Tandis que Mason griffonna le numéro de la plaque d'immatriculation d'Andy Nelson sur son calepin, l'homme laissa échapper un soupir et se prit la tête dans les mains.

— Purée, je n'ose pas imaginer combien la nouvelle va être difficile pour ma sœur et Taylor, bredouilla Andy. Vous pourriez ne pas en parler à Taylor jusqu'à ce que mes parents et moi soyons là pour aider Abby ? Elle sera sacrément en colère et sûrement triste aussi, quelle histoire…

— À votre avis, y a-t-il quelqu'un qui pouvait en vouloir à Gray ?

Andy secoua la tête de gauche à droite.

— Pas que je sache. J'étais énervé contre lui, mais tout ce que je voulais, c'était aider Abby, c'est tout. Elle méritait qu'il lui vienne en aide, expliqua-t-il. Mais Gray ne vivait plus à Nashville depuis longtemps, donc non, je ne vois personne qui aurait pu vouloir le tuer.

À cet instant, le téléphone de Ben sonna. Il s'excusa, puis partit s'isoler dans la petite entrée. Coop en profita pour continuer l'interrogatoire.

— Abby est au travail en ce moment ?

— Non, chez elle. Elle travaillait à la pizzeria ce matin et sera demain à l'école, son deuxième boulot. Elle finissait à quinze heures aujourd'hui.

Bien que ce ne soit pas ce qu'Andy voulait entendre, Coop préféra le prévenir.

— On va devoir leur parler bientôt, à elle et à Taylor.

Pour être transparent avec vous, je travaille comme détective privé sur l'affaire. Afin que vous puissiez tout leur expliquer dans un endroit neutre, je vous propose de retrouver votre famille dans mon bureau plutôt qu'au commissariat. Je ne doute pas que les aveux risquent d'être difficiles.

— Oui, je vais avoir de gros problèmes avec Abby et mes parents.

— Où vivent-ils, vos parents ?

— Ils ont un appartement près de Hillsboro Pike. On a réussi à les convaincre il y a quelques années de vendre leur vieille maison et d'acheter à la place un appartement dans une copropriété dont ils n'auraient pas à s'occuper durant leur retraite.

— Coop, on peut parler une minute ? Veuillez nous excuser un instant, M. Nelson, intervint Ben en revenant dans le séjour.

Sans un mot, Andy s'adossa à son fauteuil inclinable, le regard absent, sans prêter réellement attention au match silencieux, tandis que les deux inspecteurs sortirent sous le porche.

— C'était Kate, déclara Ben. Ils sont en train de vérifier les différentes compagnies de limousines et chaque alibi. Pour le moment, tout corrobore.

— Je sais que le récit d'Andy peut potentiellement faire de lui un suspect puisqu'il se trouvait à Silverwood quand Grayson a été tué, mais je ne pense pas que ce soit notre coupable, supputa Coop. Il semble vraiment inquiet pour sa famille ; je le vois mal commettre un tel crime. Je lui ai proposé de tout leur expliquer à mon bureau, sachant qu'on devra les interroger eux aussi. Avec un peu de chance, l'ambiance sera moins électrique.

— Oui, pas bête, tu as suffisamment de place pour les séparer en cas de besoin, concéda Ben. Je vais demander à

Kate et Jimmy de nous y retrouver, et à Andy de faire venir ses parents, sa sœur et son neveu. Puis je pense que ça suffira pour ce soir.

Après trois coups brefs à la porte, ils se permirent d'entrer et lui annoncèrent le plan d'action. Enfin, Coop se proposa pour appeler Abby et l'informer qu'il enquêtait sur un crime perpétré à Silverwood pour lequel il souhaitait discuter avec elle et Taylor à son bureau. Quelques minutes plus tard, ils passèrent chacun leur coup de fil respectif et lorsque Coop raccrocha, Andy était encore au téléphone avec ses parents.

— Ce n'était pas gagné d'avance, fit le détective à l'intention de Ben. Il a fallu la convaincre. Il est probable qu'elle veuille appeler Andy avant pour vérifier, mais elle a accepté de venir avec Taylor et de partir dès maintenant. Je ne lui ai pas révélé le nom de la victime. J'ai simplement dit que je travaillais conjointement avec la police sur un homicide et que nous devions interroger Taylor, vu qu'il travaillait la nuit dernière sur le lieu du crime.

— Kate et Jimmy sont en route. On ferait mieux d'y aller aussi, dit Ben alors qu'Andy raccrochait.

— Bon, eh bien, mes parents sont déjà en rogne. Mais ils arrivent. Quelle histoire, bon sang !

Le voyant dans tous ses états, Ben proposa à Andy de l'emmener, offre qu'il accepta sans hésiter. Ne perdant pas une minute, ils grimpèrent dans leurs véhicules et partirent sous le clair de lune installé dans le ciel depuis quelques heures déjà.

Malgré les limitations de vitesse, que Coop considérait souvent comme une simple indication plutôt qu'une réelle obligation, ils roulèrent à vive allure, soucieux d'arriver au plus vite. En dix minutes seulement, Ben et Coop réussirent leur coup et se garèrent devant le bâtiment. Coop sortit de sa

Jeep et se précipita à l'intérieur pour s'assurer que les bureaux étaient un minimum présentables. Il commença par allumer les lumières, puis enleva les piles de dossiers de son bureau et en rangea provisoirement une dans la crédence et une autre dans un coin par terre. Remerciant intérieurement Annabelle d'avoir insisté pour que sa table de conférence soit toujours exempte de paperasse, il fit le tour de son bureau, satisfait. Kate et Jimmy arrivèrent peu après, et Ben les installa dans le bureau de Ross, bien moins désordonné que celui de Madison.

— Andy, allons dehors accueillir vos parents et leur indiquer où se garer à l'arrière. On les installera dans ce petit bureau, proposa Ben.

Au même instant, un bruit de pneus sur les graviers se fit entendre. Quelques minutes plus tard, ils perçurent les voix de Kate et de Jimmy saluer les deux arrivants, vraisemblablement M. et Mme Nelson. De son côté, Ben conduisit alors Andy dans le bureau de Madison qui tenait de son supérieur en matière de désordre.

— On viendra vous chercher dès qu'on aura besoin de vous, indiqua Mason tandis qu'Andy prenait place sur la seule chaise libre dépourvue de dossiers et autres accessoires de bureau.

— D'accord, répondit mollement Andy. Je suis sûr qu'Abby sera furieuse. Tout va finir par se savoir et Taylor va être dévasté. Je suis sincèrement désolé, je n'aurais pas dû aller voir Gray.

Abattu, il baissa la tête.

— Tout ira bien, le rassura Ben en lui serrant l'épaule. Certes, ce ne sera pas une partie de plaisir, mais tout le monde s'en remettra. Surtout lorsqu'ils comprendront que vous avez voulu bien faire.

Sur ces mots, il quitta la pièce, le laissant avec pour seule compagnie le désordre et un magazine qui traînait sur le bureau. Alors que l'inspecteur Mason se dirigeait vers l'autre pièce, il vit par l'une des fenêtres une voiture compacte se garer sur le trottoir d'en face.

— Elle est là, l'informa Ben en passant la tête dans le bureau de Coop.

— Je crois qu'on devrait éviter de mentionner Andy, et plutôt évoquer une enquête criminelle. Vois avec sa sœur si elle accepte qu'on s'entretienne d'abord avec son fils seul, puis tous ensemble. À mon avis, c'est la meilleure approche pour avoir le maximum d'informations de sa part avant que les émotions ne prennent le dessus.

— Ça marche. Je vais rester ici avec elle. S'il y a effectivement quelque chose, je ne veux pas interroger un mineur sans ses parents. Je ferai de mon mieux pour lui expliquer la situation pendant que tu parles à Taylor. Après ça, on réunira toute la famille pour les aider à s'expliquer sur le cas Grayson.

— Allez, je me jette à l'eau, soupira Coop.

Il ouvrit la porte et accueillit le plus chaleureusement possible les deux derniers arrivants.

— Mme Nelson, je me présente, Coop Harrington. Et toi, tu dois être Taylor, dit-il en serrant la main du jeune homme.

Les cheveux tirés en queue de cheval, l'air épuisé, Abby le dévisagea de ses grands yeux bleus encerclés de cernes sombres. Dès l'instant où il la vit, Cooper sut qu'elle n'était pas au bout de ses peines.

— Voici l'inspecteur en chef, Ben Mason, fit Harrington en montrant son coéquipier à ses côtés. Je travaille sur cette affaire au nom de la famille de la victime et souhaiterais tout d'abord poser quelques questions à Taylor seul pour savoir ce qu'il a éventuellement pu remarquer d'anormal la nuit dernière. En attendant, l'inspecteur Mason restera avec vous et vous expliquera la situation.

Coop lui fit un signe en direction du canapé et ajouta :

— N'hésitez pas à vous mettre à l'aise.

— Très bien… Ça ira, Taylor ? Tu peux y aller tout seul ? demanda Abby à son fils.

— Mais oui, Maman, dit-il en levant les yeux au ciel avant de suivre Coop. Il est marrant votre t-shirt.

Le détective le fit entrer dans son bureau et l'invita à s'asseoir sur l'un des fauteuils confortables près de la cheminée et accessoirement l'une des places assises les plus éloignées de la porte et des oreilles indiscrètes. Il lui tendit le bol de M&M's pour le mettre à l'aise et en confiance.

— Bon, j'ai quelques questions à te poser, commença Coop. Tu ne dois sans doute pas être au courant, mais un homme a été retrouvé mort hier à Silverwood.

— Non, M'sieur. J'ai passé la journée à faire mes devoirs. Je n'ai parlé à personne et je ne travaille pas là-bas avant le week-end prochain, répondit Taylor avec nonchalance, Maman me l'a appris sur le chemin. Qui c'était ?

— Un homme dénommé Grayson Taylor. Il était directeur chez Global Records dans les bureaux de Los Angeles, précisa Coop en lui montrant une photo fournie par la société. Est-ce que tu le reconnais ?

Le jeune homme se pencha en avant et observa quelques secondes le portrait.

— Oui, je l'ai vu à la soirée. Je me souviens qu'il est venu à plusieurs reprises près des buffets.

— Est-ce que tu l'as vu parler ou se disputer avec qui que ce soit ?

— Non, M'sieur.

— Et toi, lui as-tu parlé ?

— Non, à part peut-être pour lui demander s'il avait

besoin d'aide ou de quelque chose, mais je ne me souviens plus très bien. Il y avait tellement de gens.

— Oui, en effet, j'étais à la soirée aussi.

— Ah. Désolé, je ne me rappelle pas vous avoir vu, fit Taylor.

— Te souviens-tu être allé sur la terrasse durant la soirée ? reprit Coop.

— Mhmm.

Il réfléchit un instant, les yeux fixés sur le mur derrière le détective.

— Pas vraiment, finit-il par répondre. On y a surtout été pour tout nettoyer en fin de soirée, à cause des verres éparpillés entre autres, mais on n'a rien servi sur la terrasse.

— Et tu en as trouvé, des verres ?

— Oui, il y en avait quelques-uns près de la terrasse, dans la partie jardin, mais pas directement sur la terrasse.

— Où précisément dans le jardin ?

— Sur le rebord en pierre, si je me souviens bien. Je les ai ramassés et ramenés pour qu'ils soient nettoyés.

— Tu n'as rien remarqué d'anormal là-haut ?

— Non, pas vraiment, dit-il en secouant la tête. Ça ne m'a pas pris longtemps vu que c'était relativement propre.

— Est-ce que tu as rangé ou vérifié d'autres espaces extérieurs du manoir ?

— Juste le jardin près de la terrasse et la pelouse près de la grande salle de réception. Il y avait plusieurs tables d'installées, et donc une grande quantité d'assiettes et de verres à débarrasser.

— Très bien, Taylor. Y a-t-il eu quelque chose d'étrange ou peut-être quelqu'un que tu as remarqué au cours de la soirée ?

— Non plus. Je suis resté près des buffets à l'étage la majeure partie de la soirée, puis on a tout nettoyé. Oncle

Andy est ensuite venu me chercher et je suis parti. Je n'ai rien vu d'anormal, non.

— À quelle heure as-tu terminé ton service ?

— Autour de minuit. Ça m'a pris plusieurs minutes avant de rejoindre le parking et il était minuit quand je suis monté dans la voiture, donc un peu avant.

— Est-ce que tu es allé seul jusqu'au parking ou accompagné ?

— Avec d'autres serveurs. On était plusieurs à partir en même temps.

— As-tu vu des voitures inhabituelles ou que tu ne connaissais pas sur le parking du personnel ?

— Non, rien à signaler.

— Sais-tu combien de temps approximativement Andy t'a attendu ?

— Il m'a dit qu'il avait patienté un moment, parce qu'il a commenté toutes les limousines qu'il avait vues passer. Ah, et il m'a dit aussi qu'il était arrivé tôt parce qu'il était allé dîner, puis qu'il avait attendu dans sa voiture en travaillant sur des projets professionnels en cours.

— Parfait, Taylor. Tu nous as été d'une grande aide. Si jamais tu te souviens de quoi que ce soit, appelle-moi, ou Ben, l'inspecteur en chef. Voici ma carte, et il te donnera la sienne avant que tu ne partes, conclut Coop en se levant. Ça te dit, un Coca ?

— Oui, avec plaisir. Merci.

Alors que Coop sortait de son bureau, il chercha du regard Ben et Abby et la vit pleurer en silence, entourée de ses parents et d'Andy. Il alla dans la cuisine, récupéra une canette glacée dans le réfrigérateur, puis s'approcha discrètement de Ben pour lui demander s'ils étaient prêts.

Dans un hochement de tête, Mason acquiesça, puis s'approcha de la famille réunie.

— Mon associé a terminé d'interroger Taylor, les informa Ben avec douceur. Il peut nous rejoindre. Vous pourrez donc lui expliquer ce que signifie pour lui le décès de M. Taylor.

— Je n'en reviens pas que tu sois allé le voir, s'écria Abby en fusillant son frère du regard.

Avant que la situation ne dégénère, Coop trancha :

— Si c'est plus simple, je peux tenter de le lui expliquer dans mon bureau pour commencer.

Mal à l'aise et profondément meurtri, Andy approuva, tandis que leurs parents haussèrent les épaules sans rien dire malgré leur regard suppliant.

— C'est peut-être mieux pour l'instant, en effet, fit Abby en s'essuyant les yeux. Je ne veux pas qu'il me voie aussi bouleversée.

Andy lui tendit un mouchoir en papier qu'elle lui arracha des mains.

— Très bien, je reviens dans quelques minutes, dit Coop.

Une fois de retour dans son bureau, il tendit la boisson fraîche au jeune homme, toujours assis tranquillement sur son fauteuil.

— Tiens, Taylor. Bon, ton oncle m'a dit que tu voulais aller étudier à l'université. Tu aimerais aller où ? demanda le détective en jetant une poignée de bonbons au chocolat dans sa bouche.

— Vanderbilt, M'sieur, répondit-il en souriant. Je veux devenir avocat. Je finis le lycée l'année prochaine.

— Je ne peux que te recommander cette école. C'est celle dans laquelle j'ai étudié aussi. Je suis avocat et détective. Ces bureaux appartenaient à mon oncle ; il est mort l'année dernière, et depuis, j'ai repris les rênes. Lui aussi était détective. Il a pris sa retraite et a ouvert son propre cabinet.

Le garçon but une longue gorgée et répondit :

— Cool. Vous avez aimé étudier là-bas ?

— Adoré. Je prends toujours quelques stagiaires au cours de l'année. D'ailleurs, si tu es intéressé une fois que tu auras bien entamé ton cursus, fais-le-moi savoir et tu pourras peut-être travailler ici.

Les yeux de Taylor s'illuminèrent d'excitation.

— Vraiment ?

— Oui, vraiment, assura Coop avant de prendre un ton plus sérieux. Bon, j'ai des informations à te communiquer. Ce n'est pas évident, mais je vais tenter de faire de mon mieux pour te les transmettre. Tu pourras ensuite aller voir ta famille. Ta maman et tes grands-parents sont à côté, avec ton oncle Andy.

— Comment ça ? demanda Taylor, les sourcils froncés.

— Eh bien, l'homme décédé dont je te parlais tout à l'heure est un proche de ta famille. Il a grandi ici à Nashville et a fréquenté la même école que ta mère. Et pour tout te dire, ta maman et M. Taylor sont même sortis ensemble au lycée.

— Oh. C'est bizarre, Maman ne m'en a jamais parlé.

— Elle ignorait qui était la victime. Ben vient de lui apprendre.

— Ah… Elle doit être dévastée si elle le connaissait bien.

— À vrai dire, l'histoire ne s'arrête pas là, avoua Coop en prenant son courage à deux mains. Quand elle fréquentait Grayson, ta mère est tombée enceinte. Il pensait qu'elle avait avorté, mais ce ne fut pas le cas, et il ne l'a jamais su.

Il marqua une pause et le regarda de ses yeux ambrés.

— Tu es leur fils, Taylor.

Pétrifié, le garçon se mit à trembler.

— Quoi ? C'était mon père ?

— J'en ai bien peur, approuva Coop en hochant la tête. Je suis désolé de te l'apprendre ainsi et suis sincèrement navré de sa disparition. Je sais que ça fait beaucoup d'un coup.

Les yeux embués de larmes, Taylor posa doucement la canette sur la table basse.

— Pourquoi ma mère ne m'a-t-elle jamais dit que j'avais un père en vie ? Je lui demandais sans arrêt, et elle ne faisait que me dire qu'il était mort depuis bien longtemps.

— C'est une question à laquelle je ne peux malheureusement pas répondre, mais je suis persuadé qu'elle l'a fait en pensant que c'était pour ton bien, assura Harrington. Le rôle d'une mère est de protéger son enfant. Et je peux t'assurer que ta maman s'en sort à merveille, alors ne sois pas trop dur avec elle. Ta famille t'aime très fort, tu sais.

— Et dire que j'aurais pu le connaître pendant tout ce temps...

Sa voix se brisa en mille morceaux et des larmes coulèrent sur ses joues. Un brin ému par la scène, Coop posa une main ferme sur son épaule.

— Je sais à quel point c'est difficile, Taylor. Ton oncle s'en veut terriblement. Il est allé voir Gray vendredi matin et lui a parlé de toi sans le dire à ta mère. Il voulait que ton père l'aide à subvenir à tes études. Et Gray a dit qu'il voulait t'aider. Il était bouleversé quand il a appris qu'il avait un fils, tu sais. Andy a fini par lui dire que tu travaillerais samedi soir à Silverwood.

— C'est... C'est sûrement pour ça qu'il traînait toujours vers le buffet, parvint-il à articuler.

— Peut-être, en effet. Je suis certain qu'il voulait faire ta connaissance, affirma Coop. On ne se parle que depuis peu de temps, mais d'après ce que j'ai vu et entendu, tu me sembles être un jeune homme brillant, pas comme les autres. Il aurait été fier de toi.

Taylor hocha doucement la tête et se tamponna les yeux à l'aide de sa manche.

— Si seulement je lui avais parlé hier soir...

— Tu es prêt à aller voir ta famille ? Ils m'ont demandé de t'annoncer la nouvelle, car comme tu peux l'imaginer, ta maman est inquiète et contrariée.

— Oui, ça va aller, dit Taylor en se levant.

Coop lui ouvrit la porte et il rejoignit les autres dans la grande salle. À peine fut-il sorti que sa mère courut vers lui et le prit dans ses bras.

— Je suis tellement, tellement désolée, Taylor. Je pensais te protéger.

— Je sais, Maman, balbutia-t-il en l'enlaçant à son tour. M. Harrington m'a dit que tu avais fait de ton mieux.

Abby regarda par-dessus son épaule en direction de Coop et murmura « merci ».

— J'ai vraiment essayé. Vraiment.

Elle essuya quelques larmes de ses joues, puis recula légèrement.

— Est-ce que vous avez encore besoin de nous ce soir ?

— Non, Madame. Vous êtes libres de partir. Si on a d'autres questions, on a vos coordonnées et on vous contactera. Comme je l'ai dit à tous ceux impliqués de près ou de loin dans l'affaire, veuillez ne pas quitter Nashville et ses environs sans me le notifier, s'il vous plaît. Est-ce que vous comptiez bientôt voyager ?

Ils firent tous non de la tête, sans ajouter un mot.

— Venez à la maison ce soir, on va discuter de tout ça autour d'une glace, proposa le père d'Abby et Andy.

— N'oublie pas, dit Coop en serrant la main de Taylor, si tu as besoin de parler ou d'aide pour tes inscriptions à Vanderbilt, passe me voir quand tu veux.

Taylor lui rendit sa poignée de main.

— Je le ferai, merci, M'sieur.

— Appelle-moi Coop, d'accord ?

— Merci, Coop, à bientôt, dit-il en quittant les bureaux, entouré de sa famille.

Le détective referma la porte derrière eux et s'affala sur le canapé.

— Alors, et du côté de la famille ? demanda-t-il en regardant Jimmy, Kate et Ben.

— Rien de neuf. Les parents n'ont rien révélé de plus. Ils étaient chez eux toute la soirée hier, déclara Jimmy. On peut le vérifier avec la sécurité de leur résidence, mais je doute qu'ils aient quelque chose à voir avec tout ça.

— On a également confirmé l'arrivée et le départ d'Andy à Silverwood. Tout correspond aux heures qu'il nous a données. Cependant, il n'y a pas d'images qui montrent qu'il est resté dans son véhicule, donc techniquement, il était sur les lieux et aurait pu passer à l'acte, ajouta Kate.

Coop leur fit à son tour un bref compte rendu de sa conversation avec Taylor. Hélas, rien qui n'apportait grand-chose à l'enquête.

— Il confirme le départ d'Andy et la version selon laquelle il est sorti dîner avec des amis et est arrivé tôt sur place. Le seul élément notable, c'est lorsque Taylor s'est occupé de l'extérieur. Apparemment, il y avait des verres posés sur un rebord, près du jardin, côté terrasse. Il est donc clair que des gens s'y trouvaient. Nous ne savons simplement pas qui et quand.

Ben émit un bâillement sonore.

— Retrouvons-nous demain pour étudier la liste des invités. Vous deux, dit-il en pointant du doigt Jimmy et Kate, faites de votre mieux pour confirmer la version d'Andy auprès de ses amis et du restaurant et voyez si quelqu'un l'a vu dans sa voiture.

— À vos ordres, chef. On confirmera aussi la localisation d'Abby, mais je ne pense pas qu'elle soit impliquée ou même qu'elle savait que Grayson était à Nashville. À demain, lança Jimmy.

Ils s'éclipsèrent, laissant les deux inspecteurs débriefer entre eux.

— Après notre réunion de demain matin, j'irai parler à Emily Taylor à Bowling Green. Je lui dirai tout ce que l'on sait jusqu'à présent et je verrai ce qu'elle peut m'apprendre, dit Coop.

— Bonne idée. Merci pour ton aide ce soir. C'était mieux pour la famille de procéder ainsi, en effet, déclara Ben en se dirigeant vers la porte arrière. On se voit demain vers 10 heures. D'ici là, je devrais avoir reçu la cause du décès et les relevés téléphoniques de Gray.

— Parfait, compte sur moi. J'aime bien Taylor, c'est un bon gamin. J'espère que les choses vont s'arranger en sa faveur.

CHAPITRE SEPT

À son retour, Coop trouva tante Camille endormie sur son canapé kitsch à fleurs, ses lunettes encerclées de strass sur le bout du nez. À ses côtés, Gus aussi roupillait profondément.

— Tante Camille, murmura-t-il en lui caressant doucement la main. Il est l'heure d'aller au lit. Il est tard.

La vieille dame battit rapidement des paupières, puis sourit en reconnaissant son neveu.

— Oh, j'ai dû m'assoupir un instant, pouffa-t-elle.

Intrigué, Gus ouvrit un œil paresseux et laissa échapper un soupir avant de se rendormir, préférant retourner à ses songes.

— Que faisais-tu ? demanda Coop en remarquant son cahier ouvert sur ses genoux.

En se penchant un peu plus près, il remarqua une liste de noms inscrits.

— Où as-tu eu cette liste ?

— Oh, ce n'est rien. Eula Mae m'a parlé de plusieurs personnes présentes à la soirée et je me suis dit que je noterai les prénoms de celles et ceux que je connais. Peut-être que ça pourra vous être utile, fit-elle d'une voix fatiguée.

Il secoua la tête et lui sourit tendrement.

— Allez, au lit, dit-il avec douceur en lui tendant la main pour l'aider à se lever.

Tous les trois éreintés de leur journée, Coop conduisit sa tante dans sa chambre à coucher. Gus trottina dans celle de son maître et s'installa comme à son habitude dans son grand fauteuil préféré.

Alors qu'il se préparait à faire de même, Coop pensa à Taylor. Il aurait aimé que Gray ait la chance de rencontrer son fils. L'appréhension de devoir annoncer demain à Emily l'existence de Taylor n'arrangeait en rien ses problèmes d'insomnie. Il inhala un peu d'huile de lavande naturelle qu'il gardait sur sa table de nuit et essaya une nouvelle fois de fermer les yeux malgré ses piètres tentatives. Ses pensées mêlaient de façon incongrue son père à différentes théories sur l'affaire Grayson Taylor. Il finit par tomber dans les bras de Morphée, mais hélas, le repos ne fut que de courte durée. Quelques heures plus tard seulement, son réveil se déclencha.

———

Le lendemain, quand Coop sortit de la douche, une agréable odeur lui chatouilla les narines de bon matin. Mme Henderson avait vraisemblablement déjà préparé le petit-déjeuner. Il enfila à la hâte une chemise et un jean pour faire bonne figure devant sa cliente, puis descendit et débarqua dans la cuisine.

Espérant éviter son habituel mal de tête dû au manque de sommeil, il porta d'abord son choix sur une tasse de café chaud.

— Bonjour, M. Cooper, dit la gouvernante en lui présentant une assiette garnie de ses fameuses gaufres et œufs Bénédicte.

— Bonjour, Mme Henderson, ça a l'air délicieux, déclara Coop.

Il prit place autour de la petite table de cuisine et avala rapidement son repas, non sans oublier de se resservir plusieurs fois du café. Une fois son petit-déjeuner englouti, il nettoya son assiette, embrassa sa tante et déclara qu'il serait de retour tard.

— On gardera ton souper au four. Ah, et n'oublie pas, c'est aujourd'hui que je devrais obtenir de nouvelles informations au salon de beauté, lui rappela tante Camille alors que son neveu et Gus grimpaient dans la Jeep.

Amusé par son rôle de détective en herbe, Coop secoua la tête en pouffant de rire et démarra en trombe. Tête côté passager, Gus semblait fou de joie, les oreilles battant au gré de la brise matinale, la gueule au vent. Le duo inséparable arriva peu de temps après au bureau, prêt à affronter cette nouvelle semaine. La matinée fila à toute vitesse. Coop passa le plus clair de son temps à narrer à Annabelle les nouvelles informations qu'il détenait sur l'affaire.

— Tu vois, c'est une bonne chose finalement que tu aies accompagnée Shelby à cette soirée, le taquina Annabelle en finissant de préparer du thé sucré qu'elle rangea ensuite dans le frigo.

— Effectivement, c'était plus intéressant que je ne le pensais, admit Coop.

Il signa plusieurs documents qu'elle lui avait donnés plus tôt et ajouta :

— J'ai une réunion au commissariat avec Ben tout à l'heure. J'irai ensuite à Bowling Green pour m'entretenir avec l'épouse de la victime.

— Je me disais bien que tu avais l'air sacrément professionnel aujourd'hui, constata Annabelle avec un sourire en coin.

— Il est possible que je revienne tard, continua Coop sans prêter attention à sa remarque. Ça dépendra de ce qui se passe aujourd'hui. Si je ne suis pas là quand tu fermes le bureau ce soir, laisse Gus ici, je le récupérerai avant de rentrer.

— Pour rappel, tu as rendez-vous demain avec les Simpson au sujet de leur divorce. Les rapports seront prêts ce matin et déposés sur ton bureau. Je t'enverrai également une copie par email, l'informa Annabelle.

Elle s'interrompit, puis s'éclaircit la gorge.

— En parlant de ton bureau, j'étais surprise de le voir aussi bien rangé. Jusqu'à ce que je regarde par terre et dans la crédence, s'écria-t-elle. Coop, tu dois me laisser te filer un coup de main. On ne s'y retrouve pas.

— Je sais, convint-il, la tête baissée. Bon, très bien, je te laisse tout classer tel que tu le souhaites, à l'exception des dossiers sur l'affaire Grayson. Cette fois, je vais essayer de ne pas m'éparpiller.

— Oui, oui, la même ritournelle encore et encore, soupira Annabelle en levant les yeux au ciel.

— Merci, Annab'. On se parle tout à l'heure, sinon, à demain, dit Coop en tapotant la tête de Gus.

Après un détour par la cuisine pour remplir son thermos de café, il sortit par la porte de derrière. Une vingtaine de minutes plus tard, Harrington arriva chez Ben et eut le plaisir – ou le malheur pour sa ligne – d'être accueilli avec une boîte de pâtisseries.

— Je me suis arrêté en chemin chez Donut Hole, dit Ben, tout sourire, en piochant un beignet goût chocolat-caramel beurre salé.

Alors que Jimmy et Kate les rejoignaient à table, Coop opta pour un donut au bacon et au sirop d'érable, l'accompagna d'une tasse de café et s'installa confortablement pour écouter les derniers faits.

— D'après l'historique des appels extraits de son téléphone, Gray a contacté une agence immobilière, quelques compositeurs et artistes, le Bluebird Café, son avocat à Los Angeles, Andy Nelson, ses parents et enfin sa femme. Aucun appel ou message à Pamela, Mel, Beau, Abby ou Taylor, annonça Jimmy en lisant ses notes. Il s'était mis un rappel lundi pour se souvenir d'appeler Beau Branson. Comme elle nous l'a indiqué lors de son entrevue, Gray a envoyé un message à sa femme et a également demandé à son avocat de transférer un montant important destiné à la bourse d'études de Taylor.

— Ce qui prouve qu'il prenait les choses en main, releva Coop. J'espère que son avocat a fait ce qu'il fallait.

— Je lui ai parlé ce matin. Il a l'autorisation de gérer les finances de Gray, confirma Kate. Suite à son appel, il a aussitôt effectué le transfert. Visiblement, M. Taylor fait partie de ses gros clients, donc il se plie à la moindre de ses demandes. Ah, il m'a dit qu'il savait d'ores et déjà qu'Emily sera mécontente d'apprendre l'existence du fils caché de Gray, et qu'elle se montrera probablement difficile et exigeante. Clairement, il ne nous envie pas d'avoir à le lui annoncer. Il s'est presque réjoui de ne pas avoir à le faire lui-même.

La jeune femme leva les sourcils et mordit dans son roulé à la cannelle avant de conclure :

— Cette femme, quel phénomène… ! Son avocat n'a pas pu me contredire là-dessus.

Sur le point d'éclater de rire, Ben regarda Coop, dont le visage exprimait à la fois du désespoir et de l'indifférence.

— Sacrée rencontre en perspective. Tu as bien fait d'opter pour une chemise et pas un de tes t-shirts préférés, le taquina son ami.

— Sûrement, oui, fit Coop en haussant les épaules. J'espère que son avocat est un homme de parole et qu'elle ne pourra pas annuler le transfert.

— À ce propos, intervint Jimmy, Gray était tellement riche qu'il avait pour habitude de s'offrir un nouveau bateau dès qu'il en mettait un à l'eau. Sa fortune s'élève à des millions. Avec Emily, ils possèdent une baraque immense à Malibu, juste à côté de l'océan, des voitures de luxe, des bateaux, et j'en passe. Il détenait tout ce dont on peut rêver, sans aucune dette. Il n'avait donc aucun problème d'argent. Son poste chez Global Records lui faisait gagner environ trois millions par an, sans compter les bonus. Apparemment, la famille de sa femme est, elle aussi, fortunée, mais rien de comparable à ce qu'ils ont maintenant. Ses parents élèvent des chevaux et vivent toujours à Bowling Green.

— Il est prévu qu'on s'entretienne avec ceux de Grayson ce matin. On vérifiera également les coups de fil avec les artistes et l'agence immobilière. Mais rien de bien surprenant, vu qu'il comptait lancer son propre label, compléta Kate en époussetant le sucre et la cannelle de ses doigts. Il a pris un taxi pour se rendre à la soirée, donc aucun chauffeur ne l'attendait pour retourner à son hôtel.

— Moi, j'ai les résultats de l'autopsie, annonça Ben. Le médecin légiste estime l'heure du décès entre vingt-deux heures trente et minuit et demi, ce qui coïncide avec ce qu'a vu notre cher témoin.

Il se tourna vers Coop.

— Selon elle, un traumatisme crânien provoqué par à un objet lourd serait la cause préliminaire. L'arme du crime la plus propice à un tel coup serait l'une des sculptures en pierre présentes sur la balustrade de la terrasse. D'ailleurs, les échantillons prélevés révèlent de minuscules fragments provenant de la statuette, précisa Ben. L'équipe scientifique va poursuivre les analyses. Pour le moment, ils ont trouvé du sang et des cellules de tissus, mais pas d'empreintes exploitables, juste des traces dues à la nature poreuse de la pierre. Concernant la prise de substance illicite, seulement une simple petite quantité d'alcool dans son organisme. Rien qui n'indique qu'il soit tombé seul ou qu'on l'ait drogué à son insu. L'examen toxicologique complet prendra des semaines, mais le médecin est catégorique, c'est le traumatisme crânien qui a causé sa mort.

— Je dois avouer que je m'attendais à de meilleures nouvelles, fit Coop en buvant une gorgée. Et du côté de l'alibi de Beau, ça donne quoi ?

— Sa limousine est partie à vingt-deux heures quarante pour être exact. Il était accompagné de trois fans de sexe féminin. Ils sont partis dans un bar en ville, leur narra Jimmy. Beau a couché avec l'une d'entre elles, et ils ont passé la nuit ensemble à son hôtel. On a vérifié sa version et elle tient la route. Les chauffeurs de limousine l'ont aperçu entouré de filles jusqu'à ce qu'il monte dans la voiture. Bref, il n'est pas celui que nous recherchons.

— De mon côté, j'ai aussi vérifié Twitter hier et comme le disait Mel Lewis, la mort de Gray y a été annoncée, donc son boss a pu l'apprendre de cette façon, fit Kate. On a aussi relevé un appel téléphonique d'une minute entre Pamela et Mel juste après votre départ, sûrement pour le prévenir.

— Elle essaie de sauver son appartement, marmonna Coop comme pour lui-même. Je me demande si elle travaille encore pour eux...

Il jeta un coup d'œil à sa montre et se leva.

— Je ferais mieux d'y aller. Je vérifierai ça à mon retour.

Aussi vite que la réunion s'était écoulée, Coop les salua et disparut en coup de vent. Il s'arrêta en chemin prendre de l'essence ainsi qu'une boisson fraîche avant de s'engager à contrecœur sur l'autoroute I-65 pour faire face au trajet d'une heure qui l'attendait. L'idée d'annoncer à l'épouse d'un millionnaire que ce dernier avait un fils illégitime à qui il venait de léguer des centaines de milliers de dollars ne le réjouissait pas. Sans parler de la liaison qu'il entretenait avec sa secrétaire et de sa démission. Une main sur le volant, un coude posé sur le rebord de la fenêtre, Coop soupira.

La petite ville de Bowling Green apparut enfin sur les panneaux d'indication. Après quelques minutes supplémentaires à trouver son chemin, il bifurqua dans une allée bordée de clôtures blanches menant à une belle demeure en briques, entourée d'un terrain vert où pâturaient plusieurs chevaux.

Pressé de se débarrasser de cette corvée, Coop sonna à la porte sans attendre. Il fut accueilli par une élégante femme brune, vêtue d'une simple robe noire mise en valeur par un grand collier de diamants et une paire de boucles d'oreilles assorties.

— M. Harrington, merci d'être venu. Emily Taylor, dit-elle rapidement en lui tendant une main parfaitement manucurée.

— Avec plaisir, Madame. Toutes mes condoléances.

— Merci. Entrez, s'il vous plaît. Nous sommes seuls. Je ne souhaitais pas que ma fille entende notre conversation. Ma mère l'a emmenée aux écuries, expliqua Emily. Est-ce que je peux vous servir quelque chose à boire ?

— Volontiers. Du thé sucré fera l'affaire.

Sans un mot, elle le conduisit dans une pièce décorée de diverses photos et l'invita à prendre place à sa guise pendant qu'elle préparerait les boissons. Installé dans un fauteuil en cuir, il examina les clichés entourés de rubans et trophées, et reconnut sur l'un d'eux une Emily plus jeune, tout sourire, accompagnée d'un cheval qui devait probablement lui appartenir. Sur le reste des photos se trouvait une autre jeune fille presque identique à son hôtesse, vraisemblablement sa sœur. Un portrait plus récent attira son attention. On y voyait Grayson, Emily et leur fille.

— Voici pour vous, fit Emily en lui tendant un verre. Alors, quelles sont les nouvelles ?

— Eh bien, plusieurs choses, répondit Coop peu étonné de la voir aussi directe. Mais aucun suspect confirmé pour le moment. Cependant, j'ai tout d'abord des informations délicates à partager avec vous.

Il l'observa par-dessus le bord de son verre, jaugeant sa réaction. Droite comme un I, rien ne transparaissait de son visage dénué d'expression, hormis son regard légèrement surpris.

— Je vous écoute.

— Gray avait l'intention de quitter Global et de revenir ici, à Nashville, pour créer son propre label. Il a donné son préavis à M. Lewis vendredi.

Elle secoua la tête avec dégoût.

— Il avait déjà évoqué l'envie de démissionner. Mais j'ai toujours pensé que ce n'était qu'une réaction excessive due à sa quantité de travail, décréta Emily d'un ton mauvais. Quelle idée de vouloir tout recommencer à zéro. Et puis, pourquoi vouloir posséder à tout prix une entreprise alors qu'il travaillait déjà dans une boîte de rêve ? Ça n'a aucun sens. Quoi d'autre ?

Coop sentait que sa cliente avait déjà du mal à contenir son impatience et son désarroi. Pourtant, le plus dur restait à venir.

— Les deux autres nouvelles sont plus difficiles à

entendre, Madame, prévint le détective. Votre mari entretenait une liaison depuis un an avec une des secrétaires de la société, basée à Nashville. Il a mis fin à leur relation vendredi. Il ne trouvait pas ça juste pour vous et votre famille.

— Son nom ? demanda-t-elle d'une voix neutre.

— Pamela Hargrove. Vous la connaissez ?

— Je l'ai rencontrée à plusieurs reprises lors de différents événements, mais non, je ne la connais pas. Et, ensuite ?

Malgré sa volonté de garder calme et dignité, Emily fulminait telle une bombe à retardement prête à exploser à tout moment. La seconde nouvelle s'annonçait fatale. Mais Harrington n'avait plus guère le choix. Il devait se lancer.

— Le même jour, Gray a appris qu'il était le père biologique d'un garçon de dix-sept ans, lâcha Coop d'une traite. Cette relation remonte à l'époque du lycée avec une certaine Abby Nelson. Leur fils s'appelle Taylor.

— Un fils ? Donc c'est cette femme qui l'a tué ? présuma Emily, les yeux brillants de rage.

— Non, Madame. Elle ignorait qu'il était de retour à Nashville. Le frère d'Abby s'est rendu à l'hôtel de Gray et lui a appris l'existence de l'enfant. Elle n'a jamais souhaité que Gray sache qu'elle l'avait gardé, mais son frère espérait qu'il l'aiderait pour ses études.

— Évidemment, répondit-elle avec dédain. Je suis certaine que ce type s'est dit que Gray pouvait se le permettre, alors pourquoi ne pas lui demander un peu d'argent en passant. *Si* ce garçon est bien l'enfant de Gray.

— D'après leur conversation, votre mari était sous le choc, mais n'a jamais douté un seul instant que Taylor soit son fils. Il semblerait qu'Abby soit tombée enceinte au lycée et qu'il lui ait donné de l'argent à l'époque pour qu'elle avorte. Mais elle a décidé de garder l'enfant et a choisi de ne jamais lui dire, expliqua Coop calmement. Taylor travaille à Silverwood. Il était présent à la soirée à laquelle Gray assistait samedi soir.

— Dans ce cas, c'est peut-être lui qui a tué Gray. Visiblement, toute la famille est dans le coup, répliqua Emily d'une voix tranchante. Sûrement rien qu'une bande d'incapables voulant de l'argent facile.

Perplexe, Coop secoua vivement la tête.

— J'en doute, Mme Taylor. Nous les avons tous interrogés un par un, et aucun d'entre eux ne semble avoir une quelconque implication dans l'affaire. Votre mari est mort d'un traumatisme crânien. D'après les premiers résultats de l'enquête, une statuette en pierre trouvée dans le jardin serait l'arme du crime. À l'heure actuelle, nous ne possédons pas de suspects sérieux, mais soyez certaine que nous allons examiner de près la liste des invités.

— Assurez-vous de dire à ces culs-terreux qu'ils ne toucheront pas un seul centime de notre fortune pour s'occuper du soi-disant fils de Grayson, s'insurgea-t-elle, les dents serrées. Il a une fille et une femme. Nous sommes sa seule et unique famille.

Coop prit une longue gorgée de thé, puis reprit.

— Vous connaissez la famille Nelson ? Abby ou son frère, Andy ?

— Bien sûr que non. J'étais au lycée dans les environs et je n'ai rencontré Grayson qu'à l'université. Mais je connais leur genre, fit-elle, irascible.

Tombant des nues face à son comportement odieux, Coop comprenait à présent ce qu'avaient voulu dire Kate et Jimmy.

— Mme Taylor, pour être transparent avec vous, Gray a appelé son avocat en fin de semaine dernière pour lui demander de mettre en place une bourse d'études à l'intention de Taylor Nelson. Demande qu'il a exécutée dès qu'il a pu. D'après les informations dont je dispose, Steve, son avocat, est habilité à effectuer de telles transactions. Elle a été faite vendredi.

— De combien ? aboya Emily, hors d'elle.

— Quatre cent mille.

Ses yeux sombres devinrent soudain menaçants.

— C'est ce qu'on va voir.

Ignorant sa remarque, Coop avala le reste de son thé et commença son habituel interrogatoire.

— Connaissez-vous quelqu'un qui pourrait en vouloir à votre mari ?

Elle fit non de la tête.

— Il avait des relations professionnelles conflictuelles avec certains clients, mais il n'a jamais reçu de menaces pour autant. La plupart des gens l'appréciaient.

— Et vous ignoriez qu'il prévoyait de retourner à Nashville dans un mois ?

Elle secoua de nouveau la tête et fronça les sourcils.

— Quelle idée ridicule de penser qu'on pourrait déménager si tôt. Hannah est inscrite à une quantité d'activités, et mon père est en phase terminale. J'imagine qu'il ne pensait qu'à sa petite personne, s'écria-t-elle en brandissant son téléphone pour le lui montrer. D'ailleurs, il m'a envoyé un message samedi soir pour me dire qu'il voulait faire des changements dans sa vie.

— Je suis désolé d'être porteur d'aussi mauvaises nouvelles, Mme Taylor. Mais au dire de tous, votre mari était un homme bien. Il essayait simplement de faire les choix qu'il jugeait être les bons.

Silencieuse, Emily le regarda fixement, ses lèvres fines crispées. Dans son regard flamboyant se préparait une tempête des plus fracassantes.

— Je vous appellerai dès que j'aurai obtenu une copie de la liste des invités. Peut-être que vous connaissez l'un d'eux ou détenez des informations susceptibles de les rendre suspects.

— Je serai chez mes parents jusqu'à nouvel ordre. Jusqu'à ce que j'en sache plus sur l'état de mon père. Je vous le ferai savoir si je retourne à Los Angeles, répondit-elle d'un ton sec.

Elle se leva d'un bond et se dirigea vers le couloir, congédiant Coop sans la moindre délicatesse, qui la suivit jusqu'à la porte d'entrée.

— Merci pour votre temps. Je vous tiens informée.

Elle l'observa quelques instants depuis le perron, puis referma la porte lourdement sans un au revoir. Peu vexé par son manque de tact, le détective haussa les épaules et se glissa derrière le volant de sa Jeep. Sur la route, il appela Ben pour le prévenir de son retour, puis envisagea brièvement de contacter Steve, l'avocat de Taylor, puisqu'il serait bientôt le prochain à s'attirer les foudres de son épouse.

Alors que le véhicule serpentait sur l'autoroute, Coop ne put s'empêcher de comparer le comportement avare d'Emily Taylor à celui de sa tante Liz. Ex-tante, à vrai dire. Née avec une cuillère en argent dans la bouche, elle n'avait jamais cessé de le rappeler à oncle Mike, le frère de son père. Après avoir connu une belle mais courte carrière dans le baseball, son oncle s'était blessé et avait vu son rêve de devenir joueur professionnel s'écrouler. Bien qu'il travaillait sans relâche, le pauvre homme n'était jamais parvenu à répondre aux exigences superficielles de sa femme. Ensemble, ils avaient eu un fils, Phillip, beaucoup plus jeune que Coop.

La Vipère. Tel était le surnom que l'on utilisait dans son dos pour la qualifier. Elle évitait à tout prix de fréquenter la famille de Mike, puisqu'il était évident qu'aucun d'entre eux n'était assez riche pour elle. Ironiquement, Liz avait les mêmes traits qu'Emily : une bouche fine remplie de venin, un regard perçant et un tempérament sans pitié. Sa soif de voitures de luxe, d'achats futiles et de maisons toujours plus grandes avait poussé son oncle à cumuler plusieurs emplois simplement pour la rendre heureuse... Et pour causer sa mort quelques années plus tard. Après le décès de Mike, la Vipère avait fini par évincer son fils du foyer familial et s'était installée en Californie près de sa famille, où elle s'était remariée avec un homme fortuné. Coop se souvenait que son père avait tenté de rester en contact, mais avait fini par renoncer, et aucun d'eux n'avait parlé à Philip en vingt ans.

Malgré la chaleur, il frissonna, perturbé par ces souvenirs désagréables, et garda le pied sur l'accélérateur. À bien y penser, Emily, Liz et sa propre mère étaient à elles trois une raison de plus qui l'incitait à rester célibataire.

———

Sur le chemin, Harrington s'arrêta prendre un hamburger à emporter pour le déjeuner. Il lui fallait bien ça pour se remettre de cette rencontre infernale. Il débarqua sur le parking du commissariat un peu avant quinze heures. Alors qu'il ouvrait la porte du poste de police, son téléphone émit un bip. Après un bref coup d'œil, il vit un message de Shelby lui demandant des nouvelles au sujet de l'affaire et préféra l'ignorer pour le moment. Il trouva Ben Mason assis à la table de conférence en face du tableau, des centaines de feuilles éparpillées autour de lui.

— Cette femme est un vrai piranha, commenta Coop en prenant place à côté de son ami.

— Elle était hors d'elle, j'imagine ?

— Pire. Je dirais plutôt glaciale et mauvaise. Elle a voulu

d'emblée mettre la faute sur Abby ou Andy, voire même Taylor. Elle les a accusés du meurtre et traités de culs-terreux rapaces.

— Emily les connaît ?

— D'après ce qu'elle m'a dit, non, répondit Coop. Par contre, à l'heure qu'il est, notre cher ami Steve doit se faire tirer les bretelles. Elle était furieuse que Taylor puisse toucher une partie de leur argent.

— On a passé en revue l'ordinateur portable qu'il avait à l'hôtel ainsi que tous les fichiers de son ordinateur de bureau. Rien de pertinent, si ce n'est une lettre qu'il a rédigée pour Taylor samedi matin. Je t'en ai imprimé une copie. N'hésite pas à la transmettre à sa femme. Ça l'aidera peut-être à digérer la nouvelle, qui sait.

— Du côté de ses parents, qu'est-ce que ça donne ? demanda Coop en prenant la feuille que lui tendait Ben.

— Pas grand-chose. Ils étaient au courant de la grossesse d'Abby, mais ignoraient qu'elle avait choisi de le garder, expliqua Mason. En somme, des gens ordinaires, simplement dévastés par la mort de leur fils, unique qui plus est. Ils devaient se voir dimanche, mais Grayson les avait appelés pour leur dire qu'il devait soutenir Emily à l'hôpital et qu'il les contacterait du Kentucky pour reprogrammer un déjeuner ensemble. À l'origine, il comptait leur annoncer qu'il souhaitait revenir vivre à Nashville. Ses parents se faisaient une joie de l'avoir près d'eux. En outre, ils avaient toujours apprécié Abby et sa famille. Ils étaient fous de joie d'apprendre qu'ils avaient un petit-fils. Ils veulent absolument le rencontrer.

— Donc si je comprends bien, tu as eu droit à l'interrogatoire plaisant et moi à celui avec Cruella ?

Ben éclata de rire.

— C'est comme ça que tu te fais plus de pognon, mon

vieux. Au fait, tous les appels passés par Gray sont avérés. Il cherchait bien un bureau pour son nouveau label et a stipulé à l'agent immobilier le vouloir dans un mois. Il a aussi contacté plusieurs artistes et leur a dit qu'il souhaitait signer leur contrat la semaine suivante. Donc rien de suspicieux.

— C'est la liste des invités ? demanda Coop en pointant du doigt une feuille.

— Oui. On est en train de l'entrer dans l'ordinateur, mais j'ai commencé à la rectifier à la main. Je pense qu'on peut déjà éliminer tous ceux qui sont partis avant dix heures et demie et commencer par étudier le reste un par un.

— J'ai dit à Mme Taylor que je lui enverrai une copie au cas où elle reconnaîtrait un invité potentiellement lié à Gray.

— Je vais demander à l'un de mes hommes de te l'envoyer par email une fois qu'elle aura été saisie, avant qu'on prenne des notes. Ça devrait être fait avant dix-sept heures aujourd'hui.

— Très bien. Je me charge d'interroger le personnel. Je peux commencer dès ce soir.

— Parfait. De mon côté, je vais me pencher sur les artistes, et on pourra s'attaquer aux politiciens ensemble. Fais-moi savoir si tu trouves quelque chose. Sinon, on se retrouve ici mercredi matin pour débriefer.

— Gus est resté au bureau. Je vais passer le chercher et en profiter pour vérifier deux ou trois choses, et je serai de retour chez moi si besoin, l'informa Coop.

Il salua d'un signe de la main Jimmy et Kate, tous les deux au téléphone derrière leur bureau respectif, puis quitta le commissariat.

Après avoir appelé tante Camille sur la route et promis d'être à l'heure pour le souper à dix-huit heures, il se stationna sous l'ombre d'un gros chêne dans le jardin arrière. Surexcité, son chien lui fit sa danse habituelle de bienvenue alors qu'il tentait de se frayer un chemin jusqu'à la cuisine pour se servir une tasse de thé glacé.

— Salut Annab', fit-il en passant à côté de son bureau, Gus sur ses talons. Quoi de neuf ?

— Rien de trépidant. Je termine de remplir les factures. Ces gens de Rochester m'ont recommandé une autre entreprise et ils veulent que nous fassions leurs rapports d'antécédents. Je leur ai envoyé un contrat et je travaillerai dessus demain. J'ai passé la majorité de ma journée à ranger le chaos de paperasse dans ton bureau. Et toi, du nouveau ?

Épuisé, Harrington s'avachit sur le canapé et apprécia quelques secondes l'air frais de la climatisation lui caresser le visage.

— Pas grand-chose, hormis Mme Taylor, ricana Coop. Cette femme est capable de transformer de la lave en glaçon rien qu'avec son regard. Et je ne serais pas étonné d'apprendre qu'elle a déjà noyé une portée de chiots.

Il secoua la tête devant l'expression stupéfaite d'Annabelle, puis reprit son sérieux.

— Elle est folle de rage. Surtout à propos des fonds versés à Taylor. Bref, je dois m'y mettre. J'ai toute une liste de suspects potentiels à étudier. D'ailleurs, je vais avoir besoin de ton aide cette semaine.

Il déplia la feuille que Ben lui avait donnée.

— C'est la lettre que Grayson a écrite à Taylor samedi. Tu veux que je te la lise ?

Elle approuva d'un signe de tête, impatiente d'en savoir plus sur l'affaire. Coop se racla la gorge et lut à voix haute :

Cher Taylor,

Ce que je m'apprête à te révéler est difficile à lire, mais je tiens à ce que tu saches que je ne connais ton existence que depuis hier. Je suis ton père biologique. Ta maman et moi fréquentions le même lycée. Nous nous aimions éperdument, sans nous soucier de rien.

Un jour, elle est tombée enceinte. J'ignorais qu'elle avait choisi de garder notre enfant jusqu'à aujourd'hui. Je suis profondément triste et sincèrement désolé d'avoir manqué ces dix-sept dernières années. Cependant, je suis honoré qu'elle ait choisi de t'appeler Taylor.

À l'heure actuelle, je vis à Los Angeles, mais je m'apprête à revenir à Nashville d'ici le mois prochain. Mes parents, tes grands-parents, vivent toujours dans la maison dans laquelle j'ai grandi. Ils seront impatients de te rencontrer. Ils ont toujours adoré ta maman. Andy est venu me voir hier et m'a appris que j'avais un fils. Je sais que ce n'est rien par rapport à l'immensité de cette révélation, mais je t'ai versé une bourse d'études. Ton oncle m'a fait part de ton souhait d'aller à l'université, et je serais honoré de pouvoir t'aider. Je veux que tu puisses étudier sans te soucier de l'aspect financier.

Si ta maman l'autorise et que tu le souhaites aussi, j'aimerais te rencontrer et passer du temps avec toi pour apprendre à mieux te connaître. Ma vie est un peu compliquée en ce moment. J'ai une femme, Emily, et une fille, Hannah. Je ne leur ai pas encore appris ton existence, mais je compte le faire dès demain. Je sais que ça peut sembler difficile à croire, mais je suis persuadé que les choses vont s'arranger. Je serai de retour dans quelques semaines. Dis-moi si tu souhaites qu'on dîne ensemble un soir. Tu choisis l'endroit et je t'y retrouverai ou passerai te chercher.

Je sais que je n'ai pas été là pour toi, mais je souhaite me racheter. J'espère que tu me laisseras une chance de te prouver que je suis à la hauteur d'être ton père.

PS : Tu trouveras avec cette lettre mon numéro de téléphone ainsi que mon email. N'hésite pas à m'écrire ou à m'appeler.

Prends soin de toi,

Gray.

Alors qu'il prononçait le dernier mot, Coop entendit un bruit de mouchoir qu'on déplie et vit Annabelle se tamponner les yeux.

— Que c'est triste, se désola-t-elle.

— Oui, cette affaire est épouvantable, admit Coop. Je sais que Gray a pu commettre certaines erreurs, voire même de grosses erreurs par le passé, mais au fond, c'était un brave type. Il voulait faire les choses bien pour son fils. Bref, je ferai tout pour découvrir qui l'a tué.

Un léger carillon provenant de l'ordinateur vint alors conclure sa phrase.

— Ben vient d'envoyer la liste, annonça Annabelle. Je te l'imprime tout de suite. D'après ce que je comprends, il a marqué d'un trait rouge tous les invités partis avant vingt-deux heures trente et a envoyé une autre liste complète. Il a aussi précisé l'affiliation de chacun, s'il s'agit d'un politicien, d'un employé, d'un artiste ou d'un invité.

— Envoie également de ma part une copie de la liste à Mme Taylor et demande-lui de la passer en revue, puis de me la renvoyer si elle pense identifier qui que ce soit lié à son mari.

Sans perdre une seconde, Annabelle fit danser ses doigts sur les touches du clavier et lui présenta quelques minutes plus tard une liste des employés prête à être examinée.

— Je vais appeler de ce pas Silverwood pour obtenir les coordonnées de chaque employé.

— Bon travail, Annab', merci, déclara Coop tandis qu'il regagnait son espace de travail. Waouh, je ne reconnais même plus mon bureau. Tu t'es surpassée, comme d'habitude.

Il l'entendit grommeler quelque chose qui ressemblait à « Jusqu'à la prochaine fois », pouffa de rire, puis se mit au travail.

Pour commencer, Coop voulait prendre le temps de répondre à ses textos, dont quatre de Shelby, puis effectuer des recherches sur Emily Taylor. Il voulait en savoir plus sur sa cliente. Peut-être que ces informations pourraient lui servir plus tard.

Emily Dutton, de son nom de jeune fille, était la petite dernière de Wheelock et Iris Dutton. Sa sœur, Isabelle, avait deux ans de plus et était mariée à l'un des plus riches promoteurs immobiliers de Nashville, Harold Palmer. Rien de notable ne lui sauta aux yeux. Toutefois, il imprima le rapport et le glissa dans un nouveau dossier, fier de pouvoir le ranger dans l'un des tiroirs ordonnés de son bureau.

Avant qu'Annabelle ne finisse sa journée, elle lui déposa la liste des coordonnées du personnel.

— Il y avait une cinquantaine d'employés à la soirée. J'ai parlé à la directrice. Elle va te transmettre par email l'heure à laquelle chacun d'entre eux a pointé samedi soir. Elle est ravie de nous filer un coup de main et m'a dit de l'appeler si tu avais besoin d'autre chose.

Elle se pencha pour caresser Gus, qui se roula sur le dos, exhibant son ventre duveteux.

— À demain matin, les garçons. J'ai verrouillé la porte d'entrée, l'informa-t-elle en sortant par la cuisine.

Coop préférait de loin les entrevues en personne plutôt que par téléphone. Il s'attela à la tâche et se mit à contacter chaque membre du personnel pour convenir d'un rendez-vous. Les seuls employés à plein temps étaient les jardiniers, le personnel de sécurité, ainsi que la directrice et son assistant. Tous les autres ne travaillaient pas avant vendredi après-midi. Après avoir convenu d'un rendez-vous pour le lendemain matin avec les dix employés permanents, il porta son attention sur ceux à temps partiel.

Lorsque l'heure du souper approcha, Harrington avait bien progressé. En rentrant, il pensa donner des nouvelles à Shelby, mais réalisa qu'il n'avait rien à signaler et n'avait pas spécialement envie de répondre à ses questions. Au fond, il savait que Shelby et lui n'étaient pas faits l'un pour l'autre, et il préférait en finir avant qu'elle ne devienne encore plus pot de colle. Trop jeune pour lui et trop focalisée sur la musique, il l'imaginait aisément se transformer en une Pamela aspirant à beaucoup plus.

Une fois de retour chez lui, Coop reconnut la voiture d'Eula Mae garée dans l'allée et sentit au même moment l'arôme délicieux du pain à la viande et des crackers maison de Mme Henderson. L'eau à la bouche, il ouvrit la porte d'entrée et vit les deux vieilles amies assises en train de siroter leur thé sucré.

— Bonsoir Eula Mae, comment vas-tu ?

— Si tu veux tout savoir, je cuis dans mon jus, s'exclama-t-elle en riant.

— Je veux bien te croire. Ça donne envie de piquer une tête dans la piscine, répondit Coop en souriant. Je suis content de te voir ici. D'ailleurs, je comptais te poser quelques questions au sujet de la fameuse soirée et du meurtre de Grayson Taylor.

— Passons à table. Tu pourras lui poser toutes tes questions, et je te raconterai ensuite ce que j'ai appris au Bella's, proposa Camille en se levant pour les inviter à se presser dans la salle à manger. Le souper est servi !

Tandis qu'ils s'échangeaient les plats, puis entamaient le repas, Coop questionna Eula Mae au sujet de ses horaires et de ses différentes tâches samedi soir.

— Je m'y suis rendue tôt pour les aider à tout mettre en place. On a déjeuné tous ensemble avant la soirée. Le repas est toujours offert avant ce genre d'événement, précisa-t-elle. Un grand nombre a dîné autour de dix-huit heures. Pour ma part, je suis allée à mon poste avant dix-neuf heures, avec la liste des invités. J'ai coché toutes les arrivées au fur et à mesure et j'ai fermé le guichet un peu avant vingt-trois heures, puis j'ai rendu la liste et suis rentrée chez moi. Les agents de sécurité ont continué à surveiller l'entrée et la sortie après mon départ pour empêcher tout grabuge.

— As-tu rencontré un quelconque problème avec l'un des invités ? Ou quelqu'un a-t-il cherché à entrer sans invitation ? l'interrogea Coop tout en beurrant un troisième cracker.

— Eh bien, pour tout te dire, la liste que j'avais mentionnait le nom des invités, mais pas celui de leur « plus un », dont je n'avais pas l'identité, expliqua la vieille dame. Rien de grave en soit. Ce n'est pas comme si c'était un événement qui nécessitait une collecte de fonds.

L'air préoccupé, elle se tut un instant, puis reprit :

— Quand j'y pense, toutes ces limousines avec leurs vitres sombres, je ne pouvais absolument rien voir à l'intérieur. Le chauffeur me donnait le nom de la personne conviée et je le cochais. Certains m'indiquaient qu'ils étaient accompagnés d'autres invités, et je le notais simplement sur la feuille. D'ailleurs, ce sont surtout les politiciens qui sont venus en nombre.

— Mais tu n'avais pas les noms des autres invités, n'est-ce pas ?

— Exact. Toutefois, j'aime rester organisée, j'ai donc noté tous ceux venus accompagnés.

— Penses-tu que quelqu'un se soit introduit dans le parc sans être vu, s'il est venu à pied, par exemple ?

— Mmm. Il n'y a qu'une seule voie qui mène directement au guichet, que ce soit pour entrer ou sortir, mais si le meurtrier est venu à pied, il a pu tout bonnement l'éviter, admit Eula Mae. Je sais qu'il y a une caméra au guichet, mais je ne suis pas certaine de ce qu'elle filme, en dehors de la route.

Coop hésita avant de poser sa prochaine question,

conscient qu'il éveillerait aussitôt l'enquêtrice amatrice qui sommeille en sa tante.

— Quelle serait votre théorie ? demanda-t-il en les regardant l'une après l'autre.

Elles échangèrent un regard entendu avant de reporter leur attention sur Coop.

— On ne parlait que de ça au salon, fit Camille d'une voix mystérieuse. Et le consensus est qu'il entretenait une liaison. Je continue à penser que sa femme pourrait être impliquée dans l'affaire et l'avoir fait tuer. Reste plus qu'à lui trouver un mobile.

— Certains membres du personnel ont vu M. Taylor parler à une jeune femme blonde, et ils les soupçonnent de... tu vois, dit Eula Mae en levant les sourcils qu'elle maquillait certainement chaque matin, d'après Coop.

— Oui, j'ai parlé à cette fameuse blonde. Elle travaille comme secrétaire chez Global Records, et ils avaient bien une liaison. Information qui n'est pas à divulguer, ajouta-t-il d'une voix sévère à l'intention des deux amies passionnées de commérages.

— Et selon toi, tu penses qu'elle l'a tué ? demanda Camille.

— Pour le moment, personne ne semble avoir un quelconque mobile suffisant pour être arrêté. Ce que l'on sait, c'est que Gray s'est disputé avec la secrétaire, Mel Lewis, et Beau Branson.

Pendant qu'ils étaient perdus dans leurs pensées, Mme Henderson leur apporta trois parts de tarte aux fraises pour le dessert.

— Eula Mae, te souviens-tu avoir vu Beau Branson quitter la soirée ? demanda Coop en rompant le silence.

— Je n'en suis pas certaine. On ne vérifie plus rien quand les gens partent ; plusieurs limousines sont sorties avant que je ne ferme le guichet, impossible de voir quoi que ce soit à cause des vitres teintées.

— Et Andy Nelson, est-ce que tu l'as vu quand il est venu chercher son neveu Taylor ?

— Oui, j'ai parlé à Andy, dit-elle en souriant. Il était en avance, mais il a dit qu'il avait du travail à faire en attendant Taylor. Ils sont tous les deux toujours polis et très aimables.

Son dessert terminé, Camille se leva et revint quelques secondes plus tard avec son carnet et la liste d'Eula Mae.

— Tiens, les notes que nous avons prises sur tous les invités que nous connaissons. Ce qu'on peut dire, c'est que cette liste transpire l'argent et le pouvoir, Coop.

— Oui, je sais. Comme tu l'as dit, il faut que l'on parvienne à trouver le mobile.

— Eh bien, j'ai encore quelque chose. Comme quoi, aller au Bella's est vraiment utile, révéla Camille, les yeux pétillants. Il semblerait qu'il y ait des ragots au sujet d'Emily Taylor. Apparemment, elle serait sortie au lycée avec un certain Seth Hill, dont la famille est amie avec le cousin de Beulah, donc elle le connaît bien. Bref, quand Emily a déménagé à Los Angeles, elle a engagé Seth pour tenir leurs écuries en Californie et disait n'avoir confiance qu'en lui pour s'occuper de leurs précieux chevaux. Résultat des courses, il vit là-bas depuis, avec eux. Les rumeurs y sont allées de bon train. Beaucoup pensent qu'elle et Seth se voient encore. Beulah m'a même dit qu'elle avait parlé à son cousin ce matin, et celui-ci a confirmé que Seth avait rendu visite aux parents d'Emily à Bowling Green le week-end dernier. Il était donc dans le coin.

— En voilà un mobile, gloussa Eula Mae.

Coop griffonna quelques notes sur la feuille, et Camille lui fournit le numéro de téléphone de son amie Beulah, ainsi que le nom et le numéro de son cousin.

— Je savais que ça t'intéresserait. Voici aussi l'adresse de ses parents, dit-elle fièrement en lui tendant un autre morceau de papier de son carnet à fleurs.

— Bon travail, Inspecteur Camille. Toi aussi, Eula Mae. Je regarde tout ça demain.

Après un bref signe de la main à Gus, il se dirigea vers la piscine, impatient de savourer la fraîcheur de l'eau.

CHAPITRE HUIT

Persuadé qu'une baignade nocturne l'aiderait à trouver le sommeil comme elle le faisait habituellement, Coop déchanta rapidement. Il enviait Gus qui, tombé comme une masse aussitôt sur le lit, ronflait paisiblement à ses côtés. D'ordinaire, les affaires sur lesquelles travaillait le détective ne l'affectaient pas autant. Pourtant, celle-ci le rongeait au point de renoncer à dormir et de se rendre au bureau bien plus tôt que prévu. Le regard embrumé, il se prépara un café et étudia de nouveau la liste des invités. Alors qu'il parcourait attentivement le nom et le poste de chaque employé, son attention se porta sur le photographe de l'événement. Intrigué, Coop saisit son téléphone, chercha parmi son historique d'appels le numéro de son fidèle acolyte et remarqua de nouveau plusieurs messages de Shelby lui demandant de l'appeler.

Après plusieurs sonneries, Ben finit par décrocher d'une voix pâteuse.

— Ben, tante Camille m'a dit hier être partie à la pêche aux infos au salon Bella's et a notamment appris des choses intéressantes sur Emily Taylor, lâcha-t-il avec vivacité. Il semblerait qu'elle entretient toujours une relation avec son petit ami du lycée, un certain Seth Hill, et qu'elle l'aurait engagé pour s'occuper de ses chevaux. Il vit donc aussi en Californie. Selon Beulah, une amie de Camille, le type en question se trouvait même à Bowling Green ce week-end. C'est une piste à explorer. Je t'envoie sur-le-champ les infos que j'ai.

— Tu n'as visiblement pas dû fermer l'œil de la nuit, vu que tu m'appelles à cinq heures du matin. Coop, tu dois prendre du temps pour toi aussi, répondit Ben en bâillant. Bon, je regarderai ça de plus près dès que je serai au bureau. Ce serait curieux qu'elle t'engage pour trouver l'assassin de son époux si elle-même est impliquée, mais à bien y réfléchir, j'ai déjà vu des histoires encore plus tirées par les cheveux.

— Oui, cette affaire me tape sur les nerfs, concéda son ami, je dors encore moins que d'habitude, mais ça ira.

Il trempa ses lèvres dans son café chaud, puis reprit :

— J'étais en train de m'occuper de la liste des employés quand j'ai remarqué le nom du photographe. Ça m'a fait penser à toutes les photos qui ont dû être prises au cours de la soirée, expliqua Harrington. Tu penses que tes informaticiens pourraient tenter de reconstituer l'historique des allées et venues sur la terrasse au moment du meurtre ? Je parie que les musiciens ont pris une quantité incalculable de photos pour faire leur promo. Et comme tout le monde a un appareil photo sur son téléphone de nos jours, il y a dû avoir une tonne de photos postées sur les réseaux.

— Bonne idée, je m'en occupe. De mon côté, j'ai tenté de créer une matrice de l'emplacement de chaque invité pendant ce créneau de deux heures, et entre toi et moi, c'est accablant.

— Ah, et j'ai discuté avec Eula Mae hier soir. Elle tenait le guichet et m'a dit qu'elle avait inscrit des noms supplémentaires qui ne figuraient pas sur la liste originale. Tu devrais demander au responsable de la consulter, car certains invités sont venus accompagnés. J'ai vu mon nom inscrit. Shelby a dû leur transmettre, mais je ne pense pas que notre liste soit complète.

— Ça marche, je les contacte dès que ça ouvre.

— Une dernière chose. Je repensais à l'arme du crime hier soir. Est-ce qu'il y aurait une chance de récupérer des cellules épithéliales sur la pierre ?

— J'en ai parlé au labo. Ils ne sont pas optimistes, avertit Ben. Le lieu avait déjà accueilli une énorme soirée la veille. Il leur est donc difficile d'obtenir un échantillon de qualité, et comme c'est un lieu public, il y a de fortes chances que l'analyse fasse ressortir plusieurs ADN. Les experts analysent tout, mais on doit tenir un suspect avant de pouvoir justifier le coût d'une analyse sur une affaire aussi longue. On en discute demain, sauf si on apprend quelque chose de significatif aujourd'hui.

Pressé d'avancer, Harrington raccrocha et se força malgré lui à attendre jusqu'à sept heures avant de continuer à passer d'autres appels. Il devait voir ces photos.

Une fois qu'il fut une heure convenable pour passer des coups de fil, il composa le numéro du photographe. Mécontent d'être réveillé aussi tôt, l'homme accepta à contrecœur de rencontrer Coop à Silverwood pour lui montrer les images vidéo et les photos de l'événement.

Au même instant, Annabelle fit son entrée dans les bureaux, et Gus fila comme une balle vers la porte de derrière.

— Vous êtes arrivés tôt tous les deux, dis donc, remarqua-t-elle en rangeant son déjeuner dans le réfrigérateur et en déposant deux énormes sachets de M&M's dans le placard.

Elle se pencha pour caresser Gus qui traînait dans ses pattes et se servit une tasse de café avant de se diriger vers le bureau de Coop.

— Wahou, deux jours d'affilée en chemise ! Tu m'en vois impressionnée.

Il leva les yeux au ciel.

— Oui, cette affaire me hante, grimaça Coop. J'ai plusieurs rendez-vous dès neuf heures à Silverwood. J'y serai jusqu'à midi, puis certains membres du personnel viendront ici à partir de treize heures.

Il lui tendit la liste du personnel.

— Tu peux commencer à travailler sur le reste. Essaie de les programmer aujourd'hui ou ce soir. Le plus tôt sera le mieux.

Dans un hochement de tête, Annabelle prit la feuille, puis s'installa derrière son ordinateur, Gus à ses pieds.

Lorsque Coop arriva au jardin botanique, Sarah, la responsable de l'établissement, le conduisit dans une petite salle de réunion dominant la terrasse et lui présenta ensuite un buffet où étaient disposés café, thé, diverses pâtisseries et plusieurs pichets d'eau glacée.

— J'espère que ce buffet sera à votre goût, M. Harrington. Nous sommes tous écœurés par cette histoire sordide, déclara-t-elle avec un agréable accent prononcé.

— Oui, merci beaucoup pour votre aide. J'apprécie votre accueil.

— J'ai pu faire venir ce matin les guides qui s'étaient portés volontaires samedi soir. Ils sont donc disponibles dès que vous le souhaitez.

— Merveilleux. Ah, est-ce que l'inspecteur Mason vous a contactée au sujet de la liste des invités ?

— Oui, Monsieur. Je n'avais même pas pensé aux notes laissées par le guichet, admit-elle. Comme vous vous en doutez, je ne suis pas au meilleur de ma forme ces temps-ci. Mais j'ai fait une copie de la liste des invités d'Eula Mae, incluant ses notes. Je vais vous la chercher. J'ai déjà envoyé une copie par mail à l'inspecteur Mason.

Quelques minutes plus tard, elle revint avec la fameuse liste, accompagnée du premier rendez-vous de Coop, l'un des jardiniers.

— Faites-moi signe quand vous serez prêt à recevoir la prochaine personne. Le téléphone se trouve près du buffet avec un autocollant rose qui indique le numéro direct de mon poste, l'informa la responsable.

Coop la regarda quitter la pièce, non sans remarquer sa robe fourreau en dentelle et ses talons hauts qui mettaient en valeur sa silhouette élégante et ses jambes fuselées.

Il accueillit le jardinier d'un grand sourire et commença l'entrevue en lui demandant de lui décrire ce qu'il avait vu et où il se trouvait le jour du meurtre. S'ensuivit ensuite une dizaine de rendez-vous au cours desquels Harrington prit soin de noter les moindres détails dans son calepin déjà bien rempli. Quand il eut fini d'interroger les agents de sécurité, les jardiniers et les guides bénévoles, son carnet ne comportait plus aucune feuille vierge.

L'assistante de Sarah fut la suivante. Dès qu'ils eurent terminé leur échange, elle proposa d'accompagner Coop jusqu'à la salle des photographes. Elle l'aida même à ajouter certains noms manquants sur la liste des accompagnants.

Quand il pénétra dans la salle de montage, Coop vit Jake, le photographe, aux commandes de plusieurs grands écrans. Après quelques explications, il entreprit de cliquer sur une centaine d'images de la soirée et lui apprit qu'il n'était pas le seul photographe présent à l'événement. En effet, les maisons de disques et les politiciens étaient accompagnés de leurs propres photographes officiels ; Jake lui indiqua leurs noms.

Le détective lui demanda s'il pouvait lui fournir des copies de toutes les photos et vidéos, et Jake proposa d'organiser les photos par ordre chronologique pour lui faciliter la tâche. En quelques clics, ce fut chose faite : le photographe chargea les photos et les fichiers vidéo en ligne et donna un mot de passe à Coop pour qu'il puisse les consulter et télécharger tout ce dont il avait besoin. Jake lui envoya également le lien vers l'événement Facebook où plusieurs photos des participants avaient été publiées.

— Je vous contacterai par email si je tombe sur d'autres sites avec des photos, proposa aimablement le photographe.

Pendant que Jake s'affairait, Coop en profita pour lui demander, d'après ses photos, son avis sur le meurtre. Ayant passé la soirée l'œil rivé sur l'objectif, il lui indiqua qu'il n'avait vu hélas que ce que les photos voulaient bien montrer.

— Merci pour votre aide, le remercia Coop. Encore navré pour l'appel matinal, mais cette affaire est de la plus haute importante. Je vais transmettre toutes ces informations à l'inspecteur Mason. Il demandera aux techniciens de s'en occuper au plus vite.

Il quitta la pièce, puis prit la direction du bureau de Sarah qui le fit entrer sans attendre.

— Comment ça s'est passé ? demanda-t-elle en l'invitant à s'asseoir.

— Jake s'est surpassé avec les photos. Je n'ai plus qu'une seule entrevue. La vôtre, annonça-t-il. Avez-vous relevé quelque chose d'inhabituel samedi soir ?

Gagnée par la nervosité, elle lissa sa robe.

— Pas que je sache. C'était une soirée animée, mais rien de curieux ne me vient à l'esprit, répondit Sarah en buvant une gorgée d'eau. J'essaie chaque jour de prendre le temps d'y réfléchir. Depuis qu'on a découvert le corps, c'est la panique à Silverwood. Pour ne rien vous cacher, je suis au bord de la crise d'angoisse.

Coop hocha doucement la tête pour l'inciter à poursuivre calmement.

— À quelle heure êtes-vous partie ?

— Il était un peu plus d'une heure du matin. J'étais l'une des dernières à sortir. Un des agents de sécurité m'a raccompagnée jusqu'à ma voiture, puis nous sommes partis en même temps.

— Racontez-moi quelles ont été vos différentes tâches après la soirée. Qu'est-ce qui vous a retenu aussi tard ?

— Eh bien, j'ai toujours des papiers à finaliser pour le compte rendu d'un événement. Celui-ci n'était pas trop compliqué, puisque nous facturions les frais de bar et que la nourriture avait été commandée à l'avance, donc j'ai simplement calculé les recettes finales. Nous saisissons les boissons pour pouvoir détailler ensuite la facture, expliqua Sarah.

— Êtes-vous en charge de vérifier la propriété et de la fermer ?

— En général, je fais un tour pour voir s'il y a eu des dommages ou des objets perdus qui n'ont pas été rendus par le personnel. Nous tenons un registre de tous ces objets et les mettons dans un bac en plastique avec le nom et la date de l'événement.

— Et samedi soir, y a-t-il eu des objets dans ce bac ? questionna Harrington.

— Il y en a eu, dit-elle en souriant.

Elle décrocha le téléphone de son bureau et demanda à son interlocuteur de lui apporter le bac en question.

— Avez-vous vu quelque chose d'anormal sur la terrasse ou dans le jardin ?

— Non, tout était en ordre. D'habitude, on y trouve des verres et des assiettes, mais le personnel avait tout nettoyé.

La porte de son bureau s'ouvrit, et son assistante apparut. Elle déposa le bac, puis quitta la pièce sans un mot.

— Je peux ? demanda Coop en se relevant pour en étudier le contenu.

— Bien sûr, allez-y.

Intrigué, il ouvrit le couvercle et plongea la main dedans. Parmi les innombrables objets trouvés, il découvrit des téléphones, des lunettes de soleil et de vue, du parfum, du rouge à lèvres, plusieurs pochettes de soirée remplies de maquillage, un collier, une cravate, deux jeux de clés et deux pulls. Concentrant son attention sur les téléphones, Coop les alluma et chercha les numéros de téléphone.

— J'aimerais emporter ces deux téléphones et les donner à la police, dans l'éventualité où ils contiendraient des informations ou des photos utiles à l'enquête. Je peux signer un reçu pour informer que je les ai pris, s'empressa-t-il d'ajouter.

— Ne vous en faites pas, je vais les remplacer par une note dans la boîte au cas où les propriétaires appelleraient.

— Il vous arrive souvent de recevoir des appels pour ces objets ?

— Normalement, oui. À certains événements comme celui-ci, où l'alcool coule à flots, les gens laissent leurs affaires au vestiaire et les oublient jusqu'au lendemain ou au surlendemain, après que leur gueule de bois ne soit que de l'histoire ancienne, déclara Sarah en prenant une lime à ongles égarée de la boîte. Pour le moment, nous avons eu trois appels suite à la soirée. Un pour un trousseau de clés, un pour des lunettes de soleil, et un pour une boucle d'oreille.

— Je n'ai pas vu de boucle d'oreille dans la boîte, fit remarquer Coop.

— Effectivement, nous n'en avons pas trouvé, dit-elle en tenant la feuille de l'inventaire et les informations du correspondant. Je vais vous faire une copie de tout ça.

Elle sortit du bureau, puis revint quelques secondes plus tard, une liste fraîchement sortie de l'imprimante.

— Merci. J'ai juste quelques questions supplémentaires. Vous a-t-on rapporté un quelconque problème avec un invité lors de l'événement ?

— La seule chose dont j'ai entendu parler, c'est Beau Branson et ce pauvre M. Taylor, embourbés dans une dispute sur la terrasse. D'après ce que je sais, leur altercation n'a pas duré longtemps, et M. Branson a semblé se calmer après avoir discuté plus posément. Beaucoup d'invités les ont vus sur la terrasse, puis partir par l'escalier extérieur.

— Avez-vous une théorie personnelle ou une idée sur l'identité de l'assassin de M. Taylor ?

— Moi ? s'exclama-t-elle, une main sur la poitrine. Non, pas du tout.

— Vous n'avez entendu aucun membre de votre personnel parler de théories, quelles qu'elles soient ? Ou bien d'autres pistes ?

Elle secoua vivement la tête, faisant rebondir ses boucles blondes sur ses épaules.

— Non, rien. Nous sommes tous choqués par cette histoire, et un peu effrayés en toute franchise.

— Y a-t-il des employés qui vous mettent mal à l'aise ? demanda-t-il, les yeux rivés sur elle, sachant que sa question engendrerait une réaction de sa part.

Elle sursauta, ses yeux bleus s'écarquillant de surprise.

— Non, bien sûr que non, s'empressa-t-elle de répondre. Nous avons un personnel merveilleux. Je ne peux pas imaginer une seconde que l'un des nôtres soit impliqué dans cette affaire.

— Je me devais de demander, rien de personnel, dit Coop en souriant.

Elle hocha la tête, puis ajouta :

— Je comprends. Désolée, c'est l'anxiété qui parle.

— Parfait, Sarah. Merci encore pour votre aide. Je m'entretiendrai avec le reste de vos employés au cours des prochains jours.

Il referma son carnet et se leva.

— Si vous pensez à quelque chose d'utile, n'hésitez pas à m'appeler, déclara Coop. Et si quelqu'un appelle au sujet de son téléphone portable, faites-le-moi savoir aussi.

— Sans hésiter, promit-elle en acceptant la carte de visite qu'il lui tendit. J'espère de tout cœur que le meurtrier sera bientôt retrouvé. Je n'ai qu'une seule hâte, c'est que tout cela soit derrière nous.

Elle marqua une pause, puis ajouta d'une voix suave :

— Vous êtes le bienvenu pour rester déjeuner, M. Harrington.

— C'est très gentil de votre part, mais j'ai un autre rendez-vous dans la foulée. Je dois y aller.

Elle prit une de ses cartes placées dans un support sur son bureau, y griffonna quelque chose au dos, puis la lui tendit.

— Voici la mienne. Je vous ai indiqué mon numéro de portable et de domicile au cas où vous auriez besoin de moi en dehors des heures de bureau, fit-elle dans un battement de cils qui en disait long.

L'idée de l'inviter à dîner lui effleura une demi-seconde l'esprit, mais Coop préféra la chasser aussitôt de ses pensées.

— Merci, Sarah. On reste en contact.

Elle était loin d'être désagréable à regarder, mais la responsable lui évoquait plus une demoiselle en détresse qu'une potentielle conquête. Et puis, il n'était pas certain de vouloir s'attirer encore plus d'histoires compliquées qu'il n'y en avait déjà dans sa vie. Pour commencer, il devait se pencher sur le cas Shelby avant même de penser à sortir avec une autre femme.

La matinée touchant à sa fin, le détective se dépêcha de regagner sa Jeep avec la ferme intention de trouver un endroit où déjeuner avant son prochain rendez-vous. Une fois son choix fait, il se rendit au restaurant The Pickle Barrel et s'offrit un délicieux sandwich grillé au barbecue accompagné d'une salade de chou. Il envoya un SMS à Ben contenant les informations pour accéder aux photos en ligne et lui demanda de les transmettre à ses informaticiens. Son repas prêt à être dégusté, il s'installa sur le banc en bois de la table façon pique-nique, son carnet de notes dans une main et un verre de thé sucré dans l'autre. Alors qu'il s'apprêtait à boire une gorgée de sa boisson préférée, son téléphone l'interrompit et afficha le nom de Shelby sur l'écran.

— Je n'ai pas le temps, marmonna-t-il en appuyant sur le bouton rouge pour ignorer l'appel entrant.

Après une dernière relecture de ses notes, il termina son sandwich et regagna sa voiture.

À peine eut-il eu le temps de franchir le seuil de son bureau que Gus se jeta sur lui. Décidément, ce chien faisait honneur à sa race, un vrai boute-en-train. Tout en le cajolant, Coop sentit l'odeur de cookies tout juste sortis du four. S'il ne se trompait pas, ceux au chocolat et noix de pécan de tante Camille, ses préférés.

— Salut Annab', je suis de retour, s'exclama-t-il comme à son habitude.

Alors qu'il traversait la cuisine, il aperçut sur la table une généreuse assiette de biscuits et en prit quelques-uns. Amusée, Annabelle leva les yeux de son ordinateur.

— Je vois que tu as trouvé les cookies. Tu viens de manquer ta tante. Elle a proposé de nous amener de quoi manger pour plus tard quand je lui ai dit que la soirée risquait d'être longue.

Coop lécha une noisette de chocolat fondu dans sa main et s'extasia comme un enfant :

— Ce sont mes préférés. Il faut absolument que tu en goûtes un.

— Je sais, promis, dit-elle en souriant. Dès que j'aurai bouclé ce dossier. Je t'ai laissé le planning sur ton bureau. J'attends deux appels supplémentaires. Autrement, j'ai organisé tous les autres pour cet après-midi et ce soir. Ce qui veut dire qu'on va travailler jusqu'à au moins vingt-et-une heures ce soir.

Il acquiesça tout en attaquant son second cookie.

— Ok, ça semble faisable. Tu n'avais rien de prévu ce soir, n'est-ce pas ?

— Non. Je suis tout à toi !

— Préviens tante Camille que nous acceptons sa proposition, et si elle demande, dis-lui que Ben suit la piste qu'elle a entendue au Bella's. Je te laisse choisir le meilleur moment pour qu'on puisse se régaler ensemble de son souper, fit-il en lui adressant un clin d'œil.

Son rendez-vous arrivant d'une minute à l'autre, il se précipita dans son bureau pour se préparer. Un pichet de thé sucré et une carafe d'eau glacée étaient déjà installés sur la table de conférence.

— Elle pense vraiment à tout, avant même que je sache que j'en ai besoin, fit Coop en souriant.

Gus remua la queue en signe d'approbation tout en regardant avec envie le dernier biscuit de son maître.

Quelques instants plus tard, Annabelle fit entrer le premier arrivant. Elle le dirigea vers le bureau de Coop non sans jeter un regard courroucé à Gus pour qu'il la suive jusqu'au sien, où elle le récompensa d'un morceau de cookie.

La journée tourna essentiellement autour des entrevues qui allaient et venaient. Camille passa dans l'après-midi avec un panier de pique-nique rempli de délices, de limonade fraîche, de biscuits et de restes de tarte à la fraise.

— Du nouveau sur le meurtre ? chuchota-t-elle en rangeant les différents mets dans le réfrigérateur.

— Non. Coop fait passer tous les entretiens aux employés ce soir. Je n'ai pas eu l'occasion de lui parler de tout l'après-midi. C'est dire à quel point nous sommes occupés, mais il m'a chargée de vous dire que Ben suit votre piste, dit-elle avec un clin d'œil.

Camille en profita pour lui raconter la folle rumeur qui agitait l'institut concernant une éventuelle liaison entre Seth Hill et Emily Taylor.

— Je dois y aller, j'ai une réunion au club de lecture à Franklin, mais appelez-moi si vous avez besoin de quoi que ce soit. Je vais voir si je peux apprendre quelque chose d'intéressant ce soir.

Camille embrassa Annabelle et se dirigea vers la porte arrière, suivie de près par Gus, désespéré d'obtenir une dernière caresse avant qu'elle parte.

En avance sur son emploi du temps, Coop estima qu'ils avaient une demi-heure devant eux pour manger. Annabelle déballa les sandwichs au poulet, présentés dans d'appétissants croissants beurrés, accompagnés d'une salade de fruits et d'une salade de macaronis. Après ça, elle remplit leurs verres de limonade fraîche et leur servit une part de tarte.

Entre deux bouchées, il l'informa de son avancée.

— Je n'ai pas appris grand-chose de nouveau de ces différents rendez-vous pour le moment. Personne n'a vu quoi que ce soit ou quiconque de suspect sur la terrasse. Il y avait beaucoup de monde dans le jardin, qui est seulement à quelques mètres de la terrasse, toutefois rien de précis pour lier quelqu'un au meurtre. As-tu eu des nouvelles de l'épouse de Gray au sujet de la liste des invités ? demanda Harrington.

— Elle a envoyé un email pour dire qu'elle reconnaissait certains noms de chez Global, comme Beau, le sénateur Wagner, la présidente Evans et quelques autres noms de politiciens, mais aucun qui ne l'a réellement préoccupée.

— L'affaire risque d'être longue. Eula Mae et tante Camille disent toutes les deux que le plus important est de trouver le mobile, et c'est justement ce qui me turlupine le plus, confessa Coop. Toutes les pistes autour de sa liaison avec Pamela, de l'argent et de son fils illégitime ne mènent nulle part. On se pose des questions sur la version d'Andy, mais je ne pense pas qu'il ait de mobile suffisant. Peut-être que cette nouvelle rumeur autour de Mme Taylor et le type des chevaux donnera quelque chose...

Un coup à la porte l'interrompit.

— Finis ton souper, Coop. Je mangerai quand que tu seras occupé, lui proposa gentiment Annabelle en se levant pour accueillir son prochain rendez-vous.

Peu après vingt-et-une heures, leur journée de travail s'acheva enfin, même en incluant les deux employés qui rappelèrent après le dîner. À bout de force, Coop s'affala dans le canapé et se serra l'épaule tout en faisant craquer son cou de gauche à droite.

— Sacré marathon. Merci d'être restée, Annab', dit-il en

observant Gus écroulé sur le sol près du bureau d'Annabelle, la tête toujours posée près de la climatisation.

— Aucun problème. De nouvelles informations peut-être ?

Elle souleva l'assiette de cookies et la posa d'un coup sec sur la table près du canapé, ce qui réveilla Gus en sursaut et le poussa à se rendormir ailleurs.

— Pas vraiment. Personne n'a vu Gray parler avec qui que ce soit d'autre que Pamela, Mel et Beau. En relisant mes notes, deux des agents de sécurité désignés pour surveiller le parking du personnel ont confirmé la présence d'Andy dans son camion, cependant ils ne peuvent pas confirmer qu'il n'a jamais quitté son véhicule. Donc il aurait pu s'éclipser et marcher jusqu'au manoir sans se faire remarquer. Il y a un intervalle d'environ vingt minutes entre chaque patrouille, donc techniquement, il aurait pu se rendre jusqu'à la terrasse, tuer Gray, et retourner à son pick-up avant que quelqu'un ne le remarque, supposa-t-il. Même s'ils se souviennent tous les deux l'avoir vu à chaque passage et avoir discuté avec lui, leurs témoignages ne peuvent pas l'innocenter complètement.

Il prit un cookie et en mordit un morceau.

— Donc, revenons-en au mobile. Quelles sont les choses qui peuvent inciter à commettre un meurtre ? Il y a l'argent, l'amour, la drogue ou d'autres délits, la haine et la vengeance, lista le détective en léchant son pouce recouvert de sel.

— N'oublie pas le fait de tuer pour protéger quelqu'un ou pour garder un secret, ajouta Annabelle.

Coop hocha la tête.

— Donc s'il ne s'agit pas d'un meurtre commis pour une raison sentimentale, comme la liaison de sa femme, ou par pure haine, comme ça pourrait être le cas avec Andy, on peut avoir affaire à un secret.

Soudain l'esprit clair, il se leva et récupéra ses notes.

— Pourrais-tu les me les taper au propre sur l'ordinateur ? J'y jetterai de nouveau un coup d'œil demain. Je vais rentrer, je suis lessivé.

— Bien sûr, dès la première heure. Ce sera prêt quand tu retrouveras Ben.

— Tu es la meilleure, soupira Coop.

Il l'embrassa sur la joue pour la remercier et appela Gus. Le chien lui lécha le genou en guise d'au revoir et suivit son maître en courant.

CHAPITRE NEUF

Toutes les deux ou trois semaines, et à son grand plus grand soulagement, l'épuisement avait raison de Coop. Cette nuit-là, il tomba dans un sommeil si profond qu'il entendit à peine les coups à sa porte le lendemain matin.

— Coop, tu es réveillé ? demanda Camille.

— Oui, bougonna-t-il en s'extirpant à contrecœur de son cocon de draps.

Aveuglé par la clarté soudaine du couloir, il plissa les yeux et se leva dans un effort surhumain.

— Il est huit heures passées. Le petit-déjeuner est prêt, mais je voulais te laisser te reposer.

Réveillé depuis quelques heures déjà, Gus profita de la porte ouverte pour enfin s'échapper.

— J'arrive dans une minute.

Dans l'espoir de relâcher la tension dans sa nuque et ses épaules, il partit se délecter d'une douche brûlante.

En pleine forme, Coop dévala les escaliers, puis prit place à table pour prendre son petit-déjeuner et lire le journal pendant que Gus se prélassait à ses côtés. Alors qu'il parcourait les différents titres, son regard s'attarda sur un article concernant l'affaire Grayson Taylor. Parmi les noms cités, il remarqua celui de Ben ainsi qu'une brève déclaration qui indiquait que le département n'écartait aucune piste et continuait d'interroger des centaines de personnes ayant assisté ou travaillé à l'événement.

Coop savait que Ben serait sous pression. Afin d'apaiser les esprits bouleversés et de rassurer la population, on attendait de lui qu'il procède à une arrestation au plus vite. De surcroît, un assassinat n'était ni une bonne nouvelle pour les politiciens ni pour le tourisme. Surtout lorsqu'il s'agissait de la mort du vice-président millionnaire d'un label de musique et résident d'un quartier huppé.

Après avoir consulté son téléphone portable pour vérifier ses appels et ses messages reçus, il l'empocha puis se prépara à partir. Probablement préoccupée par son absence de nouvelles, Shelby l'avait de nouveau inondé de messages. Bien qu'ils ne fussent sortis ensemble qu'à deux reprises, Coop savait pertinemment qu'il n'y aurait pas de troisième rendez-vous. Loin d'être un de ces types irrespectueux, il se promit de prendre le temps de l'appeler plus tard pour lui dire la vérité, qu'il n'était pas intéressé par une relation. Il aimait sa vie comme elle était ; faire ce qu'il voulait sans avoir à rendre de comptes à personne.

———

À neuf heures et demie précises, le détective et Gus firent leur apparition à Harrington & Associates.

— C'est nous, Annab'.

— Tes notes sont prêtes, annonça-t-elle d'une voix guillerette. Dis-moi ce dont tu as besoin d'autre. Je finalise un rapport avec Madison et Ross, et je serai disponible ensuite.

Il prit le dossier sur son bureau et laissa Gus rejoindre son fauteuil préféré.

— Je serai au commissariat avec Ben toute la matinée. Je ne suis pas encore sûr de ce que je ferai après. Cela va dépendre de ce que nous tirons comme informations de tous ces entretiens.

— Oh, au fait, Shelby a appelé ce matin. Elle semblait irritée. Elle a dit vouloir avoir de tes nouvelles et que c'était personnel, dit-elle en lui tendant un message.

Coop leva les yeux au ciel.

— Oui, je dois trouver un moment aujourd'hui pour lui parler. Je ne supporte pas qu'elle m'appelle constamment. On a beau n'être sortis que deux fois ensemble, elle fait comme si on était en couple, s'indigna-t-il.

Sans un mot ni une réaction, mais n'en pensant pas moins, Annabelle reporta son attention sur l'ordinateur, laissant Coop seul avec ses réflexions et les comptes rendus imprimés. Il se rendit dans la cuisine et sortit du réfrigérateur une bouteille de thé glacée par la condensation qu'il essuya à l'aide de son t-shirt « 4 personnes sur 3 sont nulles en maths », puis lui cria au revoir.

En arrivant au commissariat, il trouva Ben, Kate et Jimmy réunis autour de la grande table à côté de l'immense tableau qui ne cessait de se remplir d'informations au fil des jours. Après avoir demandé à l'un de ses employés de faire une copie des notes de Coop, Ben lui tend les leurs.

— Alors, un coup de chance ? demanda Ben.

Coop fit non de la tête.

— J'espérais pouvoir innocenter Andy, mais il fait toujours partie des suspects potentiels. Il y a un intervalle de vingt minutes au cours duquel il a pu passer à l'acte et se dépêcher de retourner à son véhicule, estima-t-il. Et les photos ?

— Les techniciens sont toujours en train de les étudier. Ils nous ont cependant aidés à exclure certaines personnes. Jimmy et Kate ont également réduit la liste des limousines et rattaché les noms des invités aux services de voitures.

Ben fit une pause et consulta la feuille suivante avant d'afficher un petit sourire.

— Et, il semblerait que tante Camille ait vu juste. Seth Hill et Emily étaient bel et bien ensemble au lycée. Elle le paie gracieusement pour s'occuper de leurs chevaux, et il vit à côté des écuries. Suite à cette découverte, on étudie de près ses finances et ses enregistrements téléphoniques. On espère aussi pouvoir parler à l'avocat de Gray et voir s'il peut nous clarifier la situation, décréta Mason. M. Hill, quant à lui, était effectivement à Bowling Green le week-end dernier. Il est arrivé vendredi et a pris un vol pour la Californie dimanche. Son billet de retour a été réservé dimanche matin.

Étonné, Coop leva un sourcil.

— Intéressant. Dans ce cas, il faut que l'on détermine le cheminement de ses déplacements pour voir s'il peut éventuellement s'ajouter à notre liste de suspects. Et qu'on surveille de plus près notre chère veuve, souligna Coop, subitement grisé par cette nouvelle. Et je dirais même que *tu* devrais te charger de la surveiller de plus près. Ça promet d'être une conversation passionnante.

— Je me languis de cet instant, répondit Ben en souriant. Kate et moi irons la voir une fois qu'on aura plus d'informations.

— On a fait le tour des invités travaillant dans le milieu de la musique et ça n'a rien donné de concluant, ajouta la jeune femme. Aucun problème avec qui que ce soit. La majorité d'entre eux appréciaient Gray. Même si Beau

Branson se présentait comme notre meilleur suspect, son alibi tient la route. Personne n'a vu Gray parler avec quelqu'un de louche ou vu quelque chose qui semblait suspect.

Concentrée, Kate chercha une information dans ses notes.

— On a aussi relevé une demi-douzaine des mêmes invités présents soit dans la partie extérieure du manoir, soit dans le jardin. Ils ont tous admis y avoir été, la plupart pour s'éloigner du bruit ou pour fumer en douce. Encore une fois, aucun d'eux n'a vu Gray ou entendu quoi que ce soit d'anormal. Tous ont estimé le temps passé à l'extérieur, et deux d'entre eux y étaient dans l'intervalle de deux heures où le crime a été commis, donc on va continuer à garder un œil sur eux.

— Je n'ai pas fait mieux avec les entretiens du personnel, déplora Coop. La seule piste, c'est une liste des objets perdus retrouvés samedi soir, dont des téléphones portables. Je vous les ai apportés. Peut-être qu'ils pourront vous être utiles.

Il fit glisser les deux téléphones sur la table et ajouta :

— La liste de l'inventaire est dans mes notes.

— On s'est aussi entretenu avec tous ceux qui accompagnaient les invités, mais rien de probant non plus. Une grande partie d'entre eux ne voyaient pas qui était Gray. Leur attention était surtout concentrée sur Beau. C'était l'attraction la soirée, concéda Jimmy.

— Si on ne parvient pas à lier le meurtre à Emily, Seth ou Andy, il ne nous restera plus que les politiciens, c'est bien ça ? demanda Coop.

Ben acquiesça.

— Oui. Et si tu veux mon avis, ils vont se montrer encore plus casse-pieds que ces stars de la musique.

— Le sénateur Wagner et la présidente Evans étaient de

loin les poids lourds de la soirée, fit remarquer Coop. Certains jeunes législateurs tentaient de briller, mais aucun d'entre eux n'égalait la notoriété de ces deux-là. De plus, ils étaient tous entourés d'une ribambelle de personnel et de stagiaires, sans parler des lobbyistes qui rôdaient dans leur sillage en permanence.

— Je crains qu'une visite au Capitole s'impose pour s'entretenir avec tous ceux qui croisent notre route, confirma Mason. J'ai lu dans le journal ce matin que des réunions se poursuivaient question fiscalité, ce qui signifie qu'Evans et Wagner y seront tous les deux. Pour le reste, on verra par la suite.

Il jeta un œil à la liste.

— Par où suggères-tu de commencer ? demanda-t-il à l'intention de son acolyte.

Durant ses études de droit, Coop avait décroché un stage à l'Assemblée générale du Tennessee et travaillé au sein de la Chambre des représentants. Il comprenait donc les rouages du processus politique et avait encore quelques contacts sur place.

— Je vais passer un coup de fil à mon vieil ami David. Il est greffier en chef au Sénat et nous indiquera la démarche à suivre. Je t'emprunte ton bureau un instant.

Pendant que Coop passa son appel, les trois autres s'affairèrent à croiser, d'après la liste, les véhicules ayant quitté la soirée avant vingt-deux heures trente avec la liste des politiciens présents. À l'aide d'un marqueur rouge, Kate tira sur le tableau un grand trait satisfaisant sur un bon nombre d'invités. L'enquête progressait doucement mais sûrement.

— Il me semble que certains politicards sont venus accompagnés, rappela Kate en soulignant de son feutre les concernés. Il faut qu'on les comptabilise aussi.

L'heure du déjeuner approchait à grands pas. Sentant les estomacs crier famine, Ben commanda plusieurs pizzas. Une vingtaine de minutes plus tard, quand le livreur sonna à la porte, Coop émergea du bureau de son ami.

— Désolé que ça ait pris aussi longtemps. Ils sont débordés. Ils essaient de boucler le budget aujourd'hui. David m'a dit qu'il ne s'attendait pas à ce que les législateurs aient beaucoup de temps libre, mais vendredi matin pourrait être l'occasion, selon lui. Une réunion confidentielle entre les dirigeants sera bientôt prévue, avec notamment Wagner et Evans. Les législateurs juniors de la liste, quant à eux, auraient vraisemblablement plus de disponibilités, précisa-t-il. Il m'a suggéré qu'on appelle leur bureau pour prendre rendez-vous. Apparemment, ce serait une perte de temps de tenter d'organiser un rendez-vous avec les deux leaders, car le personnel du Capitole a reçu l'ordre de refuser toute demande. Ah, et il m'a recommandé qu'on se présente tôt vendredi, de bien leur montrer ton insigne, Ben, et d'insister pour leur parler.

— Compris. Aujourd'hui, Kate et moi devons nous rendre à Bowling Green pour parler à Emily Taylor, fit Ben. Steve, l'avocat de Gray en Californie, a proposé que son enquêteur se penche sur le cas Seth-Emily pour voir s'il peut confirmer ou non la liaison. Il compte interroger Seth aujourd'hui et nous a offert ses services sans frais parce qu'il aimait bien Gray. Il espère trouver tout ce qu'il peut pour nous aider à retrouver son assassin.

— Je vais continuer à travailler sur cette maudite liste pendant que vous lui rendez visite. Je ne veux pas être impliqué dans la discussion. Vous allez probablement me faire me mettre à la porte de toute façon, plaisanta Coop.

— De mon côté, je vais tenter de rencontrer ces jeunes

législateurs, et on pourra se retrouver ce soir ou demain pour en discuter, proposa Jimmy.

— Va pour demain matin, répondit Ben. Et si on ne parvient pas à établir un lien direct avec Seth ou Emily, on commencera par le reste de ces politicards, dit Ben.

————

Prêts à braver le dragon de glace, Kate et Ben décidèrent de surprendre Emily Taylor. À en juger par son air renfrogné lorsqu'elle ouvrit la porte, ils réussirent leur coup.

— Inspecteur Mason, j'ignorais que nous avions convenu d'un rendez-vous, s'étonna-t-elle sur un ton réprobateur.

— Ce n'était pas le cas, Madame. Notre enquête a quelque peu progressé, et il nous faut votre aide pour clarifier certaines choses.

Emily lança un regard préoccupé derrière eux.

— Ma mère vient d'emmener Hannah voir les chevaux. Elles seront bientôt de retour, donc faites vite.

Après un dernier coup d'œil aux alentours, elle ouvrit davantage la porte et leur fit signe d'entrer avant de les conduire jusqu'à la salle des trophées. Sans prendre la peine d'attendre une éventuelle invitation pour s'asseoir, Ben resta debout et ouvrit son bloc-notes.

— On a quelques questions à vous poser à propos de Seth Hill.

Prise de court, Emily écarquilla les yeux un bref instant et se passa la langue sur les lèvres, visiblement mal à l'aise.

— À quel sujet ? demanda-t-elle, pète-sec.

— Quelle est la nature de votre relation avec M. Hill ? demanda Kate.

— Eh bien, il s'occupe de nos écuries en Californie.

— Il se trouvait ici à Bowling Green le week-end dernier ?

Elle haussa les épaules et répondit avec un geste d'impatience :

— Il avait un week-end de libre et m'a dit vouloir rendre également visite à sa famille qui vit dans le coin.

— Vous n'avez donc eu aucun contact avec lui lors de son déplacement à Bowling Green le week-end dernier ? insista Ben.

Elle secoua vigoureusement la tête et le regarda fixement.

— Non.

— D'après ce que nous savons, vous vous fréquentiez au lycée. Le confirmez-vous ? interrogea Kate.

— Effectivement, mais c'était il y a des lustres, répondit Emily froidement. Seth sait s'occuper des chevaux, et suite à notre déménagement en Californie, nous souhaitions avoir quelqu'un de confiance, alors nous l'avons embauché.

— Et votre mari était au courant de votre relation avec Seth au lycée ?

Elle se redressa dans son fauteuil, le foudroyant du regard.

— Je n'aime pas ce que vous insinuez, Inspecteur Mason.

— Madame, nous enquêtons sur le meurtre de votre époux, lui rappela Ben. Nous sommes donc dans l'obligation d'étudier toute personne ayant côtoyé de près ou de loin M. Taylor. Si Seth et vous entreteniez par le passé une relation, et qu'il se trouvait dans les environs le jour du meurtre, il est de notre devoir d'enquêter sur lui. Alors, s'il vous plaît, veuillez répondre à nos questions.

— C'est grotesque. Vous devriez plutôt vous concentrer sur la traque du meurtrier plutôt que de perdre votre temps à m'interroger et à insinuer que j'avais une liaison, fulmina Emily.

Elle, qui gardait d'habitude son éloquence, semblait tout à coup perdre ses moyens, son accent du Kentucky refaisant surface.

— C'est ce que nous souhaitons savoir. Avez-vous en ce moment ou durant votre mariage entretenu une liaison avec Seth Hill ? reformula Kate.

Ses narines se dilatèrent et son visage devint cramoisi.

— Comment osez-vous ? siffla-t-elle, piquée au vif.

— Il nous faut une réponse, Madame, déclara Ben d'une voix ferme. Ou nous pourrions vous emmener au poste pour un interrogatoire plus formel.

Enchanté de jouer le rôle du mauvais flic face aux côtés de Kate, Ben estimait qu'un peu de bluff ne faisait jamais de mal durant une entrevue hostile.

— Vous ne ferez rien de tel, croyez-moi. Je n'ai pas et n'ai jamais eu de liaison avec Seth Hill, assura-t-elle en toisant Kate.

— Savez-vous si Seth avait une raison d'en vouloir à Gray ? demanda Kate aux aguets devant la moindre réaction suspecte d'Emily.

— Aucunement. Gray et lui s'entendaient à merveille, rétorqua-t-elle. Et ils se voyaient peu. Seth vit près des écuries et s'occupe essentiellement des chevaux. Hannah l'adore.

Visiblement, la bourgeoise mondaine de Los Angeles était de retour parmi eux.

— Votre mari n'a jamais soupçonné une liaison entre vous ? persista Kate.

Les yeux d'Emily se rétrécirent pour ne former plus que deux fentes.

— Jamais. Il n'avait aucune raison de soupçonner une telle chose. Pour rappel, c'était lui le salaud qui couchait à droite et à gauche.

— Donc pour résumer, vous n'avez eu aucun contact en personne, par email, par message ou par téléphone avec Seth Hill lorsqu'il rendait visite à sa famille à Bowling Green ?

Kate continuait sa litanie de questions, et Ben appréciait grandement le spectacle.

Elle acquiesça tout en faisant tourner lentement sa bague en diamant vissé sur son doigt.

— Exact. Comme vous le savez, je me préoccupe surtout en ce moment de l'état de mon père.

Tout à coup, ils entendirent une porte claquer, suivie de bruits de pas agités.

— Ce doit être Hannah, dit-elle sur un ton sec. Vous connaissez le chemin.

Sur ces mots, elle se leva et quitta la pièce, la tête haute, sous le regard perplexe des deux agents.

Ils regagnèrent alors leur voiture sans croiser qui que ce soit sur leur chemin.

— Il serait intéressant de voir ce que l'enquêteur de Steve trouve à dire à ce sujet et s'ils se contactent, dit-elle en pianotant sur son téléphone avant d'ajouter avec un sourire complice. J'ai fait quelques configurations pour être alertée si l'un des deux contacte l'autre.

Alors qu'ils prenaient la route pour retourner sur Nashville, Steve les appela de Los Angeles et leur apprit que son enquêteur avait interrogé Seth Hill, qui lui avait confirmé qu'il se trouvait à Bowling Green de vendredi à dimanche. Apparemment, Seth était devenu mal à l'aise quand il lui avait demandé s'il avait eu un quelconque contact avec Emily lors de son séjour dans le Kentucky. Mais il avait nié toute communication, prétextant qu'il s'était rendu à Nashville samedi soir avec quelques amis, et avait même fourni leurs noms et leurs numéros.

— Je vous confirme qu'il était nerveux lorsqu'on a évoqué

une éventuelle relation amoureuse survenue dans le passé ou de nos jours. Bien qu'il assure qu'il n'y avait rien entre eux, on sent qu'il y a tout de même anguille sous roche, déclara Steve d'une voix calme. On va continuer à chercher du côté de leur entourage et de leurs voisins, peut-être qu'ils savent quelque chose. Mais ce qui est certain, c'est qu'Emily passe beaucoup de temps aux écuries sans sa fille Hannah.

— Quand on l'a interrogée, elle a nié toute relation et partait au quart de tour dès qu'on lui posait la moindre question sur Seth, ajouta Ben.

D'après l'avocat de Gray, Seth ne s'était pas montré malpoli avec lui ou même agacé par la situation. Il semblait simplement tendu pour quelqu'un qui n'avait rien à se reprocher.

— S'il y a une piste à suivre dans cette voie-là, je crois qu'il est votre maillon faible.

Après avoir échangé quelques informations supplémentaires, Kate et Ben le remercièrent, et promirent de rester en contact une fois qu'ils auraient épluché les relevés téléphoniques et obtenu davantage de détails sur ses déplacements à Nashville.

———

Pris dans une nouvelle vague d'appels téléphoniques tout l'après-midi, Coop raccrocha finalement, appréciant quelques minutes de répit. Sa pause fut interrompue par un appel d'Annabelle qui lui indiqua, à son grand dam, qu'Emily Taylor était en ligne.

Il grimaça et prit une profonde inspiration avant d'accepter l'appel.

— Bonjour, Mme Taylor, fit-il d'une voix qu'il voulut la plus aimable.

— Je viens d'endurer une visite des plus affligeantes, pesta Emily. Votre ami l'inspecteur Mason et cette femme détective m'ont harcelée à n'en plus finir au sujet de ma relation avec l'homme qui s'occupe de mes chevaux. Je vous conseille plutôt de faire votre travail, M. Harrington, et de trouver l'assassin. Quelle absurdité de croire que Seth a quelque chose à voir avec le meurtre de Gray !

Coop attendit quelques secondes avant de répondre, préférant ne pas l'interrompre pour éviter de subir une autre réprimande.

— Je suis désolé d'apprendre qu'ils vous ont contrariée. Je sais combien cette situation doit être perturbante pour vous, et surtout avec votre père à l'hôpital. Mais je crains que la police ne doive suivre toutes les pistes possibles. Et vu que Seth se trouvait dans les parages au moment du meurtre, ce serait une négligence de leur part que d'omettre de poser la question. Quand le meurtrier sera appréhendé, son avocat pourrait en faire tout un plat s'il apprenait que tous les suspects possibles n'avaient pas été entendus, précisa Coop. C'est dans votre intérêt qu'ils se montrent aussi méticuleux.

Il se mordit le poing, redoutant sa réponse.

— M. Harrington, je vous paie pour mettre la main sur l'assassin de Gray. J'aimerais que vous compreniez ce point. Seth et moi n'avons rien à voir avec la mort de mon mari. Alors faites-le savoir à l'inspecteur Mason une bonne fois pour toutes, s'il vous plaît. Pour la somme que je vous paie, j'attends des résultats concrets.

— Mme Taylor, je comprends votre frustration, et croyez-moi, je suis concentré sur cette affaire plus que quiconque. Je ne peux pas et ne veux pas interférer dans les enquêtes de la police. Aucun détective privé ne le peut, d'ailleurs, affirma Coop. Je sais qu'ils envisagent plusieurs scénarios, Seth étant l'un d'entre eux. S'il est innocent, il n'y a pas de quoi s'inquiéter. L'inspecteur Mason l'écartera de sa liste quand les preuves l'innocenteront. Si vous n'êtes pas satisfaite de mes services, vous êtes libre de mettre fin à notre contrat. Bien entendu, je m'engage à trouver l'assassin de votre époux, mais les vrais crimes ne sont pas toujours résolus comme ce que vous avez l'habitude de voir à la télévision. Le meurtre est encore très récent. Il faut du temps pour tout passer en revue, surtout avec une telle liste d'invités.

— Vous... n'êtes pas encore renvoyé, dit-elle en retrouvant sa voix débordante d'assurance.

Il l'entendit raccrocher sans un au revoir, puis secoua la tête. Pour se calmer, plutôt que de claquer sauvagement le téléphone sur le combiné, Coop plongea une main dans le bol de M&M's.

— Je n'ai pas pu m'empêcher de t'écouter, fit Annabelle en passant la tête dans son bureau. Tu as toujours été diplomate et je trouve que tu fais un formidable travail d'enquête.

— Honnêtement, ça m'est égal si elle me vire, répondit le détective entre deux bouchées. Je vais quand même bosser sur cette affaire. Gray mérite que justice soit faite. Pour tout te dire, je commence même à remettre en cause l'implication de son épouse. Si tel est le cas, je n'aime pas qu'on se serve de moi.

— Dommage que Gray n'ait pas eu le temps de modifier son testament. Je doute que cette vilaine sorcière se soucie de Taylor.

— Il est sympathique, ce gamin. Je me sens mal pour lui.

Coop consulta ses notes, puis ajouta :

— En consultant la liste des invités pour y extraire tous les lobbyistes à interroger, je peux déjà citer trois personnes notables : Craig Baker, Reed Simmons et Anna Prosser. Je les ai aperçus à la soirée et pourtant, ils ne figurent pas sur la liste. Ils ont probablement dû accompagner Wagner ou Evans. En outre, on a tous ces autres lobbyistes de l'industrie du disque et de l'événementiel.

— Encore une sacrée journée en perspective, déclara Annabelle avec un clin d'œil.

CHAPITRE DIX

L e lendemain matin, le quatuor de choc se rassembla dès la première heure. Tandis que la visite de Jimmy auprès des jeunes législateurs n'avait rien donné de concluant, Kate, quant à elle, avait fait une étonnante découverte.

— J'ai veillé tard hier pour éplucher les comptes en banque et téléphoniques de Seth et de notre veuve adorée. Aucun appel au domicile de Seth ou sur son portable depuis ses numéros, mais j'ai tout de même trouvé plusieurs éléments intéressants, commenta Kate après un long bâillement. Chaque mois, Emily reçoit plusieurs appels d'un téléphone prépayé. En regardant de plus près, je me suis aperçue que la majorité de ces appels ont eu lieu quand Gray se trouvait à Nashville. La cerise sur le gâteau ? Emily Taylor a appelé ce téléphone prépayé la nuit dernière. Du côté des finances, rien qui ne saute aux yeux, si ce n'est qu'ils paient Seth chaque mois la modique somme de dix mille dollars.

— Si j'avais su, j'aurais suivi des études d'éthologie plutôt que d'entrer dans la police, brocarda Ben. À mon avis, il faut qu'on fasse pression sur ce type. Kate, toi et Jimmy, prenez un vol pour Los Angeles aujourd'hui et contactez la police locale pour les prévenir. On a besoin de vraies réponses de sa part. Coop et moi allons nous attaquer dès ce matin aux lobbyistes. On sera prêts à sonder l'opinion dans les couloirs du Capitole demain et à y rester aussi longtemps qu'il le faudra.

— À vos ordres, chef, obtempéra Jimmy.

— Appelez-moi quand vous aurez terminé et on se retrouve vendredi soir pour débriefer, à moins que l'un de nous n'ait la chance de faire avouer quelqu'un d'ici là.

Coop hocha la tête d'un air entendu et ajouta :

— Je connais quelqu'un d'autre qui travaille au sein de la police du Capitole. Je vais le contacter pour qu'il puisse nous aider concernant la logistique demain matin. Vu qu'ils ont des caméras de surveillance partout, il sera en mesure de nous révéler le moment et l'endroit le plus propice pour aborder la présidente Evans et le sénateur Wagner. Compte tenu l'armée de gardes du corps qui les entoure, je préfère essayer de les rencontrer sans passer par un membre de leur personnel.

— Bonne idée. De mon côté, je prépare la liste des lobbyistes à interroger. Direction le Capitole dès qu'on est prêts. J'ai hâte de passer l'après-midi avec certains des plus riches charognards de l'État du Tennessee. Il faudra qu'on pense à se décrasser après, railla Ben en sortant accompagné de Coop rejoindre sa Crown Victoria banalisée.

— Je sais que c'est le consensus, mais à l'époque de mon stage là-bas, j'ai rencontré plusieurs lobbyistes loin de l'étiquette qu'on leur colle. Des types droits et respectés pour leur savoir et leur éthique.

— Très certainement. Mais je déteste devoir faire face aux politiciens et leur clique. Aucun d'eux ne semble honnête, et puis, entre toi et moi, j'espérais résoudre cette affaire sans avoir à passer la journée avec ces gens-là.

Une fois arrivés à bon port, Mason se servit de l'un des rares avantages d'être inspecteur en chef : son permis de stationnement au palais de justice. De là, marcher était le moyen le plus commode pour rejoindre la majorité des cabinets de lobbying, situés principalement dans des bureaux entre le palais et le Capitole.

Au total, ils avaient dénombré huit lobbyistes sur la liste des invités, ainsi que les trois aperçus par Coop à Silverwood. Anna Prosser fut la première vers laquelle ils se tournèrent. Avec son père, elle possédait depuis des années une des sociétés les plus respectées de Nashville. À l'intérieur du bâtiment en question, Ben montra son insigne à la réceptionniste, puis Coop et lui furent escortés jusqu'à une luxueuse salle de conférence où des boissons fraîches les attendaient.

Habillée d'un tailleur en soie bleu marine qui dissimulait sa silhouette replète, Anna les accueillit avec un sourire amical.

— Que puis-je faire pour vous ?

Son regard s'arrêta quelques secondes sur Coop.

— Vous êtes le neveu de Camille, si je ne m'abuse ? demanda-t-elle avec un accent nasillard qui révélait ses racines locales.

— Tout à fait, Madame, répondit Coop.

Après quelques échanges de courtoisie, Ben entra dans le vif du sujet et lui annonça leur travail d'enquête sur la mort de Grayson Taylor à Silverwood.

— J'en ai eu vent, en effet. Quelle histoire affreuse, murmura Anna.

En lui posant les questions habituelles, ils apprirent que Prosser ne connaissait pas personnellement Gray, seulement par son travail chez Global. Pour se remémorer davantage, elle demanda à son assistant de retrouver son invitation à l'événement et découvrit qu'elle y avait été invitée à la fois par le sénateur Wagner et la présidente Evans, tous les deux rencontrés séparément dans le jardin.

Lors de la soirée, Anna était venue accompagnée de son stagiaire, Jackson. Pour s'y rendre, ils avaient partagé un chauffeur avec Peter Collins, un autre lobbyiste qu'elle connaissait. À l'évocation de ce nom, Coop consulta leur liste et le vit inscrit aux côtés de deux invités supplémentaires griffonnés par Eula Mae. Il leva les yeux et adressa un signe discret de la tête à son acolyte.

— Avez-vous une idée de ce qui aurait pu pousser quelqu'un à commettre un tel crime ? interrogea Ben.

— Absolument pas. Jusqu'à récemment, je n'avais jamais beaucoup entendu parler de lui, hormis qu'il dirigeait les bureaux de Los Angeles pour Mel. Mais à part ça, je ne suis pas certaine de savoir grand-chose.

Mme Prosser révéla qu'ils avaient quitté l'événement vers vingt-trois heures trente ce soir-là et qu'elle n'avait rien vu de suspect lorsqu'elle se trouvait à l'extérieur.

— C'était un endroit paisible pour échanger et nous n'y sommes restés que dix minutes peut-être. Je ne me souviens pas avoir vu quelqu'un d'autre dans les alentours.

— Comment avez-vous organisé la rencontre avec la présidente Evans et le sénateur Wagner ?

— Je ne l'ai pas organisée. Je les ai abordés quand je les ai vus dehors et leur ai proposé que nous allions discuter dans un coin un peu plus reculé.

— Savez-vous quelle heure il était ?

— J'ai rencontré Lois en premier. Je dirais vers vingt-deux heures. Elle était accompagnée de sa fille, qui trépignait pour assister aux différents concerts, précisa Prosser. Donc la conversation a été relativement brève.

— Et avec le sénateur ?

— Je lui ai parlé un peu après le départ de Lois Evans. Il discutait avec plusieurs personnes à l'extérieur et je me suis permis de l'interrompre. Sa chef de cabinet, Meredith Stevens, était également présente. Notre discussion était tout aussi brève qu'avec la présidente ; je lui ai simplement rappelé les positions de mes clients quant aux projets de loi de finances, puis me suis éclipsée autour de vingt-deux heures quinze.

Une fois l'ensemble de ses questions posées, Mason demanda à parler à son stagiaire. Ce dernier fut convoqué, et Anna les laissa dans son bureau pour terminer leur entretien. Quand il fit son entrée, Coop trouva que malgré son air sérieux, Jackson ressemblait à un enfant pris la main dans le sac, déguisé du costume de son père. Le jeune homme ne cessa de se ronger les ongles entre chaque réponse qu'il leur donnait, et, au cours des dix minutes de discussion, avala pas moins de trois verres d'eau. Face à son air apeuré et son visage en sueur, Coop et Ben persistèrent, bien que Jackson ne semblait rien avoir à dire de plus.

— Y a-t-il autre chose que vous ne nous ayez pas dit, Jackson ? questionna Ben. Détenez-vous quelconque information qui puisse se montrer utile à notre enquête ?

— Non, non, euh, non, Monsieur, pas que je sache, bredouilla Jackson en serrant son verre si fort que Coop craignit qu'il se brise.

— Dites-moi, Jackson, vous semblez extrêmement nerveux. Tout va bien ? s'enquit-il.

Le jeune homme hocha la tête.

— Oui, monsieur. Euh, c'est simplement que je ne suis pas habitué à être entendu par la police. Je ne suis que stagiaire.

Mon travail consiste à faire des recherches et euh, à préparer des rapports, et puis euh, à analyser des statistiques et des factures.

— Vous êtes étudiant à Vanderbilt, c'est bien ça ? demanda Ben pour détendre l'atmosphère.

— Oui, Monsieur.

— Coop et moi y avons également fait nos armes. Une école prestigieuse. Qu'aimeriez-vous faire une fois diplômé ?

— J'aimerais devenir avocat, mais euh, la politique m'intéresse aussi, répondit-il d'une voix légèrement plus sereine. Je termine mes études fin juin.

— Alors bonne chance à vous, Jackson. Nous vous contacterons si nous avons besoin d'autre chose. J'ai vos coordonnées.

Tandis qu'ils quittaient le bâtiment, Coop ne put s'empêcher de commenter cette dernière rencontre.

— Si tu veux mon avis, ils feraient mieux de laisser ce gamin dans les coulisses à continuer ses travaux de recherches. Je le vois difficilement tenir le coup à un procès.

— J'avais la vague impression qu'il nous cachait des informations cruciales sur le meurtre, mais effectivement, vu sa nervosité, je pense qu'il devrait revoir ses choix de carrière, admit Ben.

Les deux amis s'esclaffèrent sur le chemin et se rendirent dans les bureaux du prochain lobbyiste, Peter Collins. Leur visite fut brève. Habillé en tenue de sport, prêt à se rendre à la salle de gym, il se montra amical et confirma l'arrivée et le départ d'Anna. La fin de journée approchait, et Harrington et Mason en venaient à bout de leur liste. Ils n'apprirent hélas rien de pertinent, si ce n'est que la plupart des lobbyistes interrogés se trouvaient dans le jardin le soir du meurtre. Aucun d'entre eux n'avait vu ou entendu quoi que ce soit.

Susan Bates, l'une des lobbyistes de la liste officielle,

affirma avoir demandé à Reed Simmons de l'accompagner. Ils travaillaient ensemble sur une question épineuse et espéraient négocier les termes d'un projet de loi plus avantageux pour leurs clients respectifs.

— Les lobbyistes sont en réalité un groupe uni, et nous avons tendance à souvent travailler main dans la main, déclara-t-elle. Reed et moi avons passé la majorité de la soirée à l'une des tables situées à l'extérieur, près du jardin, car c'est là que les législateurs se sont réunis après leur présentation de campagne dans le manoir.

— Vous souvenez-vous des personnes présentes au jardin ce soir-là ? questionna Ben.

— Oh, difficile comme question. Je sais que la plupart des lobbyistes se sont servis de cet espace à un moment ou à un autre. L'endroit est relativement calme, les arbres et les arbustes aidaient à assourdir le bruit des concerts. De plus, le jardin offrait un peu d'intimité. Je ne me souviens pas précisément, mais je peux dire sans me tromper que tous les législateurs et presque tous les lobbyistes allaient et venaient. J'y ai également aperçu certains invités et quelques membres du personnel, mais je n'y ai pas prêté beaucoup attention.

Bien qu'elle ne pût leur préciser les heures auxquelles elle s'était entretenue avec les législateurs dans le jardin, Susan savait qu'elle était partie vers vingt-trois heures.

—Le sénateur Wagner est la dernière personne à qui j'ai parlé avant qu'il ne quitte le jardin, assura-t-elle. D'après mes souvenirs, il devait être environ onze heures moins le quart.

Touchant presque à leur but, Coop et Mason parvinrent à discuter avec Reed alors qu'il revenait d'une séance de sport en fin d'après-midi. Il confirma également le récit de Susan et admit être dans les alentours au moment du meurtre, mais ne se souvint pas avoir relevé quelque chose d'anormal. Comme Susan, il ne connaissait pas Grayson Taylor personnellement, seulement de réputation. Son histoire correspondant à celle de Susan en termes de chronologie, les deux enquêteurs le remercièrent pour son temps et partirent rencontrer le dernier lobbyiste.

Situé le plus proche du Capitole et de loin le plus impressionnant de tous, le bureau de Craig Baker comprenait trois associés, Whitehead, Baker et McCord. Il s'agissait du plus ancien cabinet de lobbying de Nashville, réputé pour son efficacité. Après avoir patienté une trentaine de minutes, Coop et Ben furent finalement conduits dans une salle de conférence dont les baies vitrées surplombaient la grande propriété et le bâtiment en calcaire massif niché au sommet d'une colline. On les invita à prendre place sur un canapé en cuir et leur offrit un assortiment de boissons et de collations qu'ils déclinèrent poliment.

Craig Baker fit alors son entrée.

— Toutes mes excuses, Messieurs, cette période de l'année est particulièrement chargée, comme vous vous en doutez, avec nos chers amis qui travaillent dur en face, déclara-t-il en regardant vers la fenêtre.

Tandis que Craig lui serrait la main d'une poigne ferme, Coop nota son costume luxueux, dont la coupe impeccable épousait parfaitement sa silhouette, ainsi que ses bretelles, sa cravate et son mouchoir assortis. Même ses boutons de manchette étaient décorés de ses initiales. Tout chez lui transpirait l'argent et le pouvoir. Une fois les présentations faites, Ben le remercia de les recevoir et lui expliqua que Coop et lui enquêtaient sur tous les invités présents lors de la soirée samedi dernier.

— Nous avons remarqué que votre nom ne figurait pas sur le registre officiel des invités, commença Ben. Pourtant, le détective Harrington se souvient vous avoir vu à l'événement.

— C'est exact. J'y suis allé avec Grant Wagner, approuva Craig. Nous devions discuter de certains projets de loi. Il m'a donc proposé de l'accompagner pour que nous puissions échanger. Nous représentons en outre la société Global Records, et je suis moi-même un grand passionné de musique. Je m'y suis rendu par mes propres moyens et j'ai retrouvé le sénateur sur place.

— Je vais avoir besoin de votre plaque d'immatriculation, de la marque et du modèle de votre voiture, réclama Mason.

Après avoir pris griffonné « berline BMW » sur son calepin, ce qui coïncidait avec les notes d'Eula Mae, l'inspecteur poursuivit ses questions. Craig confirma avoir discuté avec le sénateur Wagner et la présidente Evans, ainsi qu'avec d'autres législateurs tout au long de la soirée, et certifia également avoir passé du temps dans le jardin avec d'autres lobbyistes.

— Le jardin offrait un semblant d'intimité pour ces réunions que nous tenions tous à avoir, en particulier avec les leaders législatifs. D'importants projets de loi sur le budget se préparent en ce moment, comme vous le savez.

À l'instar de Susan Bates, Craig ne se souvenait pas de la durée exacte passée à l'extérieur, mais il déclara que cela constitua toutefois la majeure partie de sa soirée. Il affirma être rentré au bureau à vingt-trois heures trente, situant son départ de Silverwood aux alentours de vingt-trois heures.

D'après son témoignage, le lobbyiste n'était pas monté sur la terrasse et s'était rendu dans le jardin en passant de l'autre côté, près des tables. M. Taylor et lui ne se connaissaient que suite à ses visites chez Global, et il ne voyait pas non plus qui pouvait lui en vouloir au point de le tuer. Ils discutèrent ensuite de ses conversations avec la présidente Evans et le sénateur Wagner.

— Lorsque je leur ai parlé, la présidente était seule, mais le sénateur se trouvait avec Meredith, bien entendu.

— J'imagine que Meredith accompagne le sénateur à tous ses événements ? supposa Coop.

— Oui, c'est son bras droit. Il est d'ailleurs recommandé de rester en bons termes avec elle si vous souhaitez vous adresser au sénateur Wagner. Elle dirige son bureau d'une main de fer.

Après quelques échanges supplémentaires, Ben lui laissa sa carte et lui demanda de les contacter s'il pensait à autre chose.

Lorsqu'ils foulèrent le couloir, leurs pieds fatigués appréciant l'épaisseur de la moquette rembourrée des lieux, il était déjà dix-huit heures passées. Exténué de cette longue journée, Ben proposa à Coop de s'arrêter au Starbucks avant de rejoindre le parking. Ils optèrent tous les deux pour une boisson glacée garnie de crème fouettée, puis s'affalèrent sur leurs chaises.

— Alors, tes impressions ? demanda Ben en laissant échapper un long soupir.

— D'après moi, la balance penche plutôt côté politique, puisqu'on a eu la confirmation que plusieurs d'entre eux se trouvaient dehors au même moment. Il serait intéressant de voir ce que l'on peut apprendre des politiciens eux-mêmes.

— Oui, parmi celles et ceux interrogés, personne ne semble correspondre à notre tueur… ou tueuse, renchérit Ben en buvant une gorgée. Personne ne paraît être lié de près ou de loin à Gray.

— D'après toi, la statuette du crime pèse au moins dix kilos, non ?

Ben hocha la tête.

— Treize pour être exact.

— Voilà pourquoi je pense qu'il s'agit d'un homme.

Aucune des femmes de la liste ne semble capable de soulever un tel poids pour ensuite frapper Gray avec. Tous les lobbyistes masculins sont musclés, agiles et en bonne forme.

— Sans compter que toutes les femmes sont petites et que les hommes sont grands, constata Ben en avalant le reste de sa boisson sucrée. Je suis plutôt de ton avis.

Satisfaits de leur avancée, les deux amis rentrèrent au commissariat où Coop récupéra sa Jeep, puis passa au bureau prendre Gus. Il reçut un nouveau message de Shelby sur le chemin du retour.

— Il faut que je l'appelle ce soir, grommela Coop. Une vraie partie de plaisir en perspective.

Préférant ne pas prendre parti, Gus couina et sortit la tête par la fenêtre à l'air libre.

Dès qu'il atteignit la porte de la maison de sa tante, son téléphone émit un bip, signe qu'il venait de recevoir un nouveau message. Apeuré par la scène dont il s'apprêtait à être témoin, Gus se réfugia à l'intérieur et se dirigea vers sa gamelle. Au grand soulagement de Coop, ce n'était que son vieil ami de la police du Capitole, David. Ce dernier lui conseillait de venir vers sept heures et demie, heure à laquelle les deux leaders empruntaient le passage souterrain reliant la Place de l'Assemblée au Capitole. Selon lui, il s'agissait du meilleur moment pour échanger avec eux.

Le détective s'empressa de le remercier, puis contacta Ben. D'un commun accord, Mason proposa de passer récupérer Coop à son bureau le lendemain, et ils décidèrent de ne pas prendre leur petit-déjeuner habituel chez Peg's mais d'aller plutôt en ville, à proximité du Capitole.

CHAPITRE ONZE

Après dîner, Coop quitta la table et alla se servir un grand verre de thé avant de s'enfermer dans son bureau, prêt à se délester enfin de ce fardeau. Redoutant cette discussion désagréable, il l'avait reportée à maintes reprises, mais n'avait plus guère le choix que de l'affronter. Surtout lorsqu'il réalisa que correspondre par email avec Emily Taylor se montrait bien moins terrifiant que rompre avec Shelby par téléphone.

Dans un message succinct, il indiqua à l'épouse de Gray qu'il préférait s'abstenir de toute communication tant que la police enquêtait sur Seth. Il lui fit un bref compte rendu des dizaines d'entretiens avec le personnel et les invités de la soirée, de l'absence de suspect sérieux pour le moment, et réitéra sa promesse de poursuivre l'enquête. Enfin, priant pour que ce détail l'adoucisse, le détective scanna et joignit la lettre qu'avait rédigée Gray à son fils.

Il rangea ensuite son bureau, classa la pile de papiers qui y traînait depuis des mois, et prépara ses marqueurs et surligneurs à côté de la liste des invités pour s'y consacrer après l'appel. Une fois résolu, il sortit une bière fraîche de son mini-frigo sous l'œil attentif de Gus, assis sur un fauteuil en cuir près de lui, et sortit son téléphone de sa poche.

— Ne me regarde pas comme ça, marmonna Coop. Je vais l'appeler.

Crispé, il fit défiler son répertoire téléphonique jusqu'au nom de Shelby, prit une longue gorgée de Yazoo Pale Ale pour se donner du courage, puis appuya sur le bouton « Appel ». La jeune femme décrocha dès la première sonnerie.

— Salut, Shelby. C'est Coop.

Comme s'il comprenait la situation, Gus releva la tête de l'accoudoir, les oreilles au garde-à-vous en distinguant la voix aiguë à l'autre bout du fil. Coop leva les yeux au ciel et regarda son chien avec l'espoir d'y trouver un peu de réconfort.

— Je sais, je suis désolé, Shelby. J'ai travaillé jour et nuit sur cette affaire. Non, je n'ai aucune piste solide pour le moment.

Alors que sa voix descendait d'une octave, Coop hocha frénétiquement la tête en l'écoutant avant de finalement se lancer.

— Écoute, Shelby. Je ne pense pas que cette histoire fonctionne entre nous. Il y a un décalage trop important. Mon travail ne me permet pas d'être fiable, comme tu le vois. Tu seras plus heureuse avec quelqu'un d'autre, et qui, euh, partage les mêmes centres d'intérêt que toi, bredouilla-t-il en redoutant sa réaction.

Shelby poussa un cri si perçant que Gus sauta de son fauteuil et s'approcha de son maître. Détestant ce genre de scène, Coop desserra sa prise autour de sa bouteille et caressa plutôt la tête de son chien tout en écoutant sa longue diatribe. Alors qu'elle s'interrompait pour reprendre son souffle, il en profita pour mettre un terme à cette conversation sans issue.

— Je suis vraiment désolé, Shelby, mais je pense qu'il vaut mieux en finir maintenant. Tu es belle et tu mérites de rencontrer quelqu'un prêt à te consacrer plus de temps. Prends soin de toi.

Seul le silence lui répondit. Après quelques instants, il l'entendit raccrocher sans un au revoir. Désemparé mais soulagé, il secoua la tête et décida de supprimer son numéro de ses contacts.

— Très bien, Gus. C'est derrière nous. J'aurais dû me douter que cette histoire ne marcherait pas.

En guise de réponse, Gus émit un petit soupir las, retourna sur son fauteuil et fixa son maître.

— Ne me juge pas, se défendit-il en buvant une longue gorgée de bière.

Après plusieurs heures passées à marquer, rayer, surligner et sentant ses yeux s'épuiser, Coop finit par éteindre la lampe de son bureau.

— Allez, Gus, on va se coucher.

Cette nuit-là, pour des raisons différentes de ses insomnies chroniques et de l'enquête en cours, le détective ne fit que se tourner et se retourner dans son lit. Il s'en voulait d'avoir dû tout arrêter avec Shelby. Malgré des dizaines de premiers et de seconds rendez-vous, aucune femme n'était parvenue à entrer dans sa vie, même de façon semi-permanente. Sans qu'il ne puisse y faire grand-chose, le temps filait, tout comme les occasions de ne pas finir seul. Toutefois, même s'il trouvait chaussure à son pied, rien ne lui garantissait de ne pas finir seul.

———

Au petit-déjeuner, Ben raconta à Coop avoir eu des nouvelles de Kate et Jimmy tard la nuit dernière. Leur vol avait été retardé, et par conséquent, les deux agents étaient arrivés tard à Los Angeles. Ils comptaient parler à Seth le lendemain et promirent d'appeler dès qu'ils auraient plus d'informations. La réunion prévue le soir même se ferait donc sans eux.

— Devine ce que je porte sous mon costume politiquement correct aujourd'hui ? s'esclaffa Coop en étalant une couche généreuse de confiture sur sa dernière tartine.

— Est-ce que j'ai vraiment envie de le savoir ? répondit Ben en riant à son tour.

Hilare, le détective déboutonna le haut de sa chemise pour révéler un t-shirt blanc orné d'une photo du Capitole et de la légende floquée « Ne jamais sous-estimer le pouvoir des gens stupides en groupe ».

— C'est parfaitement adapté, remarqua son meilleur ami. Mais tu ferais mieux de prier pour ne pas te salir aujourd'hui au point de devoir enlever ta chemise. J'en connais qui pourraient ne pas avoir ton sens de l'humour.

— En tout cas, rien de tel pour satisfaire mon côté rebelle, déclara Coop en réglant l'addition. C'est Mme Taylor qui régale.

Comme sa tante connaissait bien la présidente Evans, le détective se porta volontaire pour lui poser quelques questions, tandis que Ben se chargerait de parler au sénateur Wagner. Après avoir descendu d'un trait leurs cafés, les deux acolytes se postèrent au bout du tunnel, prêts à les intercepter alors qu'ils quittaient leurs bureaux pour se garer sur le parking sécurisé de la Place de l'Assemblée. Une dizaine de minutes plus tard, Coop repéra Lois Evans marchant droit vers eux, son portable à l'oreille. Lorsqu'elle sembla reconnaître le détective, elle abrégea sa conversation téléphonique et lui tendit la main.

— Coop Harrington, c'est bien ça ?

— Oui, madame. Désolé de vous surprendre de la sorte, mais je travaille avec la police sur le meurtre de Grayson Taylor survenu à Silverwood.

— Oh, oui, c'est invraisemblable, s'écria Evans. Ma fille était bouleversée quand on a appris la nouvelle le lendemain. Silverwood n'est pas le lieu où je m'attendais à voir un homicide se produire. Vous êtes certains qu'il s'agit bien d'un meurtre ?

— Oui, hélas. Auriez-vous quelques minutes à m'accorder pour répondre à quelques questions ?

Elle jeta un coup d'œil à sa montre.

— Bien sûr. Allons dans une des salles de conférence.

Une fois sur place, Coop commença par vérifier ses heures d'arrivée et de départ d'après les vidéos enregistrées par la caméra de surveillance. Elle décrivit ensuite les grandes lignes de sa soirée, qui alternaient globalement entre campagne politique et discussions avec les lobbyistes présents.

— Ma priorité ce soir-là était ma fille. Elle mourait d'envie de voir Beau Branson et les autres musiciens, alors j'ai tenté de limiter au maximum mon blabla politique, expliqua-t-elle en riant. J'ai été très prise par mes fonctions dernièrement et je voulais lui accorder davantage de mon temps.

D'un hochement de tête compréhensif, Coop sourit et sortit son carnet de notes.

— Je vois. Vous souvenez-vous avoir été au fond du jardin, et si oui, vers quelle heure ?

Elle fronça les sourcils comme pour se rafraîchir les

idées, puis énuméra les lobbyistes avec lesquels elle se souvenait avoir parlé à l'extérieur.

— Pour ce qui est de l'heure, je ne suis pas sûre. Ce qui est certain, c'est que ce n'était pas pendant l'un des concerts de Beau. J'ai ensuite manqué un artiste juste avant l'entracte et j'ai laissé ma fille y assister pendant que j'essayais de me débarrasser de mes engagements, se remémora Evans. J'ai également échangé de temps à autre avec mes collègues du corps législatif à l'extérieur. Puis, je suis retournée à l'intérieur pour profiter des concerts jusqu'à notre départ vers vingt-trois heures.

D'après ses dires, la présidente s'était rendue dans le jardin côté pelouse, mais n'était pas allée sur la terrasse. À l'instar des autres convives interrogées, elle ne se rappelait pas avoir vu quoi que ce soit de suspect ou qui sorte de l'ordinaire. Elle voyait qui était Grayson, de par sa réputation et du fait qu'il soit de Nashville, mais ne le connaissait pas personnellement pour autant. Enfin, elle confirma être venue accompagnée de sa fille et d'aucun membre de son équipe.

— Pensez-vous à une raison particulière qui aurait pu pousser quelqu'un à commettre un tel meurtre ?

— Non. Pour tout vous dire, je suis sidérée par cette affaire. Comment est-il mort ?

— Toutes les preuves n'ont pas été encore analysées, mais d'après les premières pistes, on l'aurait frappé à la tête à l'aide d'une des statuettes décoratives présentes sur la terrasse. Le coup a ensuite entraîné sa chute sur le mur de pierre en contrebas.

— Oh mon Dieu, quelle horreur. Honnêtement, je ne pense pas qu'il était impliqué dans quelconques tractations politiques. Sa mort est peut-être liée à son travail, supputa Evans.

Coop lui tendit la carte de Ben ainsi que la sienne.

— Appelez l'un de nous si un détail vous revient, quel qu'il soit.

— Promis. J'ai cru comprendre qu'il avait laissé derrière lui une femme et une jeune enfant. Toutes mes condoléances.

Coop approuva d'un signe de la tête.

— J'apprécie grandement votre aide, Présidente Evans. Je sais combien vous êtes occupée.

Elle rassembla ses affaires, puis glissa les cartes de visite dans son sac à main.

— Espérons que la vérité éclate bientôt. Je nous le souhaite à tous. Transmettez mes salutations à Camille.

Coop la suivit à l'extérieur, puis envoya un message à Ben pour l'avertir qu'il l'attendrait à la cafétéria. Une fois son café commandé, il relut pensivement ses notes et observa l'agitation des magnats du pouvoir se presser dans les couloirs.

———

Assis dans une salle de conférence, Ben attendait le retour du sénateur Wagner, qui s'était absenté un instant pour prendre un appel. L'inspecteur était parvenu à les intercepter, lui et sa chef de cabinet, alors qu'ils empruntaient le tunnel. En politicien chevronné, le leader masqua son agacement, mais Meredith Stevens, quant à elle, ne fit rien pour cacher son irritation. Elle laissa échapper un long soupir en quittant la pièce lorsque Ben demanda à parler au sénateur en privé, non sans lui rappeler plus d'une fois leur emploi du temps chargé et qu'il interrompait leurs négociations budgétaires.

Après plusieurs minutes, la porte s'ouvrit enfin, et le sénateur apparut.

— Toutes mes excuses, Inspecteur Mason. Dernière ligne

droite avant l'élaboration du budget. En quoi puis-je vous aider ?

— Comme vous devez probablement le savoir, Grayson Taylor a trouvé la mort samedi soir à Silverwood. Pour mener à bien cette enquête, nous interrogeons toutes celles et ceux ayant assisté à l'événement.

Le sénateur hocha doucement la tête.

— Avez-vous interagi avec M. Taylor pendant l'événement ?

— Il est possible qu'on se soit salués. Il y avait un monde fou à cette soirée. Je ne le connaissais que par ses fonctions chez Global, mais je n'ai jamais réellement discuté avec lui.

— D'après les informations dont je dispose, vous avez rencontré plusieurs lobbyistes dans le jardin ce soir-là. Vous êtes-vous rendu sur la terrasse ?

Il fit non de la tête, expliquant qu'il se trouvait bien dans l'espace extérieur, mais qu'il s'y était rendu en passant du côté des tables disposées sur la pelouse. Parallèlement, Wagner narra ses conversations avec les lobbyistes, échanges que Meredith avait pris soin de noter dans son calendrier.

Enfin, comme beaucoup de ses homologues, il estima avoir quitté l'événement autour de vingt-trois heures trente après avoir fréquenté durant environ deux heures les lobbyistes et autres législateurs.

— En plus de Mme Stevens, y avait-il quelqu'un d'autre avec vous ?

— D'après mes souvenirs, deux stagiaires devaient évoquer certains problèmes de campagne. Ils sont partis vers vingt-et-une heures. Meredith a leurs coordonnées si vous avez besoin de leur parler, précisa-t-il.

— Avez-vous vu quelque chose d'inhabituel ou de suspect dans le secteur ou sur la terrasse ?

— Non, rien qui me vienne à l'esprit. La terrasse était

difficilement perceptible depuis le jardin à cause des arbres et du feuillage ; les seules personnes que j'ai vues se trouvaient être mes collègues législateurs, le personnel et les lobbyistes.

Il marqua une pause, puis regarda brièvement son téléphone.

— En y repensant, la seule chose qui m'a interpellé fut ce raffut sur la terrasse. Apparemment, il s'agissait de Beau Branson et de M. Taylor.

— C'est exact, confirma Ben. D'après ce que l'on sait, ils ont eu une altercation autour de vingt-deux heures trente.

Wagner prit un air grave comme s'il se souvenait soudainement de la tournure catastrophique qu'avait pris l'événement.

— Comment M. Taylor a-t-il été assassiné ?

— Traumatisme crânien par objet contondant. Autrement dit, l'une des statuettes décoratives en haut de la balustrade.

— C'est affreux. Mais peut-être qu'avec un peu de chance, vous obtiendrez des empreintes digitales.

— Nous avons bon espoir, sourit Ben. Nous attendons de nouveaux résultats suite aux différents indices. Si vous pensez à quoi que ce soit, n'hésitez pas à me contacter.

Il lui tendit sa carte et ajouta :

— Vous pouvez faire venir Mme Stevens, s'il vous plaît.

— Bien. Continuez votre excellent travail, Inspecteur.

Le sénateur fit disparaître son téléphone, puis ouvrit la porte.

— Meredith, c'est à vous, cria-t-il à l'intention de sa chef de cabinet avant de s'adresser à Ben. J'ai une réunion à présent. Envoyez-moi un message si je peux de nouveau vous être utile.

À peine eut-elle franchi le pas de la porte que Meredith semblait irritée.

— Je n'ai pas beaucoup de temps, Inspecteur Mason. Je dois vraiment retourner travailler.

— Je comprends. J'ai simplement quelques questions à vous poser au sujet de samedi soir.

Elle fixa Ben d'un air courroucé, attendant la suite. Visiblement, Meredith n'en avait que faire de se montrer désobligeante.

— Je vous écoute, finit-elle par dire en tapotant du pied par terre.

— Parlez-moi de votre soirée à Silverwood. Où êtes-vous allée et qu'avez-vous fait ?

— J'ai assisté le sénateur Wagner et me suis assurée qu'il rencontrait certains des lobbyistes que nous avions invités. J'ai également veillé à ce qu'il puisse saluer la majorité de ses électeurs.

— Vous étiez toujours avec lui ou vous l'avez laissé seul à un moment de la soirée ?

Elle lui jeta un regard glacial.

— Si vous voulez tout savoir, j'ai probablement dû aller plusieurs fois aux toilettes au cours de la soirée, mais sinon, oui, j'étais à ses côtés.

— Connaissiez-vous Grayson Taylor ou avez-vous eu des interactions avec lui lors de l'événement ?

— Seulement de réputation et de par ses fonctions chez Global. Peut-être est-il venu nous saluer, je ne sais pas.

La chef de cabinet ne se souvenait d'aucune chose anormale, à l'exception, comme Wagner, de la querelle sur la terrasse. Elle avait appris également plus tard qu'il s'agissait de Beau et de M. Taylor.

— Êtes-vous sortie sur la terrasse ?

— Non. J'ai passé la plupart du temps dans le coin jardin ou près des tables sur la pelouse, sauf pour faire campagne dans la galerie d'art ou aller au buffet.

Elle regarda impatiemment sa montre et tritura nerveusement la broche de sa veste.

— Vous en avez encore pour longtemps ? Je dois vraiment y aller.

— J'ai presque fini, répondit Ben d'une voix calme. Savez-vous qui aurait pu vouloir tuer Grayson Taylor ?

Perplexe, elle fronça les sourcils.

— Bien sûr que non. Je ne le connaissais ni d'Ève ni d'Adam.

D'un mouvement agacé, elle tourna les pages de son agenda usé en cuir et énuméra le nom des lobbyistes que le sénateur Wagner avait rencontrés dans le jardin. Selon elle, ils avaient quitté la soirée à vingt-trois heures trente et étaient sortis vers vingt-deux heures.

— Et hormis leur dispute, vous n'avez rien entendu sur la terrasse ?

— C'est exact.

Ben lui tendit sa carte de visite qu'elle glissa dans son carnet.

— Parfait. Appelez-moi si vous vous souvenez d'autre chose. Ah, et est-ce que le sénateur Wagner et vous serez disponibles dans les jours à venir si nous avons d'autres questions ?

— Nous plierons bagage une fois la session terminée, déclara Meredith. Je serai donc au bureau la majorité du temps sur ces deux semaines pour y mettre de l'ordre, mais les législateurs rentreront tous chez eux dès l'annonce de l'ajournement.

— Merci, Mme Stevens. Vous m'avez été d'une grande aide, la remercia Ben chaleureusement.

Sans un mot, elle attrapa son agenda et son téléphone, puis ouvrit la porte et sortit précipitamment en direction du tunnel.

Peu mécontent d'en avoir fini, Ben consulta son téléphone et vit le message de son ami l'invitant à le rejoindre dès qu'il aurait fini. Après s'être frayé un chemin dans les couloirs bondés, l'inspecteur parvint à la cafétéria et se glissa sur une chaise à côté de Coop.

— Tu attends depuis longtemps ? demanda-t-il.

Le détective lança un regard vers l'horloge murale.

— Seulement trente minutes environ. La présidente Evans n'avait pas grand-chose de plus à apporter que ce que nous savons déjà.

— Est-ce que tu penses qu'on pourrait discuter avec ton ami David ? J'aimerais avoir son avis sur ces politiciens.

— Bien sûr, je vais lui envoyer un message.

Pendant que Coop pianotait sur son téléphone, Ben se commanda un café serré amplement mérité.

Quelques minutes plus tard, alors que Coop regardait le monde affluer à la cafétéria, son portable émit un bip pour lui signaler la réception d'un nouveau message.

— David dit qu'il nous retrouvera à Victory Park dans une demi-heure. Il préfère ne pas être vu en train de discuter avec nous dans l'enceinte du bâtiment.

Ben prit une gorgée de café avant de déclarer :

— Si tu veux mon avis, Gray a été assassiné par l'un de ces hommes politiques. La plupart d'entre eux se trouvaient dans le jardin et ont tout à fait pu se rendre sur la terrasse. Personne ne se souvient avoir vu Gray après que tu l'aies aperçu. Quand Beau dit être parti, Gray est quant à lui retourné vers les escaliers menant à la terrasse. Il a donc été tué peu de temps après être arrivé là-haut. Quelqu'un parmi ces lobbyistes et politiciens ment, conclut Mason.

Coop acquiesça.

— Je suis d'accord avec toi. La chronologie des événements oriente le coupable vers eux. Je n'arrive toutefois pas à mettre le doigt sur le lien qui unit Gray au monde politique.

Intrigués par cette nouvelle avancée, ils se débarrassèrent de leur gobelet en papier avant de se diriger vers la sortie, impatients d'en apprendre davantage. Dehors, ils traversèrent Victory Park, puis trouvèrent un banc à l'ombre qui offrait un minimum de fraîcheur à cette chaleur écrasante.

Alors qu'il se concentrait sur l'une des allées ombragées, Coop aperçut son vieil ami arriver dans leur direction et lui adressa un signe de la main.

— Salut, David. Merci d'être venu aussi vite.

— Avec plaisir. Mes excuses pour ce lieu de rencontre loin des salles cossues du Capitole, sourit David. Mais je ne voudrais pas qu'un des membres de la législation pense que je parle à tort et à travers.

— Inspecteur Ben Mason, déclara Ben en lui tendant la main. Merci d'être là. Je souhaitais que quelqu'un comme vous me donne son avis sur certaines des personnes interrogées. Un initié, pour ainsi dire.

— Bien sûr. Je vous dirai tout ce que je sais.

— Parlez-moi de Meredith Stevens et de Grant Wagner.

— Visiblement, vous savez par où commencer, déclara David avec humour.

Il prit une profonde inspiration et se lança :

— Le sénateur Wagner est à l'Assemblée générale depuis des décennies. C'est un homme puissant qui possède des relations et qui a la réputation d'obtenir l'impossible. Il sait se montrer poli et gentleman, mais ce n'est pas pour autant quelqu'un que j'ai envie de croiser, fit-il à voix basse sur un ton mystérieux. Il a derrière lui une longue liste de reconnaissances de dette auprès d'autres membres du parti. C'est lui qui négocie les accords et qui nous fera sortir de session avec une sorte de compromis budgétaire. C'est également à lui que l'on doit l'essentiel du boom économique de ces dernières années. On peut dire qu'il y a mis du sien.

— Et Mme Stevens dirige son bureau, si je comprends bien. Elle est à ses côtés depuis longtemps ?

— Oh oui, Meredith, c'est son enfant chérie. C'est une femme brillante et talentueuse, mais qui peut aussi se montrer dédaigneuse, malpolie, condescendante, et... difficile. J'ai réalisé au fil des ans en travaillant avec elle qu'elle prend l'offensive dès que l'on remet en cause son travail ou suggère une alternative. Meredith obtient à peu près tout ce qu'elle veut ici. Et entre nous, il est plus facile de s'y conformer que de recevoir un appel du sénateur Wagner, qui la soutient quoi qu'il advienne. En somme, si vous souhaitez rester dans ses petits papiers, il faut satisfaire Meredith.

— Et Lois Evans ? interrogea Coop. Je sais qu'elle travaille à la Chambre des Représentants. Que sais-tu à son sujet ?

— J'ai eu affaire à elle, confirma David. Elle est l'une des favorites au Capitole. Polie avec le personnel et raisonnable dans ses demandes, mais loin d'être fainéante. Si elle veut quelque chose, elle se battra pour l'obtenir. Comparée à Meredith, Lois est une femme plus discrète et, en tant que native de Nashville et issue d'une famille aisée, elle bénéficie toujours d'un grand soutien. Elle a également une chef de cabinet plutôt agressive, Susannah Tyler. Avec Meredith, ce sont d'ailleurs un peu les deux sœurs jumelles maléfiques.

Ben regarda son carnet et montra à David la liste des lobbyistes interrogés.

— Qu'en est-il de ces lobbyistes ? Je serais curieux de connaître leurs relations avec l'un ou l'autre des législateurs. Lequel d'entre eux a la relation la plus étroite avec Evans et Wagner ?

David parcourut rapidement la liste des yeux.

— D'après ce que je vois, il y a beaucoup de personnalités influentes. Ce sont les plus remarquables concernant le budget et les projets de loi de finances. Beaucoup de clients redoutables, constata David en analysant chaque nom. Je dirais qu'Anna, Craig et Peter sont les trois premiers, en termes d'influence et de qualité de dirigeant. Anna est plus proche de Lois ; elles sont toutes les deux issues de vieilles familles. Wagner côtoie beaucoup Craig, qui occupe constamment le canapé du bureau du sénateur pendant les sessions. Enfin, Peter fréquente aussi bien l'un que l'autre.

— Penses-tu à un lien éventuel entre Gray Taylor et eux ?

David secoua la tête.

— À ma connaissance, aucun. Moi-même, je ne connaissais pas Gray. Cependant, je pourrais éventuellement faire des recherches dans notre base de données pour voir s'il a déjà témoigné ou fait du lobbying, mais de mémoire, cela ne m'évoque rien.

— Depuis combien de temps travaillez-vous à l'Assemblée générale ? demanda Ben.

— Oh, depuis l'université, presque vingt ans. J'ai commencé par un stage et puis j'ai décidé de tenter d'y trouver un emploi. J'ai d'abord travaillé à la Chambre des Représentants, puis accepté ce poste au Sénat il y a environ douze ans.

— Des informations sur la vie personnelle des lobbyistes ou des législateurs ?

— J'ai assisté à quelques soirées destinées au personnel chez le sénateur. Il possède une énorme propriété à Brentwood. Après le décès de sa première femme, Wagner a épousé une femme bien plus jeune que lui. Probablement plus jeune que ses propres enfants, précisa David. La présidente Evans, quant à elle, est mariée à un professeur de

Vanderbilt, a une adolescente et vit dans une grande demeure sur Green Hills. En ce qui concerne Meredith Stevens, elle possède une maison à Forest Hills. Je ne crois pas qu'elle soit mariée. Et enfin, pour ce qui est d'Anna Prosser et de Craig Baker. Je suis allé à plusieurs soirées organisées chez eux. Craig vit à Hidden River, à Franklin, où il a un ranch avec quelques chevaux. Anna vit à Belle Meade, près de la propriété de ses parents, et Peter vit à Green Hills. C'est tout ce que je peux vous dire.

Ben griffonna rapidement toutes les informations dans son carnet.

— Parfait, merci pour tout.

— Tu crois qu'ils vont tout finaliser aujourd'hui ou ce week-end ? demanda Coop.

David hocha la tête.

— Selon moi, je dirais demain ou dimanche au plus tard. Ils en ont tous assez d'être ici depuis aussi longtemps. Ils veulent en finir au plus vite.

— Meredith nous a dit que le personnel serait présent durant quelques semaines, mais que les législateurs quitteraient les lieux dès que le verdict sera tombé. Et d'après toi ?

— Pour la plupart. Ils sont généralement pressés de retourner dans leur quartier. La plupart du personnel sera parti d'ici deux jours environ. Meredith aime, euh, en faire des tonnes quant à son importance. Elle et Susannah ont tendance à être en compétition l'une contre l'autre, et elles sont toutes les deux avides de pouvoir. Je pense qu'elles hésitent à partir, car quand elles libéreront leurs sièges, il n'y aura plus personne à diriger, confia David avec un sourire.

— Je me souviens de la gigantesque soirée du personnel que nous organisions lorsque tous les législateurs et leur personnel exigeants quittaient enfin le bâtiment. C'était toujours un soulagement de les voir s'en aller, se rappela Coop en riant.

David prit son téléphone et balaya l'écran.

— Il faut que j'y retourne, déclara-t-il en se levant. Faites-moi savoir si vous avez besoin d'autre chose.

— Merci pour votre aide. Coop vous doit une bière, dit Ben en lui serrant la main.

David leur adressa un dernier signe de la main et s'éloigna rapidement.

CHAPITRE DOUZE

Après cette matinée riche en révélations, Ben et Coop se promirent de rester en contact pour suivre l'évolution de la situation. Dès qu'il arriva au bureau après avoir déposé son ami, le détective enleva sa veste de costume et sa chemise et enfila un short pour aller avec son t-shirt politiquement incorrect. Une fois dans son élément, il se laissa tomber sur sa chaise de bureau, attrapa une poignée de M&M's et passa le reste de la matinée à tenter d'établir une connexion entre Gray et les invités restants de la liste. Loin d'être impliqué dans les stratégies de lobbying de Global, il n'avait aucun lien direct avec les politiciens ou les lobbyistes. C'était Mel et un autre cadre à Nashville qui s'en chargeaient. Certes, Gray s'entretenait parfois avec des lobbyistes en Californie, mais rien qui ne puisse le lier à ceux de Nashville.

— Tu mérites de faire une pause et de manger quelque chose, déclara Annabelle en débarquant dans son bureau. Je t'ai préparé une assiette avec les restes du pique-nique.

Après un bref coup d'œil à sa montre, Coop s'aperçut qu'ils étaient déjà en milieu d'après-midi.

— Super, merci.

Pendant qu'il picorait son déjeuner, elle prit place sur le canapé et le tint à jour des autres affaires en cours. Une fois son repas fini, Coop lui proposa un cookie qu'elle accepta volontiers tout en souriant à Gus, installé à ses pieds, qui semblait la regarder avec insistance.

— Il sait que tu es une bonne pâte.

— Oui, je sais. Je ne peux pas résister à son regard craquant, mais je ne lui en donne jamais beaucoup et j'évite toujours les morceaux de chocolat.

Alors qu'elle se penchait pour récompenser Gus, il lui envoya un coup de langue sur le nez en guise de remerciement.

— J'ai lu et relu cette fameuse liste, et je ne parviens toujours pas à relier Grey à qui que ce soit de suspect. Ça me rend fou... commença Harrington.

Tout à coup, la sonnerie du téléphone de son bureau l'interrompit. Annabelle s'empressa d'avaler sa dernière bouchée avant de décrocher. Après quelques secondes, elle mit l'appel en attente.

— Taylor Nelson au téléphone pour toi.

Tandis qu'Annabelle sortait avec Gus, Coop, intrigué par cet appel, fourra son morceau de cookie dans sa bouche et décrocha. Taylor souhaitait passer pour discuter. Il pouvait utiliser la voiture de sa mère pour quelques heures et espérait que Coop soit disponible.

Après avoir accepté de le recevoir dans l'heure, le détective raccrocha et nettoya rapidement les restes de son déjeuner sur le pouce.

— Hé, Annab', il nous reste encore des cookies ?

— Ils sont dans la cuisine. Ne me dis pas que tu as encore faim ? s'indigna-t-elle.

— Non. Taylor est en chemin et je me suis dit qu'il en

apprécierait sûrement quelques-uns.

— Je vais lui en préparer une assiette et la poserai dans ton bureau. Je me demande ce qu'il veut.

— Il ne me l'a pas précisé, répondit Coop en ramassant ses notes éparpillées.

En attendant l'arrivée de Taylor, il débarrassa la table et se servit de nouveau du thé glacé.

— Quoi de prévu ce week-end avec Shelby ? s'intéressa Annabelle en classant des documents.

— Rien du tout, répondit-il simplement. C'est fini entre nous.

— Oh, je suis désolée.

— Ne le sois pas. On ne s'est vus que quelques fois. Il n'y avait rien de sérieux. Visiblement, je continue à fréquenter le mauvais type de femme. Il faut que je trouve quelqu'un en phase avec mon rythme, qui partage davantage mes centres d'intérêt, et surtout qui ne soit pas aussi dépendante et en manque d'affection, déclara Coop en secouant la tête. Et toi ? Tu prévois quelque chose de sympa ce week-end ?

— Non, à part rester au frais. Je pensais aller voir un film. Peut-être cette nouvelle comédie qui vient de sortir. Rien de trépidant, autrement.

— Ça a l'air sympa, en effet, répondit-il en riant. Au moins, il y fera bon.

Alors qu'elle s'apprêtait à répondre, la porte d'entrée s'ouvrit et Taylor fit son apparition. Coop se leva pour l'accueillir, suivi de près par Gus qui le devança et se précipita sur le jeune garçon pour lui faire un bisou humide.

— Bonjour, M. Harrington, fit Taylor en se baissant pour caresser le chien.

— Appelle-moi, Coop. Lui, c'est Gus. Je ne pense pas que tu aies encore fait la rencontre d'Annabelle, présuma le détective en faisant un geste vers elle. C'est elle qui gère le bureau.

Taylor arrêta ses caresses et tendit une main timide vers Annabelle.

— Ravi de vous rencontrer, Madame.

Amusée, Annabelle lui serra la main en souriant.

— Bonjour, Taylor. Appelle-moi Annab' ou Annabelle, mais pas Madame. Ça me donne l'impression de prendre un gros coup de vieux. Que dirais-tu d'un Coca ou d'un thé glacé ?

— Un thé glacé, merci.

Ravi de l'accueillir dans un contexte moins morose que la fois précédente, Coop conduisit Taylor dans son bureau. Annabelle lui servit un verre de thé accompagné d'un cookie, puis fit sortir Gus de la pièce.

— Alors, qu'est-ce qui t'amène ? demanda Coop.

— Eh bien, j'espérais avoir votre aide sur plusieurs choses. Tout d'abord, on avait parlé la dernière fois de mon souhait d'étudier à Vanderbilt, et qu'il me serait utile de bénéficier d'une lettre de recommandation d'un ancien élève. Seriez-vous prêt à en écrire une pour moi ?

— Bien sûr. Il me faut simplement en savoir plus au sujet de tes études et de tes activités, et je serais très heureux de te la rédiger.

Un grand sourire se dessina sur son visage.

— Cool, merci. Mon autre demande, c'est au sujet de mes grands-parents. Je veux dire les parents de Grayson. J'ai entendu maman parler à la dame de la police, et apparemment, ils aimeraient me rencontrer. Ma mère n'est pas très sûre, mais je me suis dit que si on pouvait se voir ici, comme l'autre soir, et que vous pouviez nous aider, peut-être qu'elle me laisserait les rencontrer.

— Je pourrais en effet, mais je ne veux pas me mêler de ce

qui ne me regarde pas. Toutefois, si elle est d'accord, on peut tout à fait organiser la rencontre ici. D'ailleurs, l'inspecteur Mason m'a également informé que tes grands-parents souhaitent faire ta connaissance.

Taylor acquiesça et termina son cookie.

— Oui, je crois qu'elle s'en veut de ne pas m'avoir parlé de mon père plus tôt. Toute cette situation l'inquiète et la bouleverse, mais je vais lui parler. Si je parviens à la convaincre, il faudrait que ce soit durant le week-end.

— Je peux m'arranger de mon côté à n'importe quel moment qui vous convient à tous. Si tu as l'approbation de ta mère, j'appellerai la famille Taylor pour toi.

— Ce serait super. Maman et moi nous rendons à l'enterrement de Grayson demain. Elle a accepté d'y aller et a changé son emploi du temps à la pizzeria, expliqua Taylor d'une voix triste. J'espère pouvoir venir dimanche. On est libres tous les deux.

— Parfait, moi aussi, fit Coop en prenant une gorgée de thé. Je suis content d'apprendre que tu souhaites aller à l'enterrement. Pour tout te dire, j'ai parlé à la femme de Grayson, Emily. Évidemment, elle est bouleversée par sa mort et a été très surprise d'apprendre ton existence. Tiens-toi prêt à ce qu'elle ne te réserve pas un accueil des plus chaleureux aux funérailles. La nouvelle a été violente.

Ne sachant plus où se mettre, le garçon baissa les yeux.

— J'imagine qu'elle ne sera probablement pas très heureuse de nous voir, maman et moi, mais je tiens à y aller.

Coop hocha la tête avec compassion.

— Selon moi, tu fais le bon choix. Je voulais simplement te prévenir. C'est ma cliente, et je fais de mon mieux pour l'aider à trouver l'assassin de Grayson, mais pour l'instant les pistes sont minces.

— Je comprends. Quand l'avocat de Grayson nous a

appelés, il a dit vouloir nous rencontrer lors des funérailles pour parler des dispositions prises par mon père lorsqu'il a appris que j'étais son fils.

— Tu sais, je suis persuadé que ton papa était un homme bon. Il voulait apprendre à te connaître et t'aider. C'est certain, déclara Coop en pensant à la lettre que Grayson lui avait écrite.

Malgré une envie évidente de la lui transmettre, il préférait attendre l'approbation d'Abby. Son regard rencontra les yeux embués de larmes du jeune homme, qui hocha la tête en silence.

Après s'être assuré que Taylor avait bien son numéro de téléphone portable, il lui proposa de parler à sa mère et de le contacter ensuite s'il obtenait son accord, pour qu'il puisse arranger un rendez-vous avec ses grands-parents dimanche. Le détective lui offrit quelques biscuits pour la route et passa son bras autour de l'épaule de Taylor.

— Tout va bien se passer. Envoie-moi toutes les informations pour la lettre de recommandation, et je la rédigerai pour toi. D'accord ?

— D'accord, M. Harringt... Je veux dire Coop, corrigea-t-il en souriant.

Il adressa un signe de la main à Annabelle, puis s'éclipsa, laissant Coop et Annabelle attendris par sa venue.

Peu de temps après son départ, Madison et Ross débarquèrent dans les bureaux.

— Salut, les accueillit la jeune femme. Prêts pour une nouvelle soirée d'espionnage ?

Madison leva les yeux au ciel.

— Je n'en reviens pas du nombre de conjoints infidèles...

— Vous ne seriez pas disponibles tous les deux pour assister à un enterrement demain matin, par hasard ? demanda Coop.

Ils échangèrent un regard surpris, puis hochèrent la tête.

— Pour quelle raison ? demanda Ross.

— On risque de me reconnaître si j'y vais seul. Toutefois, il faut que quelqu'un aille voir ce qui s'y passe. Gardez un œil sur la veuve et sa famille ainsi que sur tous ceux qui travaillent chez Global. Vérifiez aussi du côté des politiciens, peut-être que certains viendront, prévint Harrington. Les obsèques ont lieu à Memorial Hills, suivies d'une réception. L'enterrement est à dix heures. J'y serai aussi, mais il s'agit d'un grand événement, donc j'aurai besoin d'aide pour le couvrir.

— No problemo, fit Madison. Avec un peu de chance, personne ne nous demandera comment on le connaissait. Au pire, on improvisera.

— Vous trouverez bien une excuse plausible, assura Coop. Sur place, faites comme si vous ne me connaissiez pas ; voyez simplement si vous remarquez quelque chose de suspect. Je vous donnerai une copie des noms que l'on n'a pas réussi à blanchir, et Annab' pourra vous obtenir des photos.

— Ça marche, patron, renchérit Ross.

Sans perdre de temps, Annabelle et lui se mirent à peaufiner la liste, la réduisant aux noms des personnes qui devaient encore être innocentées par des alibis, des photos ou autre. Après avoir fouillé différentes bases de données, la jeune femme fit un trombinoscope de la liste restante des suspects. Quelques minutes plus tard s'imprimèrent sous leurs yeux les portraits de la majorité des lobbyistes et des politiciens, de certains invités de l'industrie musicale, et enfin de Seth Hill.

Coop et Ben s'échangèrent des messages toute la journée, se désolant des maigres progrès de l'enquête, jusqu'à ce que Ben appelle pour leur annoncer la nouvelle.

— Kate et Jimmy sont parvenus à faire craquer Seth. Il a

admis avoir utilisé un téléphone prépayé pour contacter Emily et a avoué entretenir une relation depuis plusieurs années avec elle. D'après lui, Emily lui a dit de se taire à ce sujet, car elle craint de perdre la fortune de Gray et l'argent de l'assurance. Il a tenu à mentionner qu'il n'avait pas tué Gray et qu'il n'était pas allé à Silverwood. On ignore toutefois toujours ce qu'il a fait entre le moment où il a quitté Music Row et celui où il est rentré chez lui.

— Ils pensent qu'il dit la vérité ? questionna Coop.

— Kate l'a trouvé nerveux. Il s'inquiète d'être accusé du meurtre de Gray et persiste à dire qu'il n'a rien à voir avec tout ça, mais il admet avoir menti sur sa liaison avec Emily. Ah, et il a également confirmé avoir vu Emily aux écuries à Bowling Green quand il y était.

— A priori, te voilà bon pour un aller-retour chez notre très chère Emily, plaisanta Coop.

— Avec l'enterrement demain, ce sera plutôt pour lundi. Il serait d'ailleurs amusant de la surprendre en flagrant délit de mensonge. Je crois que Kate et Jimmy ont suffisamment effrayé Seth pour qu'il n'ose plus la contacter à présent. Selon Kate, il dit la vérité. Le type est prêt à tout pour coopérer. Et s'il se montre aussi angoissé, c'est parce qu'il redoute la réaction d'Emily. On va cependant devoir examiner de plus près son alibi et ses déplacements.

— Je te vois lundi, à moins que nous ayons la chance de nous voir ce week-end, fanfaronna Coop.

Désabusé, il raccrocha, puis regarda Annabelle.

— Il faut absolument qu'on progresse. Je n'arrive pas à croire qu'on a toujours pas réussi à résoudre cette affaire, s'exclama Coop en glissant la copie des photos dans un dossier. Merci d'être restée tard encore une fois, Annab'. Que dirais-tu d'aller dîner à l'extérieur ? Je t'invite.

Elle regarda sa montre.

— Je suis partante !

Harrington fit grimper Gus sur la banquette arrière et proposa d'aller au Gas Lamp, un grill de quartier situé à quelques rues du bureau.

— Cet endroit me rappelle tellement de souvenirs. On y passait des soirées entières pendant nos études de droit, sourit Annabelle une fois qu'ils furent installés sur le patio.

— C'est vrai, la dernière fois remonte à des lustres. Je me suis dit que ce serait une bonne idée d'y revenir.

Après s'être délectés d'une pizza généreusement garnie de poulet, bacon, ananas, oignons rouges, sauce barbecue et fromage grillé, ils partagèrent une part de gâteau au chocolat tout en se remémorant le bon vieux temps et leurs études à Vanderbilt.

— Et ton papa, comment va-t-il ? demanda Annabelle.

— Je dois lui rendre visite bientôt. J'aimerais le convaincre de venir, mais il est assez casanier.

— Camille serait comblée de le voir à Nashville. Peut-être que si tu t'y mets maintenant, tu pourrais le convaincre de passer les prochaines vacances avec toi.

Coop esquissa un sourire et posa sa fourchette sur le bord de l'assiette.

— Oui, il me manque, admit-il. Cette Emily Taylor me rappelle tellement l'ex-épouse de mon oncle, Mike. Une vraie reine de glace, comme elle. Mon pauvre oncle nous a quittés trop tôt à cause de cette femme. Elle s'est même volatilisée avec leur fils sans qu'aucun de nous ne puisse le revoir. Contrairement à la nôtre, sa famille était très fortunée. Ni Mike ni ma famille n'étaient assez bien pour elle. Je crois que la seule raison qui la retenait à Mike, c'était sa carrière prometteuse dans le baseball. Une fois toute sa gloire derrière lui, elle n'y a plus vu aucun intérêt.

— Je m'en souviens. Tu en parlais déjà à l'époque. Elle t'avait fait une sacrée impression.

— Oui. En plus, ma mère avait décidé de quitter mon père au même moment... Et moi, par la même occasion. Pas le meilleur des souvenirs.

Comme pour s'aider à chasser ce souvenir désagréable de son esprit, le détective s'interrompit et prit une gorgée de son thé glacé.

— Heureusement, je vous ai, tante Camille et toi, les deux seules femmes sur lesquelles j'ai toujours pu compter, reprit-il en se laissant aller à cette soirée confidences.

Annabelle sourit et avala le dernier morceau de gâteau.

— Tu pourras toujours compter sur nous, Coop.

Ils sortirent repus du restaurant, accompagnés de quelques restes de leur pizza dans une boîte, que Coop entreposa dans le frigo du bureau.

— Merci de m'avoir tenu compagnie ce soir, Annab'. C'était très agréable, annonça-t-il alors qu'elle sortait de la Jeep. Tu as toujours été une véritable amie.

— Le plaisir est partagé. Ça faisait longtemps que je n'étais pas sortie. Appelle-moi si tu as besoin de quoi que ce soit ce week-end, répondit-elle en lui adressant un signe de la main.

— Dommage que je ne puisse pas trouver de femme comme Annabelle, pas vrai, Gus ? lança Coop en regardant son chien alors qu'elle s'éloignait.

Gus le fixa de ses yeux bruns expressifs, presque humains, comme s'il s'apprêtait à lui répondre quelque chose, puis reporta son attention sur la fenêtre entrouverte, laissant son maître perdu dans ses pensées.

CHAPITRE TREIZE

Au grand regret de Coop, la mission « surveillance » sonna comme un échec. Aucun des politiciens ni lobbyistes ne firent leur apparition à l'enterrement, selon toute vraisemblance débordés par les sessions législatives qui secouaient le Capitole ces temps-ci. L'industrie du disque représentait à elle toute seule une grande majorité des personnes présentes à l'église. Même Beau Branson avait tenu à être là. En plus de tous celles et ceux conviés à l'événement de Silverwood, une centaine d'autres personnes s'agglutinaient à l'extérieur pour témoigner de leur soutien auprès de la famille du défunt.

Après les obsèques, Coop présenta ses condoléances aux parents de Grayson, qui le remercièrent chaleureusement de les avoir contactés au sujet de leur petit-fils, puis à Emily et à sa famille. Lorsqu'elle lui serra la main, l'épouse de Gray afficha un air aussi glacial que l'atmosphère.

— J'attends de voir des progrès dans cette enquête cette semaine, M. Harrington, asséna Emily à voix basse. Merci d'être venu.

Sans un regard supplémentaire, elle passa à la personne suivante. Le détective s'écarta de la famille en deuil regroupée, avec une pensée pour leur fille, Hannah, en pleurs, forcée de se tenir aux côtés de sa mère pour serrer des poignées de main et entendre des mots compatissants. En s'éloignant, Coop aperçut Abby et les siens prendre la direction de leurs véhicules, le dos voûté, accablés par le chagrin. De toute évidence, ils n'avaient pas salué Emily et ne tenaient pas à s'éterniser non plus.

— Salut, Coop, fit Taylor en le voyant arriver près d'eux.

— Vous tenez le coup ? demanda-t-il tout en connaissant la réponse à sa question.

Le visage pourpre et les yeux gonflés, Abby avait sa tête posée contre l'épaule de son père.

— Pas vraiment, murmura-t-elle.

— Merci d'avoir organisé cette rencontre avec les parents de Grayson, déclara le jeune garçon en lui serrant la main. Enfin, je veux dire, mes grands-parents. Je les ai vus de loin, mais je ne voulais pas les embêter aujourd'hui.

— Ils ont hâte de faire ta connaissance. Nous nous verrons tous demain à mon bureau.

Coop se tourna vers l'ensemble du petit groupe.

— Encore toutes mes condoléances. Courage à vous tous.

Avant de regagner sa Jeep, il serra la main d'Andy et pressa doucement l'épaule d'Abby. Il ne lui servait à rien de rester plus longtemps, d'autant que Madison et Ross continueraient de guetter le moindre fait et geste suspect jusqu'à la fin des obsèques.

Après cette matinée maussade, Harrington en profita pour passer au bureau afin de prendre de l'avance sur quelques dossiers et, accessoirement, se changer les idées. Quelle ne fut pas sa surprise d'y voir Annabelle, visiblement encline à en faire autant.

— Qu'est-ce que tu fais là ?

— Oh, je suis passée finaliser un rapport avant d'aller au cinéma.

— Et si je t'accompagnais et t'invitais ensuite à déjeuner ? suggéra Coop.

— Avec plaisir, dit-elle en souriant, agréablement surprise par cette proposition.

Décidément, son chef lui faisait non pas une, mais plusieurs fleurs ces derniers temps, un vrai bouquet de générosité et de gratitude. Il faut dire qu'Annabelle travaillait dur et s'investissait dans chacune de ses tâches.

— On a une heure devant nous, ajouta la jeune femme en jetant un coup d'œil à sa montre.

Coop s'empressa de rejoindre son bureau pour finaliser et approuver plusieurs rapports et dossiers, puis passa également en revue ses notes suite aux différentes entrevues avec les lobbyistes et les politiciens. Une fois l'esprit un peu plus léger, il se défit de ses habits sombres et opta pour une tenue plus joviale : un jean et son t-shirt « Ça y est... J'ai lâché les chiens ».

— Tu es prêt, Coop ? demanda Annabelle à voix haute en fermant son ordinateur et en rassemblant ses affaires.

Une dizaine de kilomètres plus loin, la Jeep les conduisit jusqu'au cinéma climatisé, où ils apprécièrent autant la fraîcheur du lieu que le divertissement d'une comédie loufoque. Pour continuer sur cette agréable lancée, ils se rendirent dans un fast-food et s'offrirent même le luxe d'un double milk-shake au chocolat en attendant leur commande.

— Alors, des pistes éventuelles à ces funérailles ? l'interrogea Annabelle en prenant une grosse lampée de crème glacée.

— Rien du tout, malheureusement. J'ai parlé un peu avec Taylor et Abby. Il est impatient de rencontrer ses grands-parents. A contrario, Cruella, elle, m'a jeté un regard assassin et m'a ordonné d'avancer sur l'enquête.

Annabelle leva les yeux au ciel.

— Elle risque de changer de ton quand Ben lui aura payé une petite visite.

— Je l'espère, admit Coop. Pour tout te dire, je déteste cette affaire. On ne dispose toujours d'aucun mobile concret, à moins que Seth ne soit notre homme, mais je fais confiance à l'instinct de Kate. Je commence à penser que tu avais raison. Un secret doit se cacher derrière tout ça.

— Peut-être quelque chose que Gray lui-même ignorait. Comme un crime d'opportunité. Quand on y pense, le fait que le meurtrier se soit servi d'une statuette en pierre sur place me laisse penser que rien de tout cela n'était prémédité. À mon sens, Andy ou Seth auraient au préalable établi un plan pour le tuer s'ils en avaient réellement eu l'intention.

— Dans ce cas, qu'est-ce qui inciterait quelqu'un à porter un bloc de pierre de dix kilos pour frapper un type quelconque ?

Alors qu'elle s'apprêtait à répliquer, la sonnerie de leur buzzer l'interrompit, les informant que leur commande était prête. Après avoir agrémenté de sauce et de condiments leur combo hamburger-frites, ils s'attablèrent et reprirent le fil de leur conversation.

— Beau semblait être le candidat idéal puisqu'il se disputait avec Gray, mais il est exempt de tout soupçon. Tout comme les autres qui nourrissaient des intentions cachées, poursuivit Harrington. Ben et moi sommes convaincus que le tueur se cache parmi ces politiciens.

— Mais alors, pour quelle raison un type de ce milieu souhaiterait-il la mort de Gray ? demanda Annabelle en mordant dans son burger.

— Il n'y a pas de lien entre eux, répondit simplement Coop.

— Donc, ce serait en rapport avec la soirée, si je comprends bien ?

— Ce serait la théorie la plus plausible, en effet.

Elle trempa une frite dans le petit pot de sauce tomate et ajouta d'un air narquois :

— De toute façon, les politiciens sont connus pour être mêlés à des affaires louches et pour protéger leurs propres intérêts en même temps. Il faut qu'on parvienne à comprendre de quelle manière Gray pouvait être lié à tout ça.

— Tout en sachant qu'il était en voyage d'affaires et qu'il n'a aucune connexion apparente avec la politique. Quel que soit le mobile, le meurtre a dû se faire sur un coup de tête.

— Sauf qu'il n'y a eu ni empreintes ni ADN sur la scène de crime. Rien, rappela Annabelle. Donc, il semblerait que l'on ait affaire à quelqu'un d'expérimenté.

— Ça peut ressembler à un crime passionnel, toutefois, on ne dispose d'aucune preuve et d'aucun mobile. Qu'est-ce qui vaudrait la peine de commettre un meurtre dans le simple but de protéger quelqu'un ? soupira Coop en terminant son milk-shake. Oncle John me manque terriblement dans ces moments-là ; il aurait su démêler cette affaire en un rien de temps.

— C'est vrai, il était le meilleur. Mais il a fait de toi un excellent détective. Tu vas y arriver. Tu y parviens toujours, l'encouragea la jeune femme en repoussant son assiette. Je suis repue. Merci pour ce délicieux repas.

— J'ai passé une très bonne journée. On devrait s'en faire plus souvent des comme ça. À passer notre temps à bosser, on en oublie de profiter comme avant.

— Oui, mon boss est un vrai tyran, plaisanta Annabelle, un sourire aux lèvres.

Sur le chemin du retour, ils discutèrent de la visite de Taylor et de ses grands-parents au bureau le lendemain.

— Je peux apporter des petites choses à grignoter, si tu veux, histoire de détendre l'atmosphère.

— Ce serait super. Mais tu n'es pas obligée si tu es prise, s'empressa-t-il d'ajouter.

— Ça me fait plaisir, vraiment. J'aime bien Taylor. J'espère de tout cœur que les choses vont s'arranger pour lui et sa famille.

— C'est très gentil de ta part, Annabelle, il appréciera.

— Je ferai la recette de cookies de ta tante. Personne ne peut y résister, dit-elle avec un clin d'œil en sortant de la Jeep. À demain, Coop.

———

Le lendemain matin, Harrington s'offrit une grasse matinée, chose qu'il n'avait plus faite depuis des lustres. Lorsqu'il pénétra dans la cuisine, Camille et Gus l'attendaient sagement, ainsi qu'une fournée de roulés à la cannelle et des œufs frais.

Dans un long bâillement, il s'installa derrière une tasse de café et le journal et dégusta son petit-déjeuner tout en faisant la causette à sa tante. Il fila ensuite se préparer et passa rapidement la dernière chemise repassée de sa penderie, non sans oublier de se rappeler de le signaler à Mme Henderson. Plongée dans un feuilleton à la noix, tante Camille l'embrassa sur la joue et lui adressa un petit signe de la main alors qu'il sortait accompagné de Gus. Les chiens apportaient toujours un brin de vie et de chaleur, et comme le sien adorait le contact humain, Coop s'était décidé à l'emmener pour cette rencontre.

Lorsqu'il s'engouffra dans l'air frais du bureau, une bonne odeur de café et de cookies chauds réveilla instantanément son estomac pourtant déjà bien rempli. Élégamment disposé dans un vase sur la table d'entrée, un bouquet de fleurs multicolore agrémentait l'accueil d'une touche des plus chatoyantes. Tandis qu'il contemplait le rendu, Coop entendit des bruits dans la cuisine et découvrit Annabelle, occupée à remplir un grand plateau de cookies, de tranches de cake à la banane et de mini pâtisseries.

— Wahou, tu t'es encore une fois surpassée, Annab', la félicita Coop.

— Aide-moi à apporter le thé et la limonade, et tout sera prêt, répondit-elle en souriant.

Aujourd'hui, la réception, d'ordinaire accueillante mais sobrement décorée, resplendissait.

— Je me suis dit que s'ils se sentent suffisamment à l'aise pour rester entre eux, on pourrait toujours leur laisser un peu d'intimité et attendre dans la cuisine.

Admiratif, Coop l'observa positionner avec soin les serviettes en papier et les assiettes.

— Et si on s'y retrouve coincés, je nous ai même prévu des cookies en rab, gloussa Annabelle.

— Tu penses toujours à tout. C'est ce que j'aime le plus chez toi.

À en juger la façon dont Gus remuait frénétiquement la queue près d'eux, ils comprirent que les premiers visiteurs venaient tout juste d'arriver. Quelques secondes plus tard, Abby et Taylor firent leur entrée.

— Abby, je ne crois pas que vous ayez rencontré mon associée. Voici Annabelle Davenport. C'est à elle que l'on doit toute l'organisation ici, précisa le détective en lui serrant la main.

— Enchantée. Vous pouvez m'appeler Annab', fit aimablement la jeune femme. Ravie de te revoir, Taylor.

— Moi aussi, Mademoiselle Annabelle, je veux dire, euh, Annab'.

— Annab' nous a préparé de quoi combler nos papilles. Il y a aussi de la limonade et du thé glacé. Je t'en sers un verre, Taylor ? demanda Coop en se tournant vers le garçon.

— Avec plaisir. J'ai la gorge desséchée quand je suis nerveux, admit-il en riant.

— Ne t'en fais pas, tes grands-parents sont impatients de faire ta connaissance. Ils ont beaucoup apprécié que vous les autorisiez à se rencontrer, Abby.

Il lui tendit un verre de limonade qu'elle accepta d'une main légèrement tremblante, certainement en raison de l'émotion de la rencontre.

— Ils se sont toujours montrés adorables avec mes parents et moi, reconnut Abby en souriant à son fils. J'ai envie que Taylor puisse avoir l'occasion de les connaître. J'aurais dû le faire depuis bien longtemps.

— En parlant d'eux, les voici, annonça Coop en leur adressant un signe par la fenêtre.

Gus sur ses talons, il sortit chaleureusement les accueillir.

— M. Taylor, Mme Taylor, content de vous revoir.

— Appelez-moi Chase. Et voici ma femme Lila Rose, déclara le père de Gray dont le regard doux respirait la bonté et la gentillesse.

— Entendu, Chase et Lila Rose. Entrez, mettez-vous à l'aise, s'il vous plaît. Mon associée Annabelle a préparé plein de bonnes choses à picorer.

Alors qu'ils avançaient d'un pas timide dans l'entrée, Abby et Taylor se levèrent pour les accueillir.

— Oh, Abby, ma chérie, comment vas-tu ? demanda Lila Rose en la serrant dans ses bras.

— Toutes mes condoléances, chevrota la jeune femme.

Des larmes silencieuses coulèrent le long de son visage encore marqué par les dernières semaines difficiles.

— Merci, ma petite, nous sommes tous dévastés.

— Taylor, mon garçon, souffla Chase. On est très heureux de te rencontrer.

Bien qu'affecté par ces retrouvailles, il sembla retrouver un peu de gaieté en découvrant en Taylor les traits de son fils.

— Oui, moi aussi, Monsieur.

— Tu es le portrait craché de ton papa, balbutia Lila Rose.

— C'est le moins que l'on puisse dire, renchérit son mari.

Les yeux embués de larmes, elle étreignit son petit-fils.

— Prenez place, s'il vous plaît, fit Coop en les invitant dans l'espace aménagé. Servez-vous autant que vous le souhaitez.

Alors qu'Abby prenait place sur une chaise et que Taylor s'installait sur le canapé entre ses grands-parents, Annabelle apporta le grand plateau garni, puis s'assit sur le petit canapé à côté de son ami et associé. Gus, à leurs pieds, lança un regard abattu à son maître, avec l'infime espoir de profiter lui aussi de ce festin.

Par bonheur, le petit banquet eut l'effet escompté : tout le monde se détendit et bavarda avec entrain.

— M. Harrington va écrire ma lettre de recommandation pour Vanderbilt, annonça fièrement Taylor. Et Gray, enfin euh, mon père, m'a légué une certaine somme pour financer mes études là-bas.

— C'est merveilleux, se réjouit Lila Rose. Il serait fier de toi.

La tristesse laissant place à la joie, la conversation se

poursuivit sur la célèbre université et sur le rêve de Taylor de devenir avocat. Les yeux brillants, ses grands-parents ne cessèrent de lui poser des questions sur ses aspirations, ses activités et son quotidien. Le garçon leur expliqua que s'il ne faisait pas de sport, c'était en raison du coût important et qu'à choisir, il préférait se concentrer sur l'obtention d'une bourse d'études.

Profitant d'un instant d'accalmie, Coop alla dans son bureau et revint avec une feuille de papier.

— Une lettre de Gray adressée à Taylor a été découverte au cours de l'enquête. Je me suis dit qu'il serait préférable pour lui de la lire ici, entouré de ses proches, confia Coop en donnant la lettre au garçon. Annab' et moi avons un peu de travail à faire. N'hésitez pas à nous appeler si vous avez besoin de nous.

Ils quittèrent la pièce, Gus sur leurs talons, et s'assirent en silence dans la cuisine. Sans le vouloir, ils entendirent distinctement Abby demander à Taylor de lire la lettre à haute voix, puis la voix du jeune garçon se briser à chaque fin de phrase prononcée. Lorsqu'il eut fini, des murmures et des bruits de sanglots discrets s'échappèrent de la réception.

Retenant sa respiration, Coop laissa échapper un soupir soulagé.

— Bon, eh bien, on a fait le plus dur, je crois. À présent, ils vont aller de l'avant.

Annabelle hocha la tête.

— Oui, ils ont l'air d'être de formidables grands-parents. À eux tous, ils se serreront les coudes.

— Je repensais à notre discussion d'hier. Je crois qu'on devrait se concentrer sur les politiciens et les lobbyistes, voir si on peut éventuellement creuser davantage cette piste.

Sans se le faire dire deux fois, elle alluma son ordinateur

portable et ouvrit une page Internet, les doigts en suspens au-dessus du clavier.

— Par où veux-tu commencer ?

— Focalisons-nous sur les lobbyistes masculins, ainsi que Wagner, Evans et Meredith, énuméra Coop. Ben et moi doutons qu'une femme puisse porter un objet aussi lourd, mais elles sont toutes les deux grandes et en pleine forme. Regardons aussi du côté des finances, des partenariats, des lois ou des causes, et tout ce qui peut en découler.

Il marqua une pause, puis ajouta :

— Je vais appeler Ben et voir s'il veut bien nous donner des précisions sur notre présélection.

— Parfait, je m'y attèle.

Gonflée à bloc, elle se plongea aussitôt dans les recherches tout en grignotant un cookie au chocolat.

En quête d'une friandise, Gus se promenait désespérément entre la réception et la cuisine, tandis qu'ils poursuivaient leurs tâches respectives. De temps à autre, le rire de Taylor et les discussions animées du petit groupe venaient ponctuer leur session de travail d'une touche de légèreté, les poussant à mettre les bouchées doubles pour retrouver le meurtrier de Gray. Ne trouvant plus d'âme charitable, Gus capitula et s'endormit dans un coin, bercé par le brouhaha ambiant.

Un message de son ami David interrompit Harrington en pleine réflexion. Il le lut à voix haute pour Annabelle.

— « Pour information, la session a finalement été ajournée sine die. J'ai également vérifié dans nos dossiers l'existence de Grayson Taylor. Il y a environ huit ans, il a témoigné sur une législation relative aux enregistrements de musique numérique. Rien de controversé, juste un témoignage pour Global. Désolé, rien de plus à ajouter. Je prends quelques jours de congé, mais je serai chez moi si vous avez besoin de plus de renseignements. »

— Je ne vois pas en quoi ça pourrait inciter quelqu'un à commettre un meurtre, fit remarquer Annabelle pendant que l'imprimante crachait des rames de papier.

Alors que Coop prenait une liasse de feuilles et commençait à les classer en piles pour chacun des suspects potentiels, Taylor apparut sur le seuil de la porte.

— Hé, Coop, on va y aller.

— D'accord. Dis à ta maman et à tes grands-parents qu'on arrive leur dire au revoir.

Rassurés que les retrouvailles se soient bien déroulées, ils sortirent et remercièrent Abby, Chase et Lila Rose d'avoir fait le déplacement.

— Les circonstances sont loin d'être idéales, mais je suis reconnaissante d'avoir Chase et Lila Rose dans nos vies, sourit Abby en enlaçant une dernière fois le détective.

Après avoir chaleureusement remercié Annabelle pour les gâteaux et Coop pour les avoir reçus, ils échangèrent plusieurs poignées de main et se saluèrent.

— N'oublie pas de passer récupérer ta lettre la semaine prochaine, Taylor, lui rappela le détective avant de fermer la porte.

Il jeta un œil vers la pendule et se tourna vers Annabelle en souriant.

— Je sais que tante Camille adorerait t'accueillir pour le souper du dimanche.

— C'est toujours un plaisir de la voir, répondit-elle joyeusement en débarrassant la table basse. Laisse-moi finir de classer ces dossiers, et je suis prête.

Quelques minutes plus tard, il ferma à double tour le bureau, puis suivit la Coccinelle vert gecko jusque chez lui. Sur la route, il appela sa tante pour la prévenir qu'une invitée se joignait à eux. À leur arrivée, Gus se précipita vers la porte d'entrée, heureux de pouvoir enfin rentrer à la maison.

— Annabelle, ma belle ! s'écria Camille. Je suis ravie que Coop t'ait convaincue de venir souper.

— Ça sent drôlement bon, fit la jeune femme en l'enlaçant en retour.

— Tout est prêt, assieds-toi, je t'en prie. Coop, tu m'aides à apporter deux-trois choses, s'il te plaît ?

Tout en lui narrant les avancées sur l'affaire, ils régalèrent leurs papilles d'un rôti de porc juteux et de haricots verts sur lit de pommes de terre. Coop apprit à Camille que son information s'était révélée très importante pour l'enquête et lui partagea même les dernières nouvelles concernant Seth et Emily.

— Tu m'en vois ravie, gloussa-t-elle en leur apportant deux énormes assiettes de tarte pour le dessert.

Une fois le dîner terminé, Coop et Annabelle s'installèrent dans le séjour avec l'ensemble des nouveaux éléments, piquant la curiosité de la vieille dame.

— Je n'en reviens pas que Lois puisse être liée à ce meurtre, s'exclama-t-elle en lorgnant sur leurs notes. Je la connais depuis sa naissance. Elle vient d'une famille des plus intègres de Nashville.

— Mon petit doigt me dit qu'elle n'est pas impliquée dans l'affaire. Mais pour le moment, nous nous penchons sur la moindre anomalie qui pourrait lier l'un de ses suspects à Gray, de près ou de loin.

— Gray pourrait avoir entendu une information confidentielle. Puis quelqu'un l'a fait taire pour protéger ce secret, compléta Annabelle.

— Je comprends. J'admets que la plupart des politiciens sont pris de scrupules douteux, mais Lois reste une exception.

Malgré leur état de fatigue, Harington et Davenport s'efforcèrent d'analyser chacun des clients des lobbyistes, avec l'espoir d'y déceler d'éventuelles activités fourbes qui pousseraient l'un d'eux à assassiner quiconque aurait découvert le pot aux roses.

Penchée sur son ordinateur, une main sur le front, Annabelle passa au crible les entreprises une à une sur un moteur de recherche, puis imprima les articles dignes d'intérêt. La plupart concernaient des inaugurations de nouveaux bâtiments, des événements caritatifs ou des activités sociales. Alors qu'elle passait la pile au peigne fin, deux articles aux titres racoleurs attirèrent son attention.

Le premier reportage, datant d'il y a cinq ans, relatait l'accident mortel de l'assistante d'un PDG d'une entreprise de fabrication. Sa voiture avait soudainement quitté la chaussée et percuté un talus abrupt, provoquant son décès sur place, sans la présence d'un seul témoin. Le second article évoquait un autre accident de voiture survenu deux ans plus tôt, impliquant la mort d'un directeur financier dans l'industrie des semi-conducteurs. L'homme avait connu une fin tout aussi tragique lorsque sa voiture était sortie de route et avait fini dans un arbre. Tous deux avaient laissé derrière eux conjoints et enfants. On les décrivait comme des personnes agréables et impliquées, tant sur le plan professionnel qu'amical. Les deux entreprises avaient même créé une collecte de fonds pour soutenir les familles concernées.

— Hum. Je vais encore en avoir pour un moment avant de passer tout ça en revue, toutefois ces deux-là me semblent pertinents.

Coop prit les deux articles qu'elle lui tendait et se frotta les paupières.

— Ça suffira pour ce soir. J'ai le cerveau en bouillie et les yeux prêts à sortir de leur orbite, dit-il en posant les impressions sur la table. Je regarderai ça demain.

— Tu n'as jamais été voir l'ophtalmologue avec qui je t'avais pris rendez-vous ? présuma Annabelle. Il te faut des lunettes, Coop.

Il lui lança un regard accusateur.

— J'ai simplement les yeux un peu fatigués, c'est tout, objecta Coop en tassant la pile de dossiers. Pour le moment, on a les pieds et poings liés. On ne peut rien faire d'autre que spéculer sur de potentielles magouilles, à moins que l'information n'ait été rendue publique.

— On vient seulement de s'y mettre. Attendons cette semaine pour voir si on parvient à établir une quelconque connexion. Peut-être qu'en recoupant nos infos avec celles de Ben, un élément nous sautera aux yeux.

— Quoiqu'il en soit, ce fut un plaisir, Annabelle. J'espère te revoir bientôt pour un prochain souper, fit joyeusement Camille de son fauteuil.

— C'était merveilleux, merci pour tout.

Elle prit Camille dans ses bras et se tourna vers son ami.

— À demain, Coop.

— Merci encore pour les heures supplémentaires, Annab', déclara-t-il en la raccompagnant jusqu'à sa voiture. Je serais perdu sans toi.

— Probablement.

Elle lui adressa un grand sourire et démarra avant de s'engager dans l'allée, jusqu'à ne devenir plus que deux minuscules points jaunes dans la nuit.

CHAPITRE QUATORZE

Lundi matin tôt, Ben contacta Coop pour l'informer que Kate et lui étaient déjà en route pour Bowling Green afin de continuer d'enquêter sur l'alibi de Seth et de confronter Emily à ses mensonges. Jimmy passerait lui rendre visite pour lui transmettre les dernières informations du commissariat.

— Je t'appellerai quand on sera le chemin du retour et on fera un point, ajouta-t-il avant de raccrocher.

Lorsque le jeune agent arriva, une boîte rose remplie de pâtisseries dans les mains, suivit de près par Annabelle, Harrington finissait tout juste de trier sa pile de dossiers. Ils se rassemblèrent autour de la table de conférence et, entre deux bouchées de beignets et de chaussons aux pommes, décortiquèrent les archives financières et les relevés téléphoniques obtenus par l'inspecteur.

Une centaine de pages à analyser les attendait. Les recherches menées par les techniciens n'avaient malheureusement rien donné de concluant. Armés d'une batterie de surligneurs colorés, ils prirent chacun une pile et se concentrèrent sur les jours précédant la mort de Gray en mettant en évidence les numéros de téléphone et les appels répétés entre les différentes parties.

Ils remarquèrent quelques appels directs émis entre les lobbyistes et la présidente ainsi que le sénateur, pas moins d'une centaine entre Wagner et Meredith, et le même nombre pour Evans et Susannah. Du côté d'Anna, Peter et Craig, on dénombrait environ une douzaine d'appels aux chefs de cabinet, vraisemblablement concernant les projets de loi budgétaire et la fin imminente de la session. Une dizaine de pâtisseries et deux cafetières englouties plus tard, la seule découverte suspecte fut une série d'appels entre Meredith et Craig dans les heures qui suivirent la soirée de Silverwood. À partir d'une heure du matin, la chef de cabinet de Wagner l'avait contacté à sept reprises, avec une durée d'appel variant entre deux et dix minutes.

— Il n'y avait pas de session prévue après l'événement, ni tôt dimanche matin, avança Annabelle en leur montrant le site de l'assemblée générale du Tennessee.

— Je propose qu'on leur rende une petite visite séparément pour tenter de comprendre les raisons de ces appels tardifs et voir si leurs versions concordent. D'autres lobbyistes ont passé des appels tard le soir ou tôt le matin certains jours, mais aucun au milieu de la nuit, dit Coop avant que son téléphone ne se mette à sonner.

Il décrocha, puis mit l'appel en haut-parleur.

— On arrive, résonna la voix de Ben dans la pièce. Je crois qu'on a mis un terme à l'idylle entre Emily et Seth sans le vouloir. Je ne serais pas non plus surpris qu'il perde son emploi dans la foulée.

— Elle était folle de rage jusqu'à ce qu'elle finisse par céder et tout avouer quand on lui a fait part de notre déplacement à Los Angeles pour rencontrer Seth, commenta Kate sur un ton enjoué. D'après elle, Emily n'a menti sur sa liaison que pour leur épargner une scène embarrassante. Cependant, elle a admis à contrecœur craindre de mettre en péril l'argent de l'assurance ou d'avoir des problèmes par rapport aux termes du testament de son mari.

Ben et Kate confirmèrent ensuite l'alibi de Seth, mais pas encore le laps de temps entre son départ de Music Row et son arrivée à Bowling Green.

— Il nous manque quelques heures à déterminer. Seth dit avoir traîné en ville, près de la rivière. On va devoir recourir aux vidéos de surveillance pour corroborer cela.

— À ce que j'entends, vous n'avez pas chômé, concéda Coop. En ce qui nous concerne, on a découvert plusieurs appels singuliers entre Meredith et Craig. Suffisamment étranges pour nous interpeller.

— Peut-être qu'ils sont plus que de simples collègues, suggéra Annabelle, les sourcils arqués.

— Tout est possible, admit l'inspecteur. Coop, pars voir Meredith avec Kate. Jimmy et moi, on s'occupe de Craig. Je veux qu'on puisse les voir au même moment sans qu'ils puissent se prévenir.

Une fois leur plan échafaudé, ils convinrent de se retrouver à quatorze heures. Quelques minutes après le départ de Jimmy, tante Camille apparut, chargée d'un panier bien garni.

— You-hou, chantonna-t-elle avec sa bonne humeur légendaire.

Reconnaissant sa voix, Gus descendit en trombe du canapé pour l'accueillir avec véhémence.

— Ah, vous voilà tous, fit Camille en posant ses victuailles sur la table. Je vous ai apporté des restes d'hier soir.

Ils glissèrent leur pile de feuilles éparpillées sur

l'extrémité et l'aidèrent à servir les sandwichs, salades et parts de tarte.

— Vous connaissant, vous n'auriez pas pris le temps de déjeuner, glissa-t-elle avec un clin d'œil.

Coop la serra dans ses bras et la remercia à plusieurs reprises, reconnaissant de pouvoir compter sur sa tante pour prendre soin de lui.

— Alors, qu'ont donné les nouveaux éléments ?

— Pas grand-chose. À l'heure actuelle, on enquête sur plusieurs appels de Meredith Stevens à Craig Baker quelques heures après le meurtre. Sept coups de fil au milieu de la nuit ont l'air suspects, rapporta son neveu.

— En effet, c'est surprenant. Qui plus est, le soir d'un assassinat.

— Annab' pense plutôt à une histoire de galipettes, précisa-t-il avant d'avaler un morceau de tarte aux pêches.

— Je vais à mon club de jardinage cet après-midi. J'en profiterai pour poursuivre mon enquête. Peut-être que quelqu'un a eu vent d'une liaison entre eux. Plusieurs membres du club ont de la famille dans le corps législatif et la politique. Mon amie Twyla Fay vit d'ailleurs près de chez Craig Baker. De mémoire, je ne l'ai jamais entendue parler de problèmes conjugaux. Et croyez-moi, si elle entendait la moindre rumeur, Twyla serait la première à jacasser. Je ne connais pas plus grande commère, prétendit Camille avant de pouffer de rire alors que Coop manquait de s'étouffer avec son morceau de gâteau.

— Ne t'en mêle pas, répliqua-t-il précipitamment en déglutissant. Pour le moment, ce n'est qu'une théorie, et elle doit rester confidentielle.

— Je sais ce que je fais, assura-t-elle. J'aidais tout le temps ton oncle et je sais comment trouver des indices sans éveiller le moindre soupçon.

Dans un long soupir, le détective secoua la tête, ne sachant plus que faire ni que dire pour l'en dissuader. Annabelle, elle, était pliée en deux. Réalisant qu'il ne lui restait plus que dix minutes, Camille se pressa et disparut en coup de vent.

En se préparant pour sa visite surprise, Coop dut se résoudre à l'idée que Meredith n'apprécierait sûrement pas l'un de ses t-shirts humoristiques et opta à la place pour un polo Harrington and Associates. Décidément, cette affaire ruinait à petit feu sa garde-robe.

———

Suite à leurs rendez-vous respectifs, les deux amis et leurs équipes se réunirent pour débriefer. Ben se lança en premier.

— Après s'être perdu dans des explications très confuses, Craig a fini par nous avouer que Meredith avait un coup dans l'aile et qu'elle l'avait appelé pour lui proposer de le voir. Et comme elle ne tolérait pas son refus et qu'elle est son principal point de contact avec le sénateur Wagner, il a accepté de répondre à ses appels pour ne pas se montrer malpoli. Elle lui a finalement présenté ses excuses au cours du dernier appel.

— Sa femme n'a pas trouvé ça étrange qu'une autre femme l'appelle au milieu de la nuit ? s'étonna Kate.

— On lui a posé la question. Craig a dit que son épouse était en voyage d'affaires et qu'il était seul chez lui. Le plus drôle, ajouta Ben en souriant, c'est qu'il nous a demandé de ne pas ébruiter la nouvelle, car il ne veut pas que sa femme l'apprenne ou que Meredith se discrédite aux yeux du sénateur.

— Et d'après toi ? Tu penses qu'il disait la vérité ? demanda Coop.

— Difficile de dire s'il mentait, en toute franchise. C'est un lobbyiste. Il semblait un peu nerveux, mais j'ai l'impression qu'il voulait ne pas faire d'histoire vis-à-vis de sa femme ou s'exclure du bureau du sénateur.

— Et vous ?

— Eh bien, après avoir fini par l'intercepter, Meredith nous a fait poireauter vingt bonnes minutes, répondit Kate. La raison ? Je l'ignore.

— Parce que c'est un tyran et qu'elle veut nous montrer qu'elle est occupée à superviser son royaume miniature ? suggéra Coop en levant les yeux au ciel.

— Oui, ça doit être ça, acquiesça Kate en souriant. Elle était indignée. Elle nous a rappelé que son téléphone était un téléphone personnel, non payé par l'État du Tennessee, et que nous n'avions en aucun cas le droit d'accéder à ses historiques d'appels. Lorsqu'on lui a montré le mandat, elle a tenté de mentir en prétextant un simple échange au sujet d'un projet de loi. C'est seulement après avoir insisté qu'elle a fini par admettre avoir trop bu. Elle nous a confié qu'elle et Craig flirtaient depuis des années, et que ce soir-là, elle s'était sentie seule et suffisamment désinhibée pour l'inviter à venir chez elle.

— Elle nous a répété combien elle était extrêmement gênée de cette mésaventure. Qu'elle lui avait présenté ses plus plates excuses après avoir dormi quelques heures et s'être réveillée en panique en prenant conscience de la situation, compléta Coop. Elle ne se souvient pas exactement du nombre d'appels, mais a reconnu qu'il y en avait eu plusieurs.

— En tout cas, cette histoire aura eu le mérite de lui retirer son petit air suffisant du visage. Visiblement, ses déboires l'ont humiliée. Elle a aussi tenu à ce que nous gardions cette révélation confidentielle pour s'éviter toute gêne auprès de Craig, du sénateur Wagner, du corps législatif et, bien entendu, d'elle-même. Tiens, d'ailleurs, je suis surprise qu'elle n'ait pas mentionné la présidente, remarqua Kate.

— Il est difficile d'interpréter ce qu'elle pense. Meredith semble passer son temps à vouloir tout diriger tout en se montrant condescendante. Ce qui m'a perturbé, c'est qu'elle n'arrêtait pas de tripoter l'épingle de sa veste quand on lui parlait. Peut-être que c'est son mécanisme de défense face à la nervosité et à l'embarras, plutôt que d'admettre qu'elle perd la face.

— À entendre Craig, Meredith était bien plus ivre qu'elle ne le laissait paraître, mais cette histoire tient la route et les deux versions concordent. Retour à la case départ, soupira Ben avant de se tourner vers son équipe. Vous pouvez reprendre l'autre affaire. Je suis censé avoir bientôt des nouvelles au sujet des caméras de surveillance du centre-ville.

Coop ouvrit son carnet pour en retirer ce sur quoi Annabelle et lui avaient bûché plus tôt.

— Annab' a trouvé sur Internet deux articles intéressants concernant deux des clients principaux de Baker. Est-ce que tu pourrais consulter les archives de ces accidents ? demanda-t-il à Mason. On va continuer à parcourir chaque dossier. On tient peut-être une piste, mais il nous manque un élément.

En pleine réflexion, Ben s'apprêta à répondre quand son téléphone émit un signalement.

— Je dois y aller. On se voit vendredi au petit-déjeuner, à moins que l'on ne fasse des progrès majeurs d'ici là. Kate, je te laisse te charger d'examiner ces accidents, dit-il en lui tendant les articles.

Alors que la fin de journée approchait, Coop consacra sa

dernière heure à l'écriture de la lettre de recommandation de Taylor et à d'autres affaires en cours. Une fois chez lui, il regarda distraitement la télévision dans l'espoir que se concentrer sur une activité anodine l'aiderait à découvrir la pièce du puzzle manquante dans cette enquête laborieuse.

———

Le lendemain matin, Harrington se replongea sans attendre dans ses recherches. Désireux de savoir si d'éventuelles rumeurs autour d'une liaison entre Meredith et Craig avaient vu le jour, Coop contacta son ami au Sénat. David se montra réticent à l'idée de discuter de tels ragots infondés et lui répondit qu'il n'avait jamais entendu parler d'une idylle entre Meredith et qui que ce soit. Seulement d'anciennes spéculations autour d'une éventuelle relation entre elle et Wagner après la mort de sa femme.

— Rien de tout ça n'est sûrement vrai. Ces suppositions ne sont que la conséquence d'une mauvaise interprétation du soutien que lui manifeste le sénateur. C'est une cible facile, surtout avec une personnalité aussi abjecte que la sienne.

Cette description succincte de Meredith, si proche de la vérité, eut le mérite de faire rire Coop de bon matin. Il remercia son ami et s'excusa de l'avoir dérangé durant son jour de congé, puis raccrocha avant d'envoyer un message à Ben pour lui faire part de l'information.

Même s'il redoutait cette conversation, il se décida à appeler Emily Taylor. Il savait qu'il valait mieux s'enlever cette aiguille du pied maintenant que d'attendre de se faire remonter les bretelles lorsqu'il n'était pas prêt. À choisir, il préférait être le décisionnaire de cette sentence, même si cela revenait au même. Comme il s'y attendait, Emily s'offusqua du manque de progrès et réitéra sa demande pour que justice soit faite. Elle en profita aussi pour fustiger Taylor et Abby dans un long monologue, les qualifiant « d'ordures méprisables », et se révolta contre Steve. Emily était tellement indignée qu'elle avait engagé son propre avocat pour tenter d'annuler le transfert des quatre cent mille mis en place par Gray. Malgré sa bonne volonté de lui faire entendre raison et de lui rappeler la lettre écrite par son époux lui-même, les mots du détective se perdirent dans un abysse infini. Après quelques minutes de cris incessants, il renonça.

— Je garde espoir. Je vous contacterai dès qu'on tiendra une preuve irréfutable, lâcha-t-il avant de raccrocher sans lui laisser le temps de répliquer.

L'air effaré, il secoua la tête et se tourna vers son fidèle compagnon à quatre pattes.

— Sacrée bonne femme.

L'animal leva la tête de son fauteuil préféré, puis la reposa en fermant les yeux, enchanté de pouvoir se rendormir paisiblement. Par chance, Emily n'avait pas eu le temps de mentionner sa dernière rencontre avec Ben et Kate, ou Seth. Et lui-même s'était abstenu d'aborder le sujet.

Plus les jours passèrent, moins les chances de trouver un suspect sérieux ne semblaient se profiler. Lorsqu'ils se retrouvèrent autour de leurs habituels pancakes vendredi, Ben lui confia à contrecœur devoir octroyer plus de son temps à d'autres affaires en cours.

— Les techniciens ont identifié Seth sur certaines vidéos, mais rien de concret encore. Eux aussi sont réquisitionnés sur d'autres enquêtes, déplora Mason.

— J'aimerais aussi pouvoir innocenter Andy une bonne fois pour toutes. Vingt minutes, c'est ridiculement court comme laps de temps pour commettre un meurtre. Honnêtement, je ne pense pas que ce soit notre homme, mais dans le doute, je suis retourné interroger d'autres employés et plusieurs invités pour savoir si l'un d'eux avait vu Andy près de la terrasse ou même du manoir. Personne ne l'y a aperçu.

Ben hocha doucement la tête.

— Après vérification, Kate, quant à elle, n'a rien trouvé de louche dans les deux accidents fatals. Elle a parlé aux agents chargés de l'enquête, et ils ont tous deux mis ça sur le compte de la distraction du conducteur et de la vitesse. Aucun acte criminel n'a été suspecté.

— Autant chercher une aiguille dans une botte de foin avec cette affaire.

— Pour résumer, on ne dispose d'aucune preuve reliant Andy ou Seth au crime, seulement des interrogations concernant leurs alibis, commenta Ben en repoussant son assiette vide. Oh, la seule bonne nouvelle, c'est que Steve a appelé hier soir. Apparemment, le testament de Grayson mentionne une clause de fidélité, donc notre veuve préférée ne touchera pas l'intégralité du pactole. La bourse d'études de Taylor est sauvée.

— Enfin, un peu de justice dans ce monde de brutes. Si Seth est retrouvé mort, on tiendra notre principal suspect, ou devrais-je dire, suspecte, fit Coop en riant. Je me demande si Emily Taylor compte me virer à présent.

— Je ne serais pas surpris qu'elle le fasse. Sa fortune en a pris un coup avec cette bourse. Et puis, d'après elle, tu ne sers à rien, renchérit Ben avec un clin d'œil. Allez, je t'invite, vu que tu risques de te retrouver au chômage prochainement.

Ils se levèrent de table, emportant avec eux l'inconditionnelle boîte à emporter pour Annabelle, et sortirent. Même tôt le matin, la chaleur estivale n'avait toujours pas dit son dernier mot. Quand il grimpa dans sa

Jeep, Coop trouva Gus, la langue pendante, qui trépignait d'aller s'abreuver.

Une fois de retour au bureau, le détective entendit Annabelle les saluer de l'autre côté, puis lui déposa son petit-déjeuner sur son bureau.

— Mmm, des gaufres à la fraise, merci.

Appréciant le fumet alléchant qui les accompagnait, Gus se lécha les babines et, comme à son habitude, s'affala aux pieds d'Annabelle pour profiter de la climatisation et, avec un peu de chance, d'un morceau de gaufre.

Désespéré d'obtenir la moindre piste, Coop jeta un regard morne au mur de son bureau recouvert de pense-bêtes, illustrant chaque suspect, la chronologie des événements passés et une kyrielle d'observations.

Sur son bureau, il remarqua qu'Annabelle lui avait laissé le dossier de Mme Taylor avec, en évidence, une feuille de calcul listant toutes les heures d'enquête passées sur l'affaire. Visiblement, le total dépassait largement l'avance sur honoraires. Ce qui signifiait qu'ils allaient devoir lui facturer les heures restantes. Bien décidé de se délester de cette corvée au plus vite, Coop tapa un email standard, y joignit la feuille de calcul, ainsi qu'une facture pour les heures supplémentaires, puis lui indiqua qu'un autre acompte serait nécessaire si elle désirait continuer à faire appel au cabinet. Avant même de recevoir une réponse de sa part, il savait qu'elle mettrait fin à leur contrat dès réception de l'email.

———

Comme il l'avait anticipé, Emily Taylor demanda aussitôt la suspension de l'enquête. Dans un email succinct le jeudi matin qui suivit, elle lui répondit qu'elle ne manquerait pas de faire savoir à son cercle d'amis son insatisfaction quant à ses services et lui attacha en pièce jointe un chèque pour le solde restant. Soulagé de ne plus avoir à endurer ses critiques condescendantes, Coop se mit tout de même un point d'honneur à trouver l'assassin de Gray. Et ce, pour Taylor.

L'unique rayon de soleil de cette semaine morose fut la venue d'Andy et Taylor à son bureau le vendredi après-midi. Comme convenu, le jeune homme passait récupérer sa lettre de recommandation avant de se rendre à Silverwood. Après un accueil chaleureux, Annabelle leur proposa de se réunir à la réception. À part eux, tout le monde était absent, et elle ne tenait pas à ce que Taylor voie les multiples détails sordides qui occupaient le mur du bureau de Coop.

Coop leur serra les mains, puis tendit le sésame à Taylor. Alors qu'il parcourait rapidement la lettre des yeux, le détective vit le regard du jeune homme s'illuminer.

— Wahou, c'est parfait, M. Harrington, s'écria-t-il. Que de compliments ! Comment avez-vous su pour mes projets au lycée et le volontariat ?

— Je suis détective privé, souviens-toi, répondit l'intéressé.

Tandis qu'Andy s'excusa pour prendre un appel sur le perron, Taylor et Coop s'installèrent sur le canapé de l'accueil.

— Je continue d'espérer pouvoir économiser assez pour acheter ma propre voiture. Comme ça, j'arrêterai d'embêter oncle Andy pour qu'il m'emmène au travail, expliqua Taylor. Maintenant que l'école est finie, je peux me permettre de faire plus d'heures. Et puis, je déteste être un fardeau pour maman ou pour lui.

— Quel genre de voiture cherches-tu ?

— N'importe laquelle, tant qu'elle est fiable.

— Si tu veux, j'ai un ami garagiste qui tombe parfois sur

de bonnes affaires. Je lui demanderai de garder l'œil ouvert, proposa Coop.

— Ce serait super !

— Désolé, une urgence au boulot. Je dois m'en occuper au plus vite, déclara Andy en revenant près d'eux. Je ferais mieux d'y aller.

— Allez-y, je peux le déposer à Silverwood.

Andy échangea un regard avec son neveu tout sourire qui, manifestement, n'attendait que ça.

— Bon, très bien, si vous n'y voyez pas d'inconvénient. Merci, M. Harrington.

Taylor accompagna son oncle chercher son sac à dos dans le coffre du camion, lui adressa un signe de la main, puis retourna à l'accueil.

— Au fait, on a discuté avec l'avocat de mon père, et ma bourse est prête, annonça-t-il en caressant Gus. Il en est l'administrateur et il paiera toutes mes factures pour l'université. Je dois simplement lui envoyer les relevés et il s'en occupera.

— Alors on n'a plus qu'à te faire accepter à Vanderbilt, déclara joyeusement Coop.

— Ils ferment les candidatures en novembre. J'ai déjà envoyé la mienne. Votre lettre me sera d'une grande aide. Je devrais avoir la réponse d'ici mi-décembre, comme j'ai postulé tôt.

— Je suis certaine que tu seras pris, assura Annabelle. Tes notes sont excellentes et tu as été volontaire sur de nombreuses missions. Si avec tout ça et la lettre élogieuse de Coop tu n'y décroches pas une place…!

La sonnerie du téléphone de son bureau l'interrompit. Alors qu'elle partait décrocher, un air triste s'abattit tout à coup sur le visage du jeune garçon.

— Vous avez pu retrouver le meurtrier ?

— Non, je suis désolé, mon garçon. Nous poursuivons notre travail d'enquête et étudions toutes les possibilités, mais pour le moment, aucune piste sérieuse, déplora Coop en caressant la tête de Gus. Comment va ta mère ?

Taylor haussa les épaules.

— Elle est triste. Même si elle essaie de le cacher, je l'ai vue plusieurs fois pleurer.

— Et tes grands-parents ?

Un sourire se dessina de nouveau sur ses lèvres.

— Ils vont bien. Depuis qu'on a fait leur rencontre, ils nous ont invités à venir dîner chez eux chaque semaine.

Annabelle raccrocha et se retourna sur son siège pivotant.

— C'était Justin. Apparemment, il ne peut plus venir s'occuper de la pelouse. J'avais tenté de le joindre toute la semaine, il m'a enfin rappelée.

Coop vit le visage de Taylor s'éclairer.

— Je cherche à travailler plus. Je pourrais éventuellement m'en charger, proposa-t-il. Cet été, je travaille tous les week-ends à Silverwood, mais je peux passer tondre la pelouse avant. Si vous pouvez m'emmener au travail ces jours-là.

Après quelques secondes de réflexion, le détective opina.

— On peut tenter et voir ce que ça donne.

— Je commence à dix heures demain. Si vous voulez, je peux venir ici avant qu'il ne fasse trop chaud.

— Faisons comme ça. Retrouvons-nous ici à sept heures.

— Super, l'horaire conviendra aussi à oncle Andy. On ferait mieux d'y aller, j'aime bien arriver en avance, acheva Taylor en souriant.

Ils dirent au revoir à Annabelle, puis montèrent dans la voiture de Coop où Gus fut relégué à l'arrière, le temps du trajet jusqu'au jardin botanique.

Comme les garçons de son âge avaient tendance à le faire, le jeune homme en profita pour se confier, notamment sur son inquiétude quant aux soupçons de culpabilité autour de son oncle.

— Il n'a jamais fait de mal à une mouche, et je sais combien il est préoccupé. Mais vous devez le croire, attesta Taylor.

— Entre toi et moi, je ne crois pas que ton oncle soit impliqué dans l'affaire. Tout comme l'inspecteur Mason. Toutefois, il doit étudier toutes les pistes envisageables. Pour le moment, nous ne sommes malheureusement pas en mesure de savoir où il se trouvait durant ces vingt minutes.

Coop marqua une pause, observa le garçon et ajouta :

— D'ailleurs, je ne travaille plus pour Emily Taylor. Mais je vais quand même poursuivre mes recherches. Je tiens à découvrir le coupable et élucider cette affaire.

— Qu'est-ce qui s'est passé ? demanda Taylor, légèrement surpris.

— Elle m'a licencié. Apparemment, elle n'était pas satisfaite de mes prestations et trouvait que l'enquête prenait trop de temps.

— Ne le prenez pas mal, Coop. Mais selon moi, cette femme n'a pas l'air très heureuse dans sa vie et je pense qu'avec le deuil, elle déverse sur vous son mal-être profond.

— Tu es un garçon d'une grande sagesse, Taylor, déclara le détective, un sourire en coin.

CHAPITRE QUINZE

Ce qui s'annonçait comme un week-end reposant se révéla être tout le contraire. Samedi matin, sur le pied de guerre, son petit protégé fut au rendez-vous pour s'occuper de la tonte des espaces verts autour des bureaux. Après lui avoir montré les différents équipements et outils de jardinage entreposés dans un abri de jardin, puis expliqué le fonctionnement de l'arrosage automatique, le détective le laissa se mettre à l'œuvre durant quelques heures et tenta d'en faire autant.

Son travail accompli, Taylor emprunta la salle de bains sur place et s'habilla pour se rendre au jardin botanique. Alors que Coop s'apprêtait à se lever pour l'y conduire, une douleur fulgurante lui lacéra le côté droit de l'estomac. Il avait souffert toute la matinée de maux de ventre incompréhensibles et avait mis ça sur le compte de l'excès de nourriture de la veille. Une fois la sensation de brûlure passée, il contourna son ordinateur et partit emmener Taylor, estimant qu'il devait s'agir d'une crampe passagère.

De retour au bureau, son soulagement ne fut que de brève

durée. Les douleurs repartirent de plus belle et, malgré son désir de se plonger dans le travail pour oublier ce calvaire, l'intensité ne fit qu'augmenter et l'acheva comme un coup de poignard déchirant. Par réflexe, Coop appliqua une pression sur son flanc en serrant les dents et se dirigea vers le canapé. Il se laissa tomber à côté de Gus et se démena pour attraper son téléphone portable dans sa poche tandis que son chien posa sa tête à côté de son maître. Ne voulant pas déranger sa tante occupée avec son club de jardinage, il s'empressa de contacter Annabelle.

Après quelques secondes qui lui parurent interminables, Coop l'entendit décrocher.

— Salut, Annab', désolé de t'embêter un samedi, mais...

Il n'eut pas le temps de finir sa phrase qu'une nouvelle vague de douleur le submergea.

— J'ai un mal de ventre insoutenable. Il faut que tu m'emmènes à l'hôpital. Je suis au bureau... parvint-il à articuler entre deux geignements.

Sans perdre une minute, Annabelle se mit en route. Il lâcha son téléphone d'une main tremblante et la pressa de nouveau contre son abdomen. À son arrivée quelques minutes plus tard, Annabelle le retrouva couvert de sueur, plié en deux.

— Coop, tu peux marcher jusqu'à la voiture ? s'enquit-elle d'un ton légèrement plus paniqué que sa voix calme habituelle.

Les yeux vitreux, il hocha imperceptiblement la tête, puis grimaça quand elle l'aida à s'asseoir.

— Je vais devoir appeler une ambulance.

— Non, chuchota-t-il dans un gémissement. Je peux y arriver.

Dans un ultime effort, il passa son bras autour du cou et des épaules d'Annabelle, et celle-ci parvint à le hisser contre elle pour le sortir au plus vite de la pièce. Alors qu'ils descendaient les marches tant bien que mal, Coop serra la mâchoire et redouta le moment où il lui faudrait grimper dans la Coccinelle. Après quelques derniers mètres à bout de souffle, il réussit à atteindre le parking et lui montra du doigt sa voiture. Elle chercha ses clés dans les poches de son short, puis l'aida à monter côté passager. Gus observait la scène d'un air mi-inquiet, mi-curieux depuis la fenêtre du bureau.

— Ce n'est rien, Gus. On revient, le rassura Annabelle d'une voix qu'elle voulut la plus sereine possible.

Telle une pilote de Formule 1, Annabelle zigzagua à vive allure à travers la ville jusqu'au centre hospitalier Vanderbilt. Une fois stationnée devant les urgences, elle ouvrit brutalement la portière de la Jeep, courut jusqu'à l'entrée, puis disparut derrière les portes vitrées. Quelques instants plus tard, trois membres du personnel soignant apparurent accompagnés d'un fauteuil roulant et prirent le relais. La jeune femme récupéra précipitamment le portefeuille de Coop, puis les suivit à l'intérieur du bâtiment en marchant d'un pas pressé derrière eux.

— J'espère qu'ils n'auront pas à découper ton t-shirt, lui glissa-t-elle à l'oreille alors qu'on le conduisait dans une salle d'observation.

Annabelle ne sut dire si l'expression de panique sur le visage de Coop venait de la douleur ou de la crainte qu'on s'en prenne à son t-shirt vintage préféré « Le Plus Grand Farfadet au Monde ».

Avant de remplir les formalités administratives, elle leur demanda de contacter le docteur Alex Weston, une camarade de classe rencontrée lors de leurs études à Vanderbuilt, puis compléta tous les documents demandés, à l'exception d'une case vide destinée à Coop. On lui fit franchir un peu plus tard une porte coulissante menant vers une dizaine de salles de soins et lui indiqua la chambre du patient en question. Après quelques coups à la porte, elle l'ouvrit silencieusement et découvrit son ami les yeux fermés, recroquevillé sur son lit d'hôpital, vêtu d'une blouse blanche, branché à plusieurs intraveineuses.

— Coop, murmura-t-elle en s'approchant.

Ses paupières battirent légèrement, puis ses yeux s'ouvrirent lentement quand il reconnut le visage familier de son amie.

— Annab', je suis désolé d'avoir gâché ton samedi.

— J'ai rempli tes formulaires. Tu n'as plus qu'à les signer, dit-elle en souriant. Comment te sens-tu ?

— Ils m'ont donné quelque chose pour calmer la douleur. Ils tentent d'exclure l'appendicite, mais Alex pense qu'il s'agit plutôt de calculs rénaux.

— Oh, dans les deux cas, ça n'augure rien de bon. Je suis désolée, Coop, souffla Annabelle en lui passant une main sur le front.

Elle lui fit signer le document, puis partit chercher un des aides-soignants à l'accueil. À son retour, elle tomba sur Alex Weston.

— Salut, Annab', j'allais justement voir Coop.

— Il m'a dit que tu lui avais fait faire quelques examens.

— Oui, j'ai les résultats, précisa-t-elle en tapotant son écritoire.

Les deux femmes entrèrent dans la chambre et s'approchèrent de Coop, de nouveau assoupi.

— Bonne nouvelle, Coop, déclara Alex.

Tandis qu'elle attendait qu'il reprenne ses esprits, Annabelle prit place à ses côtés près du lit.

— Après vérification, tu souffres bel et bien de calculs rénaux. Les examens révèlent aussi un gros manque d'hydratation. Dorénavant, il faut que tu voies régulièrement ton médecin traitant, préconisa-t-elle en le regardant par-dessus ses lunettes. On va faire de notre mieux pour soulager tes douleurs, mais jusqu'à l'élimination totale des calculs, tu devras faire face à des sensations loin d'être agréables. Ils ont beau être petits, tes calculs n'en sont pas moins très coriaces.

— Je resterai ici combien de temps ?

— Quelques heures. On doit simplement s'assurer que quelqu'un reste avec toi à ta sortie d'hôpital. Et tu devras également consulter un urologue.

— Tante Camille est à son club de jardinage, et je…

— Je m'en occupe, l'interrompit Annabelle.

— Parfait. En ce qui concerne ta nouvelle routine, tu dois davantage t'hydrater. On te fera parvenir des filtres à utiliser pour recueillir les calculs. Tu devras nous les rapporter pour analyses. Comme il doit s'agir de cristaux de calcium, tu dois aussi mettre en pause ta consommation de café, de chocolat, de noix, de légumes verts et impérativement boire beaucoup plus d'eau.

— Tu viens de lui retirer toute la base de son alimentation, constata Annabelle en voyant la mine décomposée du détective. Café, thé et M&M's.

— Pourtant, il le faut s'il souhaite guérir. Et tu devras aussi venir me voir une fois par an, comme je te l'avais déjà dit par le passé.

— Je sais, murmura Coop en fermant les yeux.

Alex se tourna vers Annabelle.

— Les antidouleurs font leur effet. Il doit se reposer à présent. Je reviendrai dans quelques heures et t'appellerai quand il pourra partir.

— D'accord, ça me laisse le temps de faire quelques courses comme ça.

Elle lui donna son numéro de téléphone, serra la main inconsciente de Coop, et quitta la pièce.

Avant de passer chercher Gus, elle s'arrêta au marché puis fit le trajet jusqu'à chez Camille. Les Henderson étant absents, Annabelle se permit d'utiliser le double des clés glissées sous un pot de fleurs en cas d'urgence et entra.

Elle déballa les courses une à une et se lança ensuite dans la préparation d'une soupe de légumes au poulet tandis que Gus, esseulé, arpentait les quatre coins de la maison avant de finalement s'installer sur son fauteuil préféré. À peine se fut-elle assise sur le canapé, un verre de thé glacé à la main, que son téléphone sonna. C'était Alex qui lui annonçait la décharge de Coop.

Rassurée, elle fila vérifier la cuisson de la soupe, la laissa mijoter, puis partit à l'hôpital en laissant Gus attendre sagement le retour de son maître. Lorsqu'elle arriva, Harrington était déjà habillé, dans son fauteuil roulant, prêt à partir. Une fois ses papiers de sortie signés, elle le fit monter dans la Jeep.

— Ton t-shirt a survécu, à ce que je vois, remarqua Annabelle en bouclant sa ceinture de sécurité.

Fébrile et somnolent, il lui rendit son sourire et, malgré son état de fatigue avancé, ne se plaignit aucunement de la douleur. Ils s'arrêtèrent en chemin à la pharmacie pour récupérer ses médicaments, puis rentrèrent chez tante Camille.

Le temps qu'Annabelle installe Coop dans son lit, dix-neuf heures sonnèrent à la pendule antique du salon, coïncidant avec le retour de leur hôtesse. Gus se précipita vers la porte, suivit de près par Annabelle.

— Bonsoir, annonça la jeune femme, je ne voulais pas te faire peur.

— Oh, ma chérie. Quel plaisir de te revoir. Vous travaillez encore sur l'affaire ?

— Pas aujourd'hui. Coop ne se sentait pas dans son

assiette ce matin. J'ai dû l'emmener à l'hôpital. Il va mieux et se repose dans son lit.

— Oh non, que s'est-il passé ? s'exclama Camille, une main sur la poitrine.

— On lui a diagnostiqué des calculs rénaux. Du coup, le médecin lui a prescrit des antidouleurs et des litres d'eau à boire. Il doit aussi arrêter tout ce qui est chocolat, noix, café et légumes verts, précisa-t-elle.

— Oh, non. Quel malheur, fit Camille en fronçant le nez.

Elle se tut, prit un air faussement choqué, puis ajouta :

— Surtout pour nous.

— Je ne te le fais pas dire. Il commence toutes ses journées par une douzaine de tasses de café et se gave de M&M's à longueur de temps. Son nouveau régime ne risque sûrement pas de lui plaire.

— D'où vient cette bonne odeur ? Tu as préparé quelque chose ? demanda Camille en soulevant le couvercle de la marmite. Ça sent très bon.

— Un peu de soupe, oui. Et comme il doit boire beaucoup, mais qu'il déteste l'eau, j'ai acheté des jus de fruits frais. Ils sont au réfrigérateur.

— Assieds-toi, ma belle. Je vais voir si tout va bien et s'il a envie de venir manger un peu.

Elle sortit dans un tourbillon de tissu, sa longue robe ornée de pivoines géantes flottant derrière elle, son chapeau rose surdimensionné légèrement en biais sur sa tête, Gus sur ses talons.

Pour accompagner le grand verre d'eau qu'elle lui avait laissé sur sa table de nuit, Annabelle déposa un bol de soupe et un verre de jus de fruits sur un plateau et l'emmena jusqu'à sa chambre. Elle tapota d'un doigt la porte entrouverte, puis l'ouvrit plus largement.

Dans la pénombre de la pièce, elle distingua Coop, les

traits tirés, adossé contre la tête de son lit, entouré de Gus lové sur un fauteuil et de Camille assise au bord du lit.

— Voici le repas de notre patient, annonça-t-elle en plaçant le plateau sur ses genoux. Comment vas-tu ?

D'ordinaire pétillants et rayonnants, ses yeux et son visage paraissaient ternes et fatigués.

— Comme si on m'avait roulé dessus, soupira-t-il.

— Je t'ai apporté un peu de soupe. Comme te l'a dit Alex, tu dois boire beaucoup de liquide, donc je me suis dit qu'un peu de bouillon aurait plus de goût.

Il lança un regard vers le pichet vide à côté de son lit.

— J'ai tout bu.

— Bravo, Coop. Encore un peu, dit-elle en lui tendant le verre.

— Il faut que tu te reposes à présent. Tu as travaillé dur sans manger correctement. Je vais me changer et je repasserai te voir ensuite. Comme ça Annabelle pourra rentrer chez elle, affirma Camille.

— Allez, mange tant que c'est chaud, lui intima la jeune femme.

— Oui, M'dame. Tu fais une infirmière sans pitié, répondit Coop en prenant une cuillerée. Mmm, délicieux, cela dit.

— Tu dois rester à la maison jusqu'à ce que les calculs disparaissent, donc prépare-toi à devoir être en congé toute la semaine prochaine.

— Ça n'a pas intérêt à me prendre toute une foutue semaine, ronchonna-t-il en buvant une gorgée d'eau.

— Je peux m'occuper du bureau. Toi, tu restes ici et tu te reposes. Je passerai chaque soir te tenir au courant des dernières nouvelles et te faire signer la paperasse.

— Je sais que tu peux t'en sortir sans moi Annab', mais tu

sais à quel point je déteste rester assis sans rien faire, et encore plus être malade.

Il poursuivit son repas tout en continuant à maugréer et, lorsque Camille revint, son bol de soupe, son verre de jus de fruits et son énième verre d'eau étaient déjà totalement vidés.

— J'y vais, déclara Annabelle. Je vais demander à un ami qu'il vienne me chercher, vu que j'ai pris ta Jeep et que j'ai laissé ma voiture au bureau. Appelle-moi si tu as besoin de quelque chose. Autrement, je passerai lundi.

— Merci, Annab'. Désolé d'être aussi grincheux. Sache que j'apprécie grandement ton aide et le fait que tu te sois occupé de moi toute la journée, la remercia Coop avec un sourire penaud.

Elle lui serra doucement la main et l'embrassa sur le front.

— Soigne-toi bien, Coop.

———

Les jours qui suivirent, Camille et Annabelle gardèrent un œil sur Coop, insistant pour qu'il se repose et boive des litres d'eau chaque jour. Fidèle à son caractère entêté, il décida de se rendre tout seul à sa consultation de suivi prévue le jeudi, et en fin d'après-midi, se présenta l'air de rien au bureau habillé de son t-shirt « En âge canin, je serais déjà mort ».

— Tu ne devrais pas être chez toi ? demanda Annabelle, stupéfaite.

— Je reviens de chez le médecin. Bonne nouvelle, je peux retourner travailler. Après lui avoir fait don de tous mes petits calculs, il m'a refait passer un scan et apparemment tout est parti, je suis tranquille.

— Et qu'a-t-il dit à propos de ton régime alimentaire ?

Il se renfrogna aussitôt.

— Comme Alex, marmonna-t-il.

Annabelle secoua la tête et reporta son attention sur son ordinateur, non sans prier intérieurement pour avoir déguerpi avant que Coop ne réalise certains ajustements durant son absence. Ses M&M's avait mystérieusement disparu et des sachets de café décaféiné commandés par livraison express avait désormais remplacé son habituel café Robusta.

CHAPITRE SEIZE

Aussi vite que les jours s'évaporèrent, les unes de journaux balayèrent de leurs titres l'affaire Grayson. L'esprit tourmenté, Coop s'agaçait du manque de progrès dans l'enquête, et ses restrictions alimentaires ne faisaient qu'exacerber son irritation, sans parler du retour de la chaleur accablante. Avant d'entamer cette nouvelle hygiène de vie, le détective n'avait jamais réellement pris conscience de la quantité de café qu'il ingurgitait ni du nombre de fois où il s'empiffrait de bonbons. Pour l'aider, tante Camille ne préparait plus ses cookies préférés, mais se plaisait à tenter de nouvelles saveurs et associations. Jusqu'à présent, les biscuits secs étaient les seuls substituts sucrés autorisés.

Coop se pencha malgré lui sur d'autres affaires et dossiers parallèles, mais s'évertua chaque semaine à passer en revue de nouveau toutes les preuves en sa possession. Il parcourait inlassablement toutes leurs informations réunies depuis le début de l'enquête, à la recherche du moindre détail qui mettrait à nu tout cet assassinat.

De son côté, Ben avait une telle charge de travail que cela

l'obligeait à prioriser le travail de ses ressources et à envisager que le meurtre de Gray resterait une affaire non résolue. C'était un sujet délicat qu'ils abordèrent lors de leur petit-déjeuner hebdomadaire.

— Je ne peux pas abandonner. Pas maintenant. Pas après avoir passé tout l'été avec Taylor, lâcha Coop en remuant la cuillère de son unique tasse de café de la journée. Il compte sur moi. Et rien que pour lui, je ne peux pas renoncer.

— J'ai de la peine pour ce gamin, admit Ben. Et je suis tout aussi frustré de ne pas avoir réussi à mettre la main sur le coupable. Malheureusement, je ne peux pas me permettre d'y consacrer davantage de mes hommes. Je comprends que tu aies envie de poursuivre l'enquête. Si tu tiens une piste, je reste tout de même dans le coup. Mais, de mon côté, je ne peux pas revoir sans cesse les mêmes pistes, encore et encore. Même après avoir passé des heures sur les vidéos de surveillance. Ni Seth ni Andy n'ont pu être innocentés. Personne ne les pense coupables, mais de la même façon, rien ne relie les autres au crime.

— De toute ma carrière de détective, c'est la première fois que je stagne autant. Je me sens complètement inutile.

— Oh, tu n'es pas le seul. Emily Taylor prend un malin plaisir à me le rappeler chaque semaine, renchérit Ben en riant.

Coop ne put s'empêcher de grimacer à l'évocation de son nom.

— Entre nous, j'espérais vraiment qu'elle était impliquée dans l'affaire.

— Si ça ne tenait qu'à moi, je serais le premier à lui passer les menottes. Quoique, je laisserais probablement le soin à Kate de le faire. Elle lui inspire une sacrée aversion.

— L'avocat de Gray m'a appelé hier. Apparemment, son testament a été suivi à la lettre. Les parents de Grayson ont touché des millions, et Emily a reçu une somme forfaitaire basée sur leurs années de mariage. Quant au reste, il sera pour les études d'Hannah, expliqua Coop. Steve en est le fiduciaire, donc Emily ne pourra pas mettre la main dessus. En ce qui concerne Seth, il est retourné vivre à Bowling Green après son renvoi, tandis qu'Emily, elle, compterait vraisemblablement rester à Los Angeles. Elle sait que si elle cède la propriété, l'argent perçu de la vente ira dans le compte en fidéicommis.

— Ah, quand le doux parfum de la justice se mêle à celui des pancakes au bacon. Que demander de plus ? s'extasia Ben d'un air narquois en se versant une quantité généreuse de sirop d'érable. Ça me fait penser à l'assurance décès. Ils se sont chargés de la prévoyance avec Global Records, mais ne semblent pas prêts à désigner Emily comme bénéficiaire. À croire qu'ils refusent de lui verser l'argent tant qu'ils ne sont pas certains de son innocence.

Il avala une gorgée de café, puis poursuivit :

— Évidemment, je leur ai dit que je ne pouvais pas le leur certifier tant que l'affaire n'était pas close, puisqu'il reste une chance, aussi infime soit-elle, qu'Emily soit impliquée avec Seth, conclut-il avec joie.

— En effet, il serait dommage que notre veuve préférée te fustige encore. Mieux vaut parer à toutes les éventualités, confirma Coop, un sourire sournois en coin.

— On devrait entendre parler d'elle cette semaine. Et, ça promet d'être intéressant.

Ils s'esclaffèrent, appréciant cet instant de complicité et de légèreté qui contrastait avec le sérieux de l'enquête, et promirent de se retrouver autour d'un barbecue durant le week-end pour prolonger ces rares moments de gaieté.

———

Absorbé par la lecture d'un article qui relatait la victoire écrasante du sénateur avec 80 % des voix face à son adversaire, Coop fut interrompu par la sonnerie de son téléphone. Comme les experts l'avaient spéculé pendant des mois, Grant Wagner comptait se présenter aux élections de novembre dans l'espoir de devenir gouverneur.

— Oui, Annab', quoi de neuf ?

— Chase et Lila Rose sont arrivés. Tu es prêt à les recevoir ?

— J'arrive tout de suite.

Coop referma rapidement le journal, l'empila sur la crédence derrière son bureau, puis posa un calepin vierge accompagné d'un stylo sur la table de conférence. Alors qu'il s'apprêtait à suggérer à Annabelle de leur servir quelque chose, elle apparut chargée d'un plateau avec du café et du thé glacé décaféinés.

Il la remercia du regard, puis les fit entrer dans son bureau. Après quelques échanges de politesse, il leur proposa un rafraîchissement et prit place en face d'eux :

— Qu'est-ce que je peux faire pour vous ?

Lila Rose hocha la tête, encourageant Chase à prendre la parole.

— Comme vous le savez, Gray nous a légué plusieurs millions de dollars, commença le vieil homme. Après plusieurs semaines à en discuter, on a décidé qu'une partie de cet argent servirait à l'achat d'une maison pour Abby et Taylor.

— On leur a rendu visite, et c'est…

Lila Rose jeta un bref coup d'œil à son époux avant de continuer.

— Disons qu'ils méritent mieux.

— On a trouvé une résidence proche de chez nous et de

Vanderbilt. De cette façon, Taylor pourrait continuer à y vivre pendant ses études.

— Abby serait perdue sans lui, ajouta Lila Rose. Ils n'ont toujours su compter que sur l'un l'autre.

— Il décidera peut-être de vivre sur le campus un jour, mais quoi qu'il en soit, on apprécierait beaucoup de les avoir près de nous et dans un quartier plus agréable. De plus, Abby nous a confié il y a quelques semaines avoir demandé son transfert dans l'une des écoles de la région pour un meilleur poste. Elle a évoqué l'envie de trouver un endroit proche de l'école pour ne pas avoir à faire de longs allers-retours et pense que ce serait une bonne chose pour Taylor d'être à proximité. Elle saura demain si sa demande a été acceptée.

Voyant les yeux de Lila Rose pétiller d'excitation, Coop l'écouta avec attention.

— On a donc fait un tour en voiture, et après avoir visité plusieurs endroits, on est tombés sur un petit quartier charmant idéalement situé ! À seulement trois kilomètres de chez nous, proche de l'université et de la résidence des parents d'Abby. L'appartement date d'il y a environ dix ans, mais il est comme neuf. Il fait partie d'une communauté de logement, donc tout le travail de jardinage et d'entretien est assuré.

— Gray serait le plus heureux des hommes s'il savait que son fils et Abby sont entre de bonnes mains et qu'ils vivent dans un endroit plus que décent, déclara Chase, les larmes aux yeux.

— Eh bien, je serais honoré de vous aider à concrétiser ce projet. Votre fils en serait ravi, c'est certain, opina Coop, la gorge serrée par l'émotion.

— Ils viennent dîner ce soir. On comptait le leur annoncer à ce moment-là. Si vous pensez que c'est le bon moment, bien entendu, ajouta Lila Rose.

Coop prit les documents qu'ils lui avaient apportés et les feuilleta brièvement.

— Je n'y vois pas d'inconvénients. Laissez-moi prendre contact avec l'agent immobilier et lui faire une offre. On pourra également faire quelques recherches pour s'assurer que vous en tirez le meilleur prix.

— Ce serait merveilleux. On souhaiterait aussi faire modifier nos testaments, maintenant que Gray nous a quittés et que Taylor fait partie de nos vies. Nous ne voulons pas laisser Hannah de côté, mais on suppose que Gray l'a prévue dans son testament. On aimerait s'assurer qu'il en est de même pour l'avenir de Taylor, précisa Chase en glissant un autre dossier sur la table.

— Aucun problème. Je regarderai tout ça et préparerai vos nouveaux testaments. Réunissons-nous la semaine prochaine pour les passer en revue et, avec un peu de chance, finaliser la vente de la maison. Taylor et Abby seront ravis, certifia Coop avec entrain en refermant le dossier. Votre petit-fils sera là demain matin pour tondre la pelouse. J'ai une surprise pour lui. Il cherchait une voiture et j'en ai trouvé une à un prix abordable grâce à un ami.

— Il va être surexcité par cette nouvelle. Abby et Andy, aussi !

Grisé par cette joie contagieuse, Coop sentit son humeur maussade remonter en flèche. Il les raccompagna jusqu'à la porte, puis demanda à Annabelle de prévoir dans son emploi du temps un autre rendez-vous avec Chase et Lila Rose.

— Tu sais quoi ? Allons déjeuner et je te raconterai tout ça, lança-t-il, une lueur d'excitation embrasant ses yeux caramel.

Rien ne fut plus plaisir à Annabelle que de voir son ami retrouver son sourire communicatif.

————

Une bonne nouvelle n'arrivant jamais seule, les semaines qui suivirent la visite de Chase et Lila Rose furent inoubliables. Taylor s'acheta sa première voiture, une Honda Accord argentée d'occasion, la demande d'Abby quant à son transfert fut acceptée et Coop réussit à faire baisser le prix de la maison convoitée par les parents de Grayson. Quelques jours plus tard, ils finalisèrent la transaction, avec une date limite fixée à la fin du mois d'août.

Plus on approchait de la fin de l'été, moins Taylor ne fut réquisitionné pour travailler à Silverwood. Pour continuer de subvenir à ses besoins, il parvint à trouver un second emploi dans un restaurant populaire près de l'université et y travaillait après les cours et les week-ends lorsque sa présence n'était pas nécessaire au jardin botanique. Par chance, le jeune garçon trouvait encore le temps de s'occuper des espaces verts autour du bureau de Coop et se montrait toujours particulièrement méticuleux quand il s'agissait de désherber et d'élaguer. Les massifs de fleurs et la pelouse n'avaient jamais autant resplendi.

Pour le remercier, Annabelle s'appliquait toujours à préparer une fournée de cookies, sans chocolat ni noix, les jours où Taylor venait jardiner, et prenait plaisir à le recevoir au bureau.

Ils reçurent une invitation de la part du garçon et de sa mère les conviant tous les deux, ainsi que tante Camille, à leur pendaison de crémaillère le jour de la fête du Travail.

Dans le cadre de sa nouvelle routine, Coop accepta d'accompagner Annabelle à la salle de sport, située non loin du bureau, avec un accès 24h/24. Inscrite depuis quelque temps maintenant, elle l'avait convaincu de venir suivre un cours d'essai après le travail, et à sa plus grande surprise, le détective s'était pris au jeu dès la première séance. La plupart des membres qui la fréquentaient étaient comme Coop, âgés d'une cinquantaine d'années et déterminés à se remettre en forme. Après un mois encadré par un entraîneur personnel, il prit même l'habitude de s'y rendre au moins trois fois par semaine.

———

Les mois filèrent à vive allure. Lorsqu'octobre pointa le bout de son nez, Coop et Annabelle consacraient toujours leur temps libre à poursuivre leurs recherches sur l'affaire Gray, des dizaines de dossiers étalés en permanence sur la table de conférence.

Bien que sérieux les quatre premiers jours de la semaine, le détective s'autorisait un petit plaisir le vendredi, à savoir une portion raisonnable de M&M's pour la journée. Fini les sachets géants achetés en vrac. Un seul petit sachet lui suffisait à présent. À la grande surprise d'Annabelle, il n'avait visiblement pas encore succombé à la tentation aujourd'hui. Vu la tâche corsée qui les attendait, il ne tarda cependant pas à craquer et lui proposa même de partager.

Ni l'un ni l'autre expert en analyse financière ou en comptabilité, ils s'armèrent de patience et de leur plus grande motivation et se mirent au travail. Entre les copies des rapports fiscaux et des archives transmis par Ben et les pages recueillies sur différentes sources en ligne, ce vendredi après-midi s'annonçait laborieux. Étrangement moins intimidantes que d'autres pages bourrées de chiffres et de catégories incompréhensibles, les déclarations d'impôts sur le revenu furent les premières auxquelles ils s'attaquèrent.

Indiquant ses revenus mensuels et de modestes revenus d'intérêt, celles de Meredith s'avérèrent être les plus simples à décrypter. Les lobbyistes, quant à eux, demandaient toutes sortes de déclarations complexes, avec de multiples sociétés et documents de partenariat. Tous sans exception gagnaient tous les mois une somme d'argent considérable. Enfin, la déclaration du sénateur Wagner se présenta de loin comme la plus difficile de toutes. Elle révélait plusieurs sources de revenus, dont certains provenant de son poste de procureur spécial et de conseiller juridique dans une kyrielle de cabinets d'avocats. Il avait depuis longtemps cessé de pratiquer le droit, mais continuait à percevoir des honoraires élevés, détail que Coop ne manqua pas de souligner.

— Le règlement le plus important proviendrait de Whitehead, Baker et McCord.

En parallèle, Annabelle afficha le site Internet de la société et le parcourut rapidement pour trouver des informations liées au poste de Grant Wagner. Elle pianota sur son ordinateur quelques secondes, puis lut à voix haute :

— Le site le mentionne comme conseiller juridique, tandis que sa biographie évoque toute son expérience en tant qu'associé d'un autre cabinet ayant fusionné avec Whitehead, Baker et McCord. Il semblerait que Wagner travaille sur des projets spéciaux et propose des consultations spécialisées dans les affaires gouvernementales et le développement d'entreprises. C'est probablement pour ça que Craig et lui sont si proches.

— Il est également rémunéré par le cabinet de Peter Collins, précisa Coop en surlignant un passage.

Les yeux plissés, elle hocha la tête et tapota les termes dans la barre de recherche.

— Ils l'ont mentionné comme « conseiller spécial » à la tête de projets complexes nécessitant son expertise dans des affaires gouvernementales.

— Je me demande si le président Evans en fait autant. Elle

était avocate et son mari est professeur de droit, réfléchit Coop.

Il feuilleta les autres documents joints, puis s'aperçut qu'elle n'avait rien perçu de cabinets d'avocats, contrairement à son époux.

— Visiblement, la déclaration de son mari comporte des revenus provenant de la société d'Anna Prosser. Il possède le même titre de conseiller spécial.

Annabelle reporta son attention sur l'écran et pianota aussitôt son nom sur son clavier.

— Donc, d'après ce que je lis, il était associé partenaire du cabinet avant de devenir enseignant. Il fait toujours partie du personnel et accepte des projets spéciaux quand son emploi du temps le permet.

— Beaucoup de choses sont entremêlées dans cette affaire, marmonna Coop. C'est hallucinant de voir le nombre de sociétés et de partenariats qui figurent sur ces déclarations d'impôts. Et personne ne sait quelle en est la nature.

— Si tu penses qu'il y a une piste à creuser, je peux m'en charger, proposa-t-elle.

— Commence par les dirigeants de chaque société, et je vais tenter d'établir un tableau qui met en évidence leurs liens. Peut-être qu'on y verra plus clair, ou qu'au contraire, rien n'en découlera. Je sais que beaucoup de politiciens gardent des relations étroites avec leurs anciens cabinets, surtout ceux qui sont également avocats. Mais je n'en reviens pas de ces montants faramineux, s'exclama Coop. Comment peut-on gagner plus d'un million de dollars d'honoraires en seulement un an ?

— C'est étrange, je te l'accorde. Je vais creuser cette piste, notamment sur les désignations de conseiller spécial et de conseiller juridique. Je ne me souviens pas de grand-chose à ce sujet de mes études. À bien y repenser, j'ai toujours associé ces termes aux vieux avocats retraités qui écrivent encore sur du papier à en-tête, déclara Annabelle, amusée.

— Je vais retourner voir Craig Baker et Peter Collins lundi pour les interroger sur le lien qui unit le sénateur Wagner à leurs cabinets.

— On peut toujours demander à un comptable de jeter un coup d'œil à tout ça si on n'y comprend rien, suggéra la jeune femme.

— Attendons lundi, et si ces pistes nous mettent la puce à l'oreille, je suis prêt à payer un expert pour déchiffrer ce casse-tête, conclut-il en désignant les piles de feuilles sur la table. Je doute que Ben ait le temps ou le budget pour en faire plus. Quoi qu'il en soit, je le tiendrai au courant.

Plongés dans l'obscurité depuis belle lurette, Annabelle alluma une lampe et vérifia sa montre.

— Je dois y aller. On m'attend pour dîner. Je n'avais pas réalisé qu'il était déjà si tard.

— Désolé. Débriefons de tout ça lundi. On décidera ensuite si on veut passer à l'action. Profite bien de ton dîner et de ton week-end dûment mérités, Annabelle, acheva Coop en rassemblant tous les documents.

— Toi aussi, Coop. À lundi !

Enfreignant la règle d'Annabelle qui stipulait de maintenir tout espace de travail rangé, le détective laissa quelques papiers sur la table. Il décolla ensuite une petite pile de pense-bêtes et les accrocha un à un au mur sous les portraits de Meredith, du sénateur Wagner, de Craig Baker, de Peter Collins et de Lois Evans. Enfin, il entreprit d'ajouter des annotations sous chaque photo, tout en prenant le soin de noter les sociétés et les partenariats figurant sur les déclarations de revenus de chacun, puis recula pour analyser l'ensemble.

Au même instant, Gus quitta son fauteuil en cuir et s'ébroua près de la main de Coop.

— Oui, il est l'heure de dîner. Allez, mon vieux. On rentre.

À son retour, Coop trouva son souper dans le four accompagné d'un mot de tante Camille lui indiquant qu'elle était au cinéma avec des amis. Après s'être assuré que la gamelle de son chien débordait de croquettes, il récupéra son assiette et s'installa sur l'îlot en granit devant la télévision. Tout en zappant distraitement à la recherche d'un programme plus divertissant que les informations, il distingua dans les portes vitrées de la cuisine son propre reflet. Malgré son t-shirt humoristique et ses cheveux toujours bien coiffés, un homme à l'air triste et épuisé le regardait.

Repu, Gus s'effondra par terre aux pieds de son maître et poussa un long soupir.

— Je te l'accorde. Il faut que je me reprenne en main.

CHAPITRE DIX-SEPT

près une soirée tranquille, à la limite de l'ennui, Coop décida de se lever tôt et de passer par la salle de sport avant de commencer sa journée. Suite à une séance particulièrement intense, il fit un détour par Donut Hole et craqua pour un beignet recouvert de glaçage au chocolat. Sous le regard accusateur de Gus, il se sentit obligé de se justifier :

— Si je fais du sport, c'est pour pouvoir me permettre ces petits plaisirs, ok ?

En échange de son silence, il offrit à son chien quelques morceaux de son donut et se plongea dans son projet. Coop tenait à écrire noir sur blanc toutes ses idées et ses pistes concernant les différents suspects politiques avant de retrouver Annabelle lundi. Alors qu'il griffonnait consciencieusement de nouveaux éléments sous chaque portrait, le vrombissement de la tondeuse l'interpella. Tout en reculant de quelques pas pour admirer son travail, il aperçut Taylor dehors, à l'heure pour entretenir les espaces verts du bureau, et lui adressa un petit signe de la main avant de reprendre ses occupations. Son tableau mural prenait progressivement vie : les traits de marqueur pour relier chaque point dansaient sous ses yeux tels des coups de pinceau digne d'une véritable toile abstraite. Hélas, probablement l'une des fresques les plus sombres de sa carrière de détective. Le ramenant sur terre, Gus bondit de son fauteuil et détala vers la porte arrière quand ils l'entendirent claquer.

Quelques secondes plus tard, le jeune garçon fit son apparition, un grand sourire éclairant son visage d'adolescent.

— Salut, Coop, est-ce que vous auriez une minute ?

Alors qu'il entrait dans la pièce, Taylor ne put s'empêcher de s'esclaffer en découvrant le t-shirt du détective, « Je ne suis pas antisocial, juste anticrétins ».

— Vous devez en avoir des centaines, des comme ça !

— Au moins, approuva Coop en riant à son tour. Entre, je…

Réalisant l'atrocité qui occupait tout le mur derrière lui, il s'interrompit et s'empressa d'ajouter :

— C'est le bazar ici. On ferait mieux d'aller dans la réception.

Mais Taylor se tenait déjà devant, intrigué par ce méli-mélo de photos et d'informations.

— Vous travaillez toujours sur le meurtre de mon père ? s'étonna-t-il.

— Oui, pendant mon temps libre. Je tiens toujours à élucider cette affaire, expliqua Coop, une once d'embarras dans la voix. Toutefois, on devrait aller à côté. Je ne veux pas que tu sois contrarié par tout ça.

Taylor secoua vivement la tête tout en observant de près les différents portraits.

— Non, ça ira.

Le détective vit alors son regard s'attarder sur celui de Meredith Stevens, puis le scruter avec la même intensité qu'un dermatologue examine avec attention un grain de beauté.

— Qui est cette femme ?

— La chef de cabinet du sénateur Wagner. Elle était présente à la soirée la nuit où ton papa a été tué.

Tout à coup mal à l'aise, Taylor se tourna vers Coop, les traits marqués par le désespoir.

— Je... je vous ai menti, avoua-t-il d'une voix tremblante.

Il s'affala sur une chaise et se prit la tête entre les mains.

— Que veux-tu dire par là ? demanda Coop, les sourcils froncés.

— Ça fait des mois que j'y pense. Je voulais vous le dire, mais j'ignorais comment.

— Prends ton temps, dis-moi tout.

— Quand on s'est parlé pour la première fois, vous m'avez demandé de vous détailler mon service ce soir-là.

Coop opina lentement, appréhendant la suite de son aveu.

— Et bien, je, hum, j'ai fait quelque chose de mal, confessa Taylor en baissant les yeux avant de prendre une profonde inspiration. J'ai trouvé une boucle d'oreille sur la terrasse quand je nettoyais et... je l'ai gardée. Elle avait l'air d'avoir de la valeur, et comme je m'inquiétais pour nos problèmes d'argent et qu'en plus maman travaille dur pour si peu, je me suis dit que je pourrais peut-être en tirer quelque chose.

— Tu l'as encore en ta possession ?

— Oui... Je crois qu'elle appartient à cette femme, Meredith. Elle semble correspondre aux boucles d'oreilles qu'elle porte sur cette photo, assura le garçon en pointant du doigt le portrait en question. Du moins, je crois.

Sa tête bascula à nouveau entre ses mains. Il marmonna quelque chose, puis ajouta :

— Je suis désolé, Coop.

— Il nous faut récupérer cette boucle d'oreille au plus vite. Elle sera peut-être même la pièce maîtresse de cette enquête, fit Coop avec un sourire énigmatique. Je vais appeler Ben de ce pas.

— Qu'est-ce que je risque ? s'enquit soudainement Taylor, le visage marqué par la panique.

— Je n'en suis pas sûr, mais l'important, c'est qu'on puisse mettre la main dessus et que tu écrives ensuite une déclaration à la police, puisqu'il s'agit d'une pièce à conviction.

— Je l'ai laissée dans ma voiture. Je ne voulais pas que ma mère la trouve, alors je la gardais là-bas. À chaque fois que je venais vous voir, j'essayais de trouver le courage de vous le dire, mais plus le temps passait, plus il était difficile de tout vous avouer.

— Tout va bien se passer, Taylor, le rassura Coop en lui serrant l'épaule. Tu as fait une erreur et tu devras en assumer les conséquences. L'essentiel, c'est le rôle de ce nouvel élément dans notre affaire.

Alors que le garçon penaud partit chercher la boucle d'oreille, Coop prit son téléphone et contacta sans attendre son acolyte. Il lui expliqua brièvement la situation, tout en se mettant à chercher frénétiquement dans ses notes, puis convint avec Ben de se retrouver sur place dans l'heure qui suivait.

Quelques instants plus tard, Taylor réapparut, un sachet dans la main.

— Effectivement, ce sont les mêmes. En plus, elles sont décorées du drapeau de l'assemblée générale du Tennessee, commenta Coop en la plaçant à côté du portrait de Meredith.

Le visage fermé par la concentration, il retourna sans un mot à ses piles de dossiers et en exhuma une copie de la liste des objets perdus et trouvés de Silverwood. Il scanna les différentes informations, puis fit glisser son doigt sur la ligne de l'appel de la boucle d'oreille égarée. À l'extrémité, il lut le nom « Steven » accompagné d'un numéro de portable et un numéro local contenant le préfixe 741 qu'il reconnut comme étant celui de la législature du Tennessee. Le détective se souvenait d'avoir reçu la feuille d'inventaire, mais en lisant le nom hors contexte, il avait bêtement supposé qu'il s'agissait du prénom d'un homme. Il n'avait en aucun cas fait le lien avec la possibilité que ce soit le nom de famille de Meredith Stevens. Grisé par cette découverte, Coop feuilleta de nouveau tous les dossiers un à un, puis trouva la liste des relevés téléphoniques surlignés.

— C'est bien la sienne, confirma-t-il en regardant Taylor avec un large sourire.

Peu de temps après, Ben débarqua et s'empressa de recueillir la déclaration du jeune garçon. Il le sermonna sévèrement sur l'importance de dire la vérité et sur l'obligation de donner aux forces de l'ordre toute information cruciale. De nombreux éléments étaient passés à la trappe à cause de son manquement.

— Taylor, je sais que tu es un brave gamin qui n'a pas su faire le bon choix au bon moment. C'est une bonne chose que tu te sois décidé à en parler à Coop, mais cette erreur nous a fait perdre un temps précieux et causé beaucoup d'efforts inutiles, souligna Ben avec un air réprobateur.

Tout en poursuivant sa leçon de morale, il préleva les empreintes du garçon à l'aide d'un kit et lui expliqua en avoir besoin pour les comparer à celles présentes sur la boucle d'oreille.

Au bord des larmes et le corps tremblant, Taylor approuva d'un signe de la tête.

— Je sais, inspecteur Mason. Je suis vraiment désolé de n'avoir rien dit. J'ai paniqué et je ne savais pas quoi faire. Je savais que Coop serait déçu, surtout après tout ce que vous avez fait pour m'aider. Je ne suis qu'un imbécile.

— Pour l'instant, la meilleure chose à faire est de garder le silence au sujet de cette nouvelle preuve. Quand on en saura davantage, tu devras le dire à tes proches et à ta responsable, mais pour le moment, gardons ça pour nous, déclara Harrington.

— Oui, je vais l'apporter au laboratoire et nous en reparlerons la semaine prochaine. Suis les conseils de Coop. Reste tranquille et vaque à tes occupations comme d'habitude. Tu travailles à Silverwood, ce week-end ?

— Non, monsieur. Pas cette semaine. Et pour celle d'après, je ne saurai pas avant jeudi.

— Ok, très bien. On te contactera quoi qu'il arrive.

Ben posa une main sur l'épaule de Taylor et le regarda droit dans les yeux.

— Ça va aller, ne t'en fais pas.

Les deux hommes échangèrent un regard entendu, puis sortirent sur le perron, laissant le jeune homme bouleversé se remettre de ses émotions.

— Bon, voilà ce que je te propose pour la suite des événements : je vais lui suggérer d'aller chez ses grands-parents pour le reste de la journée. Je passerai à ton bureau dès qu'il sera parti et on creusera cette nouvelle piste.

— Voilà qui commence enfin à être intéressant. Parfait, retrouvons-nous d'ici une heure, acquiesça Ben en fourrant le sachet dans sa poche.

Face à cette petite victoire, Coop considéra qu'une dose de caféine s'imposait. Il retourna à la réception et sortit deux sodas du réfrigérateur de la cuisine avant de regagner son bureau.

— Écoute, tu as commis une faute, concéda le détective en posant la canette devant Taylor. C'est mal, mais c'est réparable. Je sais que tu t'inquiètes de ce qui t'attend et tu devrais plutôt réfléchir aux conséquences auxquelles tu pourrais faire face. Il est probable que tu perdes ton travail au jardin botanique.

L'air abattu, Taylor prit une gorgée, puis reposa maladroitement la boisson sur la table.

— C'est pour ça que je me sens bête. J'espère réussir à convaincre Mlle Sarah de me donner une autre chance. Je sais que j'ai merdé.

Il marqua une pause, les yeux rivés sur ses chaussures, puis releva la tête.

— Et pour Vanderbilt ?

— Je doute que cette histoire affecte tes études, à moins, bien sûr, que la police décide d'enfoncer le clou. Si tel est le cas, tu devras simplement faire des travaux d'intérêt général, vu que tu es mineur.

— J'ai tellement honte, se désola Taylor, les épaules voûtées. Je savais que c'était mal.

— Il faut que tu te reprennes, mon garçon. Reste avec tes grands-parents aujourd'hui pendant que ta mère travaille. Essaie de penser à autre chose, et je t'appellerai dès que tu pourras leur en parler. On doit se servir de cet indice tant que personne ne le sait.

— Merci, Coop. Encore toutes mes excuses. Je ne voulais pas vous décevoir, bredouilla-t-il avant de finir son soda.

Attendri par les remords sincères du garçon, Coop lui donna une petite tape amicale dans le dos, puis l'accompagna jusqu'à sa voiture. Comme s'il portait le poids du monde sur ses épaules, Taylor se glissa mollement derrière son volant et lança le moteur avant de quitter sa place de stationnement.

Sans perdre davantage de temps, Coop et son fidèle labrador montèrent aussitôt en voiture et prirent la direction du commissariat.

À son arrivée, Ben l'attendait dans son bureau, le combiné à l'oreille. Son ami lui adressa un petit signe discret de la main et l'invita à s'asseoir en attendant qu'il termine sa conversation avec le laboratoire. Il les suppliait vraisemblablement d'accélérer l'analyse des empreintes retrouvées sur la boucle d'oreille. Après quelques tentatives de persuasion, il mit fin à la conversation et raccrocha.

Impatient d'échanger, Coop s'apprêta à parler, Ben voulut en faire autant.

— Désolé, toi d'abord.

— Et si on demandait à la responsable du jardin botanique de contacter Meredith Stevens au sujet de la boucle d'oreille ?

— Les grands esprits se rencontrent, à ce que je vois, remarqua Coop en souriant. Je pensais à la même chose. On pourrait ensuite la surprendre une fois qu'elle vient la récupérer.

— Assurons-nous d'abord qu'elle l'identifie comme la sienne avant d'entreprendre quoi que ce soit, préconisa Mason. Comme ça, peu importe ce que le laboratoire prouve, Meredith aura certifié que la boucle lui appartient.

— Parfait. Je vais faire en sorte de rencontrer Sarah dès lundi matin. Elle est plutôt du genre anxieuse, mais tout ce qu'elle a à faire, c'est lui parler normalement. On s'occupera du sale boulot.

— La suite des événements dépendra de ce qu'elle nous dira. Si elle avoue, ce sera un jeu d'enfant. Autrement, on devra la prendre en filature et la mettre sur écoute, déclara Ben en prenant quelques notes dans son carnet.

— Je m'organise avec elle et te tiens au courant au plus vite.

Coop se leva et fit claquer ses doigts à l'intention de Gus.

— Que comptes-tu faire avec Taylor ? demanda-t-il, sur le pas de la porte.

— Le laisser ruminer pendant quelques jours, réfléchir à ses actes. Je ne veux pas non plus me montrer trop dur avec lui. Je crois qu'il a compris la leçon. C'est un gamin responsable. On verra comment se passe la suite des événements.

— Je lui ai conseillé de trouver sa propre punition. Vu combien il s'en veut, il se montrera plus dur avec lui-même que la police elle-même.

Bien trop fatigué à l'idée de se préparer à dîner, Coop passa se chercher une margherita à la pizzeria du coin avant de rentrer chez lui. En véritable altruiste, tante Camille participait à une énième soirée caritative, consacrée cette fois-ci à la Société Victorienne de la Plantation Belle Meade. Depuis quelques semaines, elle avait été autant obnubilée par la préparation de l'événement en question que par la confection de sa robe de soirée.

Une fois installé sur la table de la salle à manger, le détective étala tous ses dossiers, à la recherche des coordonnées de la responsable du jardin botanique, puis composa le numéro en question. Sa tranche de pizza à la main, son téléphone calé entre son oreille et son épaule, Coop réalisa au fil des sonneries qu'une femme comme Sarah ne devait sûrement pas traîner chez elle un samedi soir.

Quand il entendit sa voix décrocher, il en lâcha presque sa part des mains.

— Bonjour, Sarah. C'est Coop Harrington. On s'est rencontrés à Silverwood au sujet du meurtre de Grayson Taylor.

— Je ne vous ai pas oublié, M. Harrington, ronronna-t-elle.

— Nous disposons de nouveaux éléments et nous aurions besoin de votre aide. J'espérais pouvoir vous rencontrer autour d'un brunch demain matin et vous expliquer tout ça plus en détail.

Sans se faire prier, elle accepta de le retrouver au Granite Point à onze heures dès le lendemain. Pris d'un léger sentiment de culpabilité, il raccrocha, regrettant de ne pas l'avoir corrigée quant à la nature purement professionnelle de leur rencontre.

Après un dernier appel au barman en service le soir du meurtre, Coop s'écroula sur le canapé et finit par s'assoupir devant la télévision, éreinté par cette journée riche en rebondissements.

———

Situé dans un quartier huppé, le Granite Point avait tout du restaurant haut de gamme qui l'obligeait à bannir ses tenues préférées pour un jean et une chemise habillée. Comme la plupart des établissements de ce genre, il était recommandé le dimanche d'appeler au préalable pour réserver, détail auquel Coop avait pour une fois pensé, pourtant peu friand de ce genre d'endroits. Résistant à l'appel des petits pains à la cannelle préparés par Mme Henderson, il se contenta d'une tasse de café et lui promit d'en déguster un plus tard.

En avance au restaurant, il demanda à s'asseoir dans le patio, profitant du climat doux de ce début d'automne. À peine fut-il servi du mimosa offert par la maison que Sarah fit son apparition.

Gentleman dans l'âme, le détective se leva et la laissa s'installer, non sans manquer de contempler au passage sa silhouette svelte mise en valeur par son jean moulant et son chemisier en dentelle.

— Merci beaucoup d'avoir accepté de me retrouver ce week-end.

— Avec plaisir. J'ai été surprise d'avoir de vos nouvelles... dans le bon sens du terme, répondit-elle avec un sourire aguicheur.

Elle porta son verre à ses lèvres brillantes, puis d'un geste désinvolte passa une main dans ses boucles blondes qui retombèrent en cascade sur ses épaules.

— Je choisis le buffet en général. Ça vous convient ou vous préférez le menu ?

— C'est parfait.

Après un bref signe au serveur pour commander un café pour elle et de l'eau pour Coop, ils se dirigèrent vers le buffet gargantuesque à l'intérieur et garnirent leurs assiettes d'œufs Bénédicte, de gaufres, de fruits et de pâtisseries.

— Donc, vous avez besoin de mon aide, commença-t-elle. Comment puis-je vous être utile ?

— C'est une longue histoire et je ne saurais trop insister sur l'importance qu'elle reste confidentielle.

Surprise, elle haussa les sourcils et hocha doucement la tête.

— On a retrouvé une boucle d'oreille liée à la scène de crime, et il s'agit du même bijou listé sur votre inventaire d'objets trouvés.

Tout en lui détaillant le plan que Ben et lui avaient établi, il répondit à toutes ses interrogations et lui proposa de venir à son bureau pour répéter et garantir la réussite de sa mission.

Après plusieurs jeux de rôle convaincants, il la jugea enfin prête.

— Parfait, c'était très naturel. J'ai tenté de vous déstabiliser, mais vous avez tenu bon.

— Je ne voudrais surtout pas m'énerver et tout gâcher, renchérit Sarah en se mordant la lèvre de manière suggestive.

Il lui tapota brièvement la main.

— Vous vous en sortirez à merveille, j'en suis convaincu. L'inspecteur Mason et moi serons là quand vous passerez l'appel. Si tout se passe comme prévu, elle devrait arriver avant le déjeuner pour la récupérer.

Désireux de couper court, il se leva dans l'espoir de subtilement lui faire comprendre qu'il avait d'autres chats à fouetter.

— Je dois y aller, mais sachez que nous apprécions grandement votre aide. On se verra dans la matinée.

— J'ai passé une agréable journée. J'espère vous revoir quand toute cette histoire sera derrière nous. J'entends par là profiter d'un repas ensemble, et pas d'une mission d'espionnage, gloussa-t-elle.

— C'était délicieux, en effet. Toutefois, tant que l'affaire n'est pas résolue, je crains de ne pas avoir beaucoup de temps libre.

— Oh, ça ne me dérange pas d'attendre, déclara-t-elle en battant exagérément des cils pour appuyer son sous-entendu.

Désemparé par ses avances, Coop ne trouva d'autre issue que de saisir son téléphone portable et feindre de recevoir un appel.

— Je dois répondre, Sarah, mais nous nous verrons demain matin. Passez une belle soirée.

Il la guida vers la porte tout en prétendant décrocher, puis la salua en retour alors qu'elle lui adressait un énième geste de la main. Une fois tranquille, il referma la porte à clé et se laissa tomber sur le canapé.

— Ouf, c'était moins une, marmonna-t-il en cherchant dans ses messages sa conversation avec Ben.

Tout est en place. Sarah est prête. Elle nous retrouvera à son bureau demain à 8 heures pétantes.

CHAPITRE DIX-HUIT

Tenaillés par le besoin de percer enfin ce mystère au grand jour, Coop et Ben débarquèrent à la fraîche le lendemain, accompagnés de plusieurs techniciens spécialisés dans les enregistrements audios et vidéos. Alors que l'obscurité laissait progressivement place à la clarté matinale, ils déchargèrent le matériel, puis se stationnèrent à l'abri des regards sur le parking du personnel. Estimant que Meredith Stevens ne méritait pas qu'il fasse l'effort de porter une chemise, Coop avait choisi aujourd'hui d'arborer l'un de ses t-shirts collector : « Le sarcasme, une de mes spécialités ».

Comme convenu, Sarah contacta la chef de cabinet et lui expliqua avoir passé en revue les objets trouvés, comme chaque trimestre, et découvert une boucle d'oreille retrouvée la nuit de l'événement du mois de juin.

— Toutes mes excuses, Mme Stevens, il semblerait que l'objet ait été mal étiqueté, puis gardé dans la mauvaise boîte. Ainsi lorsque vous aviez téléphoné à ce sujet, nous ne l'avions pas trouvé.

Rassurés par son jeu d'actrice, Coop et Ben lui adressèrent un signe de tête, l'encourageant à poursuivre la supercherie.

— Pouvez-vous me la décrire et, si elle semble correspondre, nous pourrons fixer une heure pour que vous puissiez venir la récupérer ?

Retenant leur souffle, cinq longues secondes s'écoulèrent avant qu'ils ne finissent par voir Sarah acquiescer et le technicien en charge de l'enregistrement lever un pouce.

— Parfait. Il semble bien s'agir de la vôtre. Votre description correspond parfaitement. Pourriez-vous venir avant onze heures aujourd'hui ? Ensuite, j'ai un déjeuner et serai occupée tout l'après-midi.

Après un ultime hochement de tête, elle conclut :

— Très bien, je vous verrai à dix heures.

Elle reposa d'une main tremblante le téléphone, puis s'éventa le visage de sa main.

— J'étais tellement anxieuse.

— Vous vous êtes débrouillée comme une chef. Merci encore, déclara Ben. Encore une dernière étape et nous prendrons le relais.

Coop suggéra à Sarah de faire une pause et de boire un rafraîchissement. Il la suivit dans la salle de repos du personnel et leur prépara à chacun un thé glacé.

— Revoyons la prochaine étape pour que vous soyez à l'aise, enchaîna-t-il en lui tendant un verre.

Pendant la répétition finale, Ben et les techniciens testèrent le matériel installé dans la salle de conférence, puis à neuf heures trente, Coop revint chargé d'un plateau avec des boissons fraîches. Sarah, quant à elle, partit informer l'hôtesse d'accueil d'orienter directement Mme Stevens vers la salle.

Son téléphone vibra un peu après dix heures, lui indiquant l'arrivée de leur invitée. D'un mouvement fébrile, elle lissa sa jupe et, plutôt que d'utiliser la porte adjacente, sortit de son bureau et se dirigea vers la salle de conférence.

— Oh, Mme Stevens, merci d'être venue aussi vite. Sarah Holley, se présenta la jeune femme d'une voix presque trop assurée. Souhaitez-vous quelque chose à boire ?

— Non, ça ira, coupa Meredith d'un ton pressé. Vous avez la boucle d'oreille ?

— Bien sûr, la voici.

Elle retira la petite pochette plastifiée d'un dossier et, avant de la lui rendre, précisa :

— Si vous pouviez d'abord me confirmer qu'il s'agit bien de la vôtre. Si c'est le cas, veuillez ensuite signer ce formulaire.

Après un bref coup d'œil, elle opina.

— Oui, c'est bien la mienne. J'ai apporté l'autre, si besoin.

Meredith ouvrit son sac à main, puis récupéra la boucle d'oreille identique. Alors qu'elle gribouillait une signature rapide sur le porte-documents, le téléphone de Sarah se mit à vibrer sur la table d'appoint. Elle décrocha maladroitement, puis porta le combiné à son oreille.

— Veuillez m'excuser un instant, Mme Stevens, annonça la jeune femme.

Sans lui laisser le temps de répondre, elle disparut en coup de vent derrière la porte adjacente et fonça sur les deux agents.

— Parfait. À nous de jouer.

Lorsqu'ils arrivèrent dans la pièce, Meredith fit volte-face et réprima un cri de surprise.

— Vous ?!

— Nous avons simplement quelques questions à vous

poser au sujet de cette fameuse boucle d'oreille, répondit Ben d'une voix posée.

Il prit place en face d'elle, et Coop se glissa sur une chaise à ses côtés.

— Je ne suis pas certaine de comprendre, rétorqua-t-elle. Où est Mme Holley ?

— Elle avait un appel à prendre, répondit Ben du tac au tac. Revenons-en à nos moutons. Après le meurtre de Grayson Taylor, nous vous avions interrogée et demandé si vous vous étiez rendue sur la terrasse ce soir-là. Votre boucle d'oreille a été retrouvée sur place. Or, d'après votre version, vous n'y êtes pas allée de la soirée.

Le regard sévère et dépourvu de compassion, il la dévisagea dans l'attente d'une réponse satisfaisante.

— Je n'en ai aucune idée, bredouilla-t-elle, des traces rouges se dessinant progressivement sur son cou. Elle a dû tomber… Quelqu'un a dû la trouver et la laisser là-bas.

Désemparée, elle sembla réfléchir quelques secondes, les yeux perdus dans le vague.

— Et puis, comment savez-vous qu'elle se trouvait sur la terrasse ? contre-attaqua Meredith.

— Nous possédons une déclaration sous serment de l'employé qui l'a retrouvée le soir du meurtre. Il l'a ramassée sur la terrasse, au pied de la colonne où se situait la pierre qui a servi d'arme pour tuer Grayson.

Visiblement mal à l'aise, elle tripota nerveusement la bague autour de son doigt avant de jeter son dévolu sur la broche qui ornait sa veste.

— Je n'apprécie guère vos sous-entendus, inspecteur Mason, prévint-elle d'une voix sombre.

Leurs regards se toisèrent un bref instant dans un silence de plomb.

— Donc, vous maintenez votre version. Vous n'êtes pas

allée sur la terrasse ce soir-là ? reformula Coop avec un petit rire narquois.

— Parce que je ne me trouvais pas sur cette maudite terrasse, s'indigna-t-elle. J'étais dans le jardin, comme je vous l'ai dit. Ma boucle a dû tomber et s'y retrouver d'une manière ou d'une autre. Ou bien quelqu'un l'a ramassée et l'y a déposée.

— Alors, comment expliquez-vous que seules vos empreintes et celles de l'employé aient été identifiées dessus ? bluffa Ben.

— Peut-être que la personne qui l'a tenue portait des gants. Je n'en sais rien.

Survoltée, elle se leva d'un bond.

— C'est ridicule. Rendez-moi cette boucle d'oreille, bon sang.

— D'après notre étude, il s'agit d'un modèle unique, destiné aux membres du corps législatif.

— Oui, c'est un cadeau du sénateur Wagner, répliqua Meredith.

— Assommer Grayson Taylor était-il un accident ou de l'autodéfense ?

— Je ne l'ai pas tué, s'offusqua-t-elle, les dents serrées.

Hors d'elle, elle le foudroya du regard et tritura de plus belle sa bague, sa nervosité augmentant d'un cran.

— Après vos aveux concernant votre prétendu état d'ébriété le soir du meurtre, je me suis entretenu avec le barman, intervint Coop. D'après lui, votre comportement était mémorable. Mais pas pour ces raisons. Il affirme que vous n'avez bu que du soda avec un zeste de citron vert. Quand il a essayé de vous séduire avec un verre de vin, vous avez explicitement dit ne pas boire lors d'événements politiques.

— Comment peut-il se rappeler ce que j'ai bu ? Il y avait

plus d'une centaine de personnes, siffla-t-elle, le visage écarlate.

— C'est vrai, mais vos manières condescendantes l'ont impressionné. Il vous a trouvé inoubliable... et pas dans le bon sens du terme.

Désarçonnée par ces détails, elle ne trouva rien à répondre dans l'immédiat et vit les traits du détective se durcir. Après quelques secondes, il planta son regard dans le sien.

— Je... Les lobbyistes nous ont apporté des verres et je ne voulais pas sembler impolie, alors j'en ai bu plusieurs sans que le barman ne soit au courant, bredouilla Meredith, une main sur sa broche.

— Quel lobbyiste ? interrogea Ben en posant son stylo sur son carnet.

— Tous. Je ne m'en rappelle pas un en particulier, s'exclama-t-elle.

Sa voix se cassa net, et ses joues, déjà empourprées, prirent une teinte cramoisie.

— Savez-vous qui a tué M. Taylor ? Il serait dommage que vous soyez la seule inculpée pour meurtre alors que vous étiez plusieurs...

Face à leur acharnement, elle fit tourner sa bague plusieurs fois autour de son doigt, prit une profonde inspiration, puis lâcha :

— Je n'ai aucune idée de qui est derrière ce crime. Cette conversation est terminée. Si vous souhaitez en discuter davantage, adressez-vous à mon avocat.

Sur ces paroles, elle se leva et se dirigea d'un pas ferme vers la porte.

— Et son nom ? résonna la voix de Ben dans la pièce.

— Lester Whitehead de Whitehead, Baker et McCord, asséna Meredith en tournant brutalement la poignée.

— On vous contactera, madame.

Dès que la porte eut claqué derrière elle, Ben s'empressa d'appeler Kate. Cette dernière coordonnait la surveillance de la chef de cabinet et se tenait prête à intervenir, à l'arrière d'une camionnette de plomberie factice sur Page Road.

— Elle n'a rien avoué. Suis sa trace et tiens-moi au courant.

Un sourire en coin, Coop fit apparaître au même moment une carte quadrillée sur son téléphone portable.

— Dis à Kate de ne pas s'inquiéter. J'ai mis un émetteur sur sa voiture à son arrivée. Je vais pouvoir suivre ses moindres mouvements sans craindre qu'elle repère la filature.

— Je ne veux rien savoir. Vous, les détectives privés, vous n'avez pas à respecter le protocole. Moi, je dois m'en tenir aux bonnes vieilles méthodes à l'ancienne, commenta Ben d'un ton amer.

Tandis que les techniciens s'affairaient à ranger leur matériel, Ben emballa soigneusement la boucle d'oreille dans un scellé, puis Coop et lui remercièrent Sarah, dont le visage anxieux n'était plus que de l'histoire ancienne. Ravie d'avoir réussi sa mission, elle leur souhaita bonne chance et ne manqua pas de remémorer à Coop de l'appeler.

Le détective passa un coup de fil à Annabelle et lui demanda de se rendre au plus vite en ville au cabinet Whitehead, Baker et McCord, puis au bureau de Peter Collins. Ils devaient encore se pencher sur le lien trouble entre Wagner et les firmes qui lui versaient des honoraires exorbitants.

Après avoir promis à Ben de le contacter pour l'informer de l'évolution de la situation, il se précipita dans sa Jeep, prévoyant de retrouver Annabelle une fois son enquête terminée. Madison et Ross étaient déjà en position, installés dans des cafés le long de la 5e avenue et Union Street, près des cabinets de lobbying. Tous les quatre équipés d'oreillettes, ils pourraient simultanément écouter les échanges de la jeune femme et suivre la voiture de Meredith via leurs téléphones.

Après l'appel de son chef, Annabelle enfila un tailleur, coiffa ses cheveux en queue de cheval, puis ajusta ses lunettes sur son nez avant de grimper dans sa Coccinelle. Une fois en ville, elle se stationna sur le parking de l'établissement, puis poussa les lourdes portes vitrées du cabinet d'avocats le plus prestigieux de Nashville. Elle patienta à la réception et entendit l'hôtesse dire à son interlocuteur que M. Whitehead était absent pour la semaine, mais qu'elle pouvait le mettre en relation avec son assistant. Après avoir raccroché, la jeune réceptionniste se tourna vers Annabelle et lui offrit un sourire accueillant.

— Comment puis-je vous aider ?

Convaincante à souhait, Annabelle lui montra sa fausse carte de presse au nom de Lauren McDonald, une journaliste indépendante, et prétexta écrire un article sur le sénateur Wagner et son statut de « conseiller » avec le cabinet. Pour être dans les temps de la parution de l'article, elle espérait obtenir des informations dès que possible. La réceptionniste invita Annabelle à s'asseoir et à patienter un court instant.

Tout en feignant de se recoiffer devant le miroir accroché au mur derrière le comptoir, elle regarda l'ordinateur dans le reflet pour y voir le nom de la personne en charge de sa demande. Après quelques minutes, une autre hôtesse s'approcha et lui demanda de la suivre jusqu'au bureau de M. Baker.

Annabelle lui emboîta le pas dans le couloir luxueux, puis fut priée d'entrer par une porte décorée d'une plaque en laiton indiquant le titre d'associé directeur. L'assistante lui proposa une boisson, qu'elle refusa poliment, puis dès qu'elle eut fermé la porte, une autre s'ouvrit, et Craig Baker fit son apparition. Tout comme Wagner, l'homme imposait par sa prestance. Vêtu d'un costume à l'aspect onéreux et coiffé à la perfection, il offrit à Annabelle un large sourire aux dents presque anormalement éclatantes et l'invita à prendre place.

— Merci de me recevoir, M. Baker. J'écris actuellement un article sur le sénateur Wagner et sa carrière d'avocat, et je souhaitais discuter de son rôle en tant que « conseiller » dans votre cabinet.

— Le sénateur Wagner est et restera toujours un membre précieux de notre équipe, assura-t-il sans cacher son admiration. Au début, il était associé dans un autre cabinet qui a ensuite fusionné avec le nôtre. Bien entendu, le sénateur était déjà une star dans le milieu. On lui a laissé une grande marge de manœuvre pour poursuivre ses intérêts politiques. Il y a bien plus de dix ans, nous l'avons fait passer au statut de « conseiller », car il se concentrait principalement sur le Sénat du Tennessee. Il nous fournit toutefois toujours des services indispensables. C'est une pratique très courante dans les cabinets d'avocats de nos jours.

— Au cours de mes recherches, j'ai été surprise d'apprendre qu'il est désormais acceptable pour les avocats de servir en tant que « conseiller », ou conseiller spécial, pour plusieurs cabinets. Cela ne crée-t-il pas des conflits d'intérêts, compte tenu de sa position au sein de la législature et du fait qu'il occupe cette fonction dans d'autres cabinets ?

Il secoua vivement la tête.

— Oh, je suis sûr qu'au fil des ans le sénateur a dû refuser des affaires ou des consultations en raison d'un conflit avec un autre cabinet, mais son expertise l'emporte largement sur l'occasion manquée. Mais c'est sans importance pour un cabinet de notre calibre et de notre taille, précisa Craig en souriant, les doigts joints sur son bureau.

— Mais cela pourrait être perçu comme un manquement à la déontologie, je présume, puisqu'il est le président de la commission des finances. Son travail législatif le met dans le secret au sujet d'informations confidentielles au grand public. Vous êtes certain que ça ne crée aucun conflit d'intérêts ? insista Annabelle.

— Lauren. Puis-je vous appeler Lauren ? demanda-t-il avant de poursuivre sans attendre sa réponse. Vous devez comprendre qu'il est lié par une éthique stricte en tant que sénateur et avocat. Ainsi, il ne violerait jamais l'un ou l'autre.

— Combien d'affaires le sénateur Wagner traite-t-il pour votre cabinet chaque année ?

— Je ne saurais le dire de mémoire, mais sa valeur ne réside pas tant dans le nombre d'affaires qu'il traite que dans la largesse et la profondeur des connaissances qu'il est capable de transmettre, répondit Baker en prenant soin d'éviter de répondre à la question.

— Vous confirmez que ses points forts sont, comme on le sait tous, les affaires gouvernementales, mais également le développement d'entreprises ?

— Tout à fait, avec son expérience judiciaire et sa carrière au sein de la législature, il est le meilleur expert de l'État du Tennessee.

Annabelle hocha poliment la tête.

— Je suis certaine qu'il entretient de bonnes relations avec beaucoup de personnalités influentes. Oriente-t-il certains de ces clients vers votre cabinet ?

— Nous ne parlons jamais de nos clients à la presse, sauf s'ils nous demandent de le faire, mais je sais que le sénateur Wagner tient ce cabinet, ainsi que plusieurs autres, en grande estime. Si on lui demandait une recommandation, je suis persuadé qu'il donnerait une opinion juste et honnête pour aider un client potentiel à trouver le bon cabinet.

— Comment les avocats dits « conseiller » sont-ils rémunérés ici ?

Tel un vrai magicien, Baker continua son tour de passe-passe et récita tout un fatras de jargon juridique, tout en éludant la question avec brio. Il assomma Annabelle d'explications et de données complexes, ajoutant que les rémunérations variaient d'un avocat à l'autre et qu'elles étaient généralement composées d'un salaire, d'une commission et de primes, ou d'une combinaison des trois.

— Avec un million de dollars par an perçu par Whitehead, Baker et McCord, apprendre qu'il est l'avocat le mieux payé du Tennessee vous surprend-il ?

D'un sourire carnassier, il croisa ses mains devant lui.

— Non, Madame, ce n'est aucunement surprenant. Ses talents valent chaque centime perçu. Nous avons énormément de chance de le compter au sein de notre équipe.

— Excusez-moi, M. Baker, mais j'essaie de comprendre de quelle manière le sénateur parvient à générer autant de travail et d'affaires pour vous alors qu'il travaille essentiellement à plein temps comme législateur, et que tout son temps libre est désormais consacré aux élections. Pensez-vous qu'il continuera d'exercer cette fonction s'il les remporte en novembre ?

— Pour quel journal avez-vous dit travailler ?

— Je ne l'ai pas précisé, répondit Annabelle d'une voix calme, un sourire en coin.

— Nous ne comptons pas sa valeur en heures facturables comme un avocat de pacotille. Ses conseils et son avis précieux valent sa rémunération.

Sans qu'Annabelle ne puisse l'arrêter, il continua sur sa

lancée, couvrit le sénateur de louanges dithyrambiques et réitéra la chance que le bon peuple du Tennessee aurait de l'avoir comme gouverneur. Cependant, Baker s'abstint de se prononcer sur les projets du sénateur et indiqua qu'il laissait le soin à l'intéressé de répondre lui-même à cette question.

Alors qu'il s'apprêtait à parachever son discours de campagne, le bourdonnement d'un téléphone portable retentit. Craig braqua son regard sur le smartphone posé sur son bureau et constata, comme Annabelle qui n'en perdit pas une miette, qu'il ne s'agissait pas du téléphone en question. Il porta alors machinalement sa main vers la poche intérieure de sa veste, puis, prenant conscience de son geste, la reposa aussitôt devant lui.

— Toutes mes excuses, je dois y aller, déclara-t-il soudainement en se levant. C'était un rappel pour mon prochain rendez-vous.

Ni une ni deux, prise d'une idée lumineuse, Annabelle glissa son stylo dans le creux situé entre le coussin et le dossier de la chaise et referma d'un coup sec son carnet.

— Merci pour votre temps, M. Baker, affirma-t-elle en se levant à son tour. Vous m'avez été d'une grande aide.

— Bonne chance pour votre article, répondit Craig en lui serrant la main avant de la conduire vers la porte et de la refermer précipitamment derrière elle.

La jeune femme sonda d'un coup d'œil le couloir vide et, une fois la porte close, laissa tomber son sac par terre, faisant mine de chercher quelque chose dans l'éventualité où l'assistante apparaîtrait. Après une minute ou deux, elle retint sa respiration, puis tourna lentement la poignée de la porte. La voix autoritaire de Craig, en pleine conversation téléphonique, lui parvint alors clairement :

— Ils ne savent rien. Tu dois garder le silence et te calmer, Meredith. Ce n'est pas le moment de flancher.

D'un geste rapide, Annabelle attira son attention, lui mima un geste d'écriture et pointa la chaise du doigt. Après avoir murmuré un « désolée », elle passa brièvement sa main sous le coussin, puis brandit le stylo avec un sourire en signe de victoire. Elle le salua aussi discrètement qu'à son entrée, puis se pressa de quitter la pièce.

Hors de vue, Annabelle ramassa son sac et se rua dans le couloir, puis jusqu'à la réception. Ce ne fut qu'une fois qu'elle eut franchi les portes vitrées qu'elle arrêta de retenir son souffle.

Elle vérifia son téléphone en marchant et lut d'un coup d'œil rapide un message de Coop lui demandant de se rendre dès que possible au Starbucks de la même rue. Après avoir parcouru à grands pas les quelques rues qui la séparaient du café, elle poussa les portes battantes et retrouva le détective assis au fond de l'établissement. Jamais la jeune femme ne fut aussi heureuse de revoir son vieil ami à cet instant précis. Soulagée, elle prit place à ses côtés et apprécia pleinement le grand thé sucré qui l'attendait.

Elle but une longue gorgée, puis soupira.

— Cette vibration, c'était son deuxième téléphone, probablement un portable prépayé que seuls Meredith et lui utilisent puisqu'on les a interrogés sur les autres appels.

— Après notre rencontre à Silverwood, Stevens est rentrée chez elle et n'en est pas repartie. On dirait qu'on l'a secouée, confirma Coop en consultant la carte sur son téléphone.

Annabelle hocha la tête et prit une autre gorgée rafraîchissante.

— Je vais aller voir Collins. On verra si on obtient quelque chose. Je sais que tu as écouté ma discussion avec Baker, mais je peux te dire que j'ai réussi à le désarçonner.

— J'aimerais que Ben dispose de suffisamment d'éléments

pour obtenir une ordonnance du tribunal et les mettre sur écoute, mais tout ça n'est pas suffisant pour un juge.

Sa boisson terminée, Annabelle fila à sa seconde mission et accepta de le retrouver dans un autre café quand elle en aurait fini avec Peter. De son côté, Coop transmit le plan à Madison et Ross et leur demanda de suivre Craig Baker.

À son arrivée, Annabelle fut accueillie et dirigée dans une salle de conférence proche du bureau de Peter. Elle lui posa les mêmes questions qu'à Craig et obtint plus ou moins les mêmes réponses que lui. Son cabinet ayant payé le sénateur moins de cent mille dollars, elle modifia certaines de ses questions, mais resta sur la même thématique.

Peter affirma avoir engagé Wagner il y a plusieurs années de ça et utilisé ses services de consultant et spécialiste uniquement en développement commercial.

— D'une part, le sénateur connaît bien les lois relatives aux incitations offertes aux entreprises pour qu'elles s'implantent ou se développent, et de l'autre, il nous évite de nombreuses recherches dans ce domaine, poursuivit le lobbyiste.

Lorsqu'Annabelle osa une question sur les conflits d'intérêts, il mentionna l'éthique et l'attention particulière portée aux avantages de toutes les parties pour s'assurer qu'aucun conflit ni aucune irrégularité n'existent dans la participation du sénateur.

— Il arrive que nous ne lui parlions même pas du client. Nous utilisons simplement ses connaissances pour obtenir des réponses et des conseils afin de formuler la meilleure approche pour nos clients impliqués dans des projets de développement complexes.

Comme Craig, il semblait avoir professé son allégeance et sa confiance pour le sénateur Wagner, à la seule différence qu'il n'arborait pas le même air arrogant. Annabelle le remercia pour son temps et rejoignit Coop quelques rues plus loin.

À peine fut-elle installée que Ross leur signala par message que Madison et lui étaient en route. La BMW clinquante de Craig Baker venait de quitter le cabinet.

CHAPITRE DIX-NEUF

Sans perdre plus de temps, Coop et Annabelle regagnèrent le bureau. Tandis qu'elle se changeait, le détective consulta son téléphone portable pour suivre la filature de Meredith. De son côté, après avoir suivi Craig Baker jusqu'à l'autoroute I-65, Madison avait perdu sa trace au moment où il avait semblé se diriger vers le sud de la ville. Ross avait alors repris le relais et fait demi-tour. Ils semblaient faire de leur mieux pour ne pas attirer l'attention du lobbyiste.

Lorsqu'ils le virent prendre la sortie Franklin pour rentrer chez lui, les deux agents ralentirent en voyant le trafic faible, ne souhaitant pas prendre le risque de se faire repérer. À présent, l'attente s'annonçait longue : Craig pouvait tranquillement rester chez lui toute la soirée comme les conduire à tout moment vers une autre destination. Aux aguets, Madison se gara sur le parking d'une église non loin de là, dans l'éventualité où il déciderait de prendre un autre itinéraire. Ross, quant à lui, se stationna devant un centre commercial proche de l'autoroute, prêt à se lancer à sa poursuite le cas échéant.

Profitant de cette accalmie, Coop et Annabelle disséquèrent les conversations des lobbyistes et les dossiers du sénateur Wagner, de Stevens et de Baker.

— Pour résumer, soit Meredith a contacté Craig pour des conseils juridiques suite à sa rencontre avec Sarah, soit Baker et elle sont tous les deux impliqués dans une histoire bien plus sinistre, commenta Annabelle.

Coop hocha la tête.

— Puisqu'elle l'appelle sur un téléphone prépayé, je penche pour l'option numéro deux.

— Je suis persuadée que si l'on combine l'appel que j'ai entendu aujourd'hui avec ceux passés après le meurtre de Gray, on découvrira qu'ils sont de mèche. Il faut simplement qu'on parvienne à trouver une façon de le prouver.

— Et d'en comprendre la raison, compléta Coop.

Il vérifia de nouveau son téléphone et vit le point clignotant toujours centré sur le domicile de la chef de cabinet.

Tout en gardant un œil sur l'émetteur, Coop appela Taylor pour le tenir informé de l'avancée de l'enquête. Il lui annonça qu'il était enfin libre de parler à sa famille et d'expliquer la situation à sa responsable, lui précisant que la pièce à conviction avait d'ailleurs joué un rôle déterminant dans le stratagème pour coincer Meredith Stevens.

— J'ai beaucoup réfléchi à cette histoire, lui confia Taylor. J'ai tenté de trouver une sanction appropriée. Vous avez évoqué les travaux d'intérêt général, et je me suis dit que c'est ce qui convenait le mieux. J'avais pensé à m'interdire l'usage de ma voiture, mais ça ne ferait qu'incommoder ma mère. Qu'en pensez-vous si je m'occupe des personnes âgées et que je travaille à la soupe populaire ?

— Ça me semble parfait. Si tu l'expliques de cette façon à ta mère, je suis sûr qu'elle comprendra. J'en discuterai avec Ben et lui demanderai de te contacter.

— Pauvre gamin, soupira Annabelle quand il eut raccroché. J'espère qu'il n'aura pas d'ennuis.

— Je ne pense pas. Il est prêt à travailler pour aider les plus démunis et les personnes âgées. Il a compris la leçon.

Galvanisés par toutes ces péripéties, ils se firent livrer des pizzas et échafaudèrent un plan pour qu'Annabelle se rende au centre-ville dans la matinée et demande tous les rapports de lobbying du cabinet de Craig Baker et du sénateur Wagner. Bien qu'ils soient disponibles en ligne, les rapports avec les données les plus anciennes devaient toutefois faire l'objet d'une demande spéciale auprès du département d'éthique.

Après avoir trouvé et étudié une carte du quartier de Baker, Harrington estima qu'il n'y avait aucun moyen de passer devant sa maison sans être repéré, puisqu'il vivait dans une espèce de résidence fermée, destinée aux propriétaires de chevaux. À moins de se faire passer pour un livreur ou un dépanneur… ou de demander à tante Camille de rendre visite à son amie Twyla Fay.

Réalisant qu'il était trop tard pour une visite impromptue, il informa Madison et Ross de la suspension temporaire de la filature et leur demanda de revenir tôt le lendemain pour installer un tracker sur la voiture de Craig. Une fois qu'ils furent tous les quatre réunis au bureau, ils se relayèrent toute la soirée pour surveiller la position de Stevens.

Lorsque Coop rentra à une heure particulièrement tardive, il trouva sa tante parfaitement éveillée, occupée à regarder une émission nocturne, et en profita pour lui narrer sa journée bien remplie. Ses yeux fatigués scintillèrent d'excitation quand son neveu lui apprit qu'il utiliserait son aide en guise de couverture.

———

Mardi matin, Annabelle passa le plus clair de sa matinée au département d'éthique à récupérer des copies d'anciens dossiers de lobbying. Après avoir rempli des formulaires individuels, il lui fallut des heures pour que le personnel localise chaque document, puis les lui copie un à un. Lorsque tout fut enfin prêt, elle régla avec la carte de crédit de l'entreprise et retourna au bureau vers midi. À son retour, Coop la tint informée de son avancée.

— Ross a réussi à placer un dispositif sur la BM de Baker à son arrivée au cabinet. Meredith et lui sont à présent constamment sous surveillance. D'après le GPS, elle a quitté son domicile ce matin et s'est rendue à l'épicerie, à la pharmacie et à la station-service. Rien de trépidant, concéda-t-il. Sur l'application, le point rouge correspond à Meredith et le bleu à Baker. En ce moment, elle déjeune apparemment à Green Hills. La voiture de Craig, elle, n'a pas bougé du parking pour l'instant.

— Je vais commencer par ces dossiers et mettre en évidence toutes les activités de lobbying ou les clients liés au sénateur Wagner.

Elle lança un regard morne vers la pile de dossiers.

— C'est chronophage comme travail, et c'est un pari risqué, avertit Annabelle.

Coop hocha la tête.

— J'ai relevé tous les événements des prochaines semaines sur le site de la campagne de Wagner. Il n'y a pas un seul jour où il n'est pas réquisitionné pour l'élection ou des collectes de fonds. À mon avis, Craig ou Meredith pourraient bien assister à certains de ces événements.

Alors qu'ils consultaient le calendrier, Madison arriva avec des sandwichs de Pot Belly, puis Ben les contacta pour confirmer qu'il était parvenu à faire approuver un registre de correspondances de Stevens. Ainsi, ils pouvaient avoir accès en temps réel à tous les numéros de téléphone entrants et sortants de son téléphone fixe ou de son smartphone.

— Je ne pense pas que ça servira à grand-chose avec le téléphone jetable qu'Annabelle a vu dans le bureau de Craig, affirma Ben. Il y a de fortes chances pour qu'ils n'utilisent pas leurs propres téléphones pour communiquer entre eux. Je vais dire à Kate de ne plus surveiller Meredith. Rien de suspect pour le moment. Je compte sur vous pour m'informer de tout ce que vous remarquerez de suspect.

Après le déjeuner, Coop se plongea avec sa fidèle associée dans le capharnaüm de dossiers. Ils travaillèrent consciencieusement pendant quelques heures, rassemblant les clients impliqués dans des projets de développement économique au Tennessee et notèrent également tous les événements ou dépenses rapportés par le cabinet de Craig au profit du sénateur. Alors que Coop devait se rendre à une réunion à l'extérieur concernant une autre affaire, Annabelle continua de passer chaque document au peigne fin. Sur le qui-vive, Madison et Ross se tenaient prêts à intervenir en cas de besoin.

Coop appela Annabelle en fin de journée, juste avant la fermeture du bureau.

— Je rentre chez moi. Je te rejoindrai à la salle de sport demain matin. Ne veille pas trop tard.

Après avoir raccroché, Annabelle s'étira et suivit le

conseil de Coop. À dix-sept heures, elle arrêta ses recherches et enfreignit même sa propre règle en laissant éparpillés tous les dossiers sur la table de conférence.

———

Chargée de surveiller les émetteurs à la première heure, Annabelle fut à son poste dès quatre heures du matin. Jusqu'à présent, Craig et Meredith n'avaient eu aucune attitude louche. À l'instar de Baker, Stevens travaillait dans le bureau du sénateur le jour et restait chez elle ou assistait à des événements pour la campagne le soir. La surveillance s'avérait donc peu efficace.

Après s'être couchée tôt, Annabelle était prête à attaquer de nouveau chaque dossier. Plutôt que de regarder les points clignotants depuis chez elle, elle avait décidé de se lever de bonne heure et de travailler au bureau pendant quelques heures avant de retrouver Coop à la salle de sport.

Dans l'obscurité du crépuscule, elle fouilla dans son sac à la recherche de ses clés, puis parvint à ouvrir la porte, non sans des difficultés à trouver la serrure. Contrairement à son habitude, le son de l'alarme ne se déclencha pas et l'écran sur le mur ne sembla pas indiquer non plus son activation. Dans un juron, elle secoua la tête, persuadée d'avoir pensé hier à la mettre en route avant de partir, puis alluma les lumières de la réception avant de lancer son ordinateur.

Soudain, un bruit se fit entendre du côté du bureau de son chef. Presque soulagée, elle comprit alors pourquoi l'alarme avait été désactivée.

— Hé, Coop, que fais-tu ici à une heure pareille ?

Annabelle se dirigea vers la porte de son bureau, puis s'immobilisa, remarquant l'absence de lumière dans l'entrée.

Alors qu'elle fit volte-face pour se précipiter vers son téléphone, quelque chose la coupa dans son élan. Frappée par derrière, elle s'effondra au sol et eut tout juste le temps d'entrapercevoir des chaussures, puis d'entendre la porte d'entrée claquer. Quelques secondes plus tard, elle sombra dans le néant.

———

Comme avant chaque séance, Coop prit le temps de s'échauffer sur le tapis de course, tout en gardant un œil vers les portes d'entrée pour guetter l'arrivée d'Annabelle. Après vingt minutes d'entraînement, la jeune femme demeurait introuvable. Même si aucun d'eux n'était très à cheval sur les horaires, Annabelle n'avait d'ordinaire jamais plus de quinze minutes de retard. Il passa aux haltères, puis termina sa séance.

En sortant du complexe, Coop consulta son téléphone et, ne voyant pas d'appels en absence, appela son amie. Il tomba sur sa messagerie et tenta d'appeler son domicile, puis au bureau, sans succès.

Les sourcils froncés, de plus en plus soucieux, il ouvrit machinalement la portière de sa voiture, réveillant son chien assoupi sur le siège avant.

— Gus, on doit retrouver Annab', déclara le détective, une once d'inquiétude dans la voix.

Préoccupé, il se rendit jusque chez elle, mais n'obtint pas plus de réponse quand il sonna à sa porte. N'ayant pas le double de ses clés, il se fraya un chemin dans les buissons vers son garage et dut s'y prendre à plusieurs reprises pour regarder à travers l'une des petites fenêtres situées en hauteur. Tout comme Annabelle, la Coccinelle verte semblait bel et bien avoir disparu.

De plus en plus inquiet, il se précipita dans la Jeep et prit la direction du bureau.

— Avec un peu de chance, elle prenait sa douche quand je l'ai appelée et elle est partie travailler plus tôt, tenta de se rassurer Coop.

Dès qu'il déboucha dans l'allée qui menait au bureau, il aperçut avec soulagement sa voiture au loin, garée devant l'établissement. Une fois stationné comme à son habitude à l'arrière, il se dirigea vers la porte et, s'apprêtant à la trouver ouverte, actionna la poignée sans se poser de questions. À sa grande surprise, elle resta immobile dans sa main. De plus en plus anxieux, il sortit sa propre clé et ouvrit lentement la porte. Sentant que quelque chose d'anormal se passait, Gus traversa la cuisine en reniflant frénétiquement le sol, puis, comme si une mouche l'avait piqué, se rua dans le bureau d'Annabelle.

— Annab', pourquoi es-tu garée devant ? cria Coop en retirant son manteau.

Au même instant, Gus se mit à aboyer et déboula à toute vitesse vers son maître, qui sentit son sang ne faire qu'un tour. Son chien n'aboyait jamais.

— Qu'est-ce qui se passe, mon vieux ? s'étonna Coop.

La boule au ventre, il suivit Gus qui, dans tous ses états, repartit en courant vers l'entrée. Alors qu'il avançait prudemment vers le bureau d'Annabelle, un mauvais pressentiment l'envahit. Son sixième sens se confirma lorsque son regard tomba aussitôt sur le corps inerte de la jeune femme, allongée par terre, les cheveux recouvrant son visage.

— Annabelle ! s'écria-t-il en s'agenouillant auprès d'elle.

Il repoussa délicatement les quelques mèches de cheveux, passa sa main à l'arrière de sa tête et découvrit avec effroi ses doigts couverts de sang. Coop chercha des yeux ce qui avait pu lui causer une telle blessure, mais ne trouva rien. Ébranlé, il fouilla d'un geste nerveux dans la poche de son pantalon pour saisir son portable et appela les urgences d'une main tremblante. Tout aussi secoué, Gus continuait de donner des petits coups de langue à Annabelle et de gémir tandis que son maître tentait désespérément de la réveiller. Il posa trois doigts sur son cou et sentit son appréhension se calmer lorsqu'un faible pouls pulsa sous sa main.

Moins d'une dizaine de minutes plus tard, l'ambulance arriva avec plusieurs secouristes à bord. Une fois son état vérifié, ils lui branchèrent une perfusion intraveineuse et l'installèrent dans un brancard. Reprenant peu à peu conscience, la jeune femme ouvrit doucement les yeux et reconnut son vieil ami qui lui serrait la main.

— Annab', on t'emmène à l'hôpital. Je reste avec toi, assura Coop.

Elle le regarda avec un sourire faible, puis ferma les yeux, appréciant la présence rassurante du détective à ses côtés. Il lui serra une nouvelle fois la main, puis se dépêcha de retourner fermer le bureau et de récupérer Gus avant de sauter dans sa voiture. Il contacta Ben en chemin et lui expliqua la situation, puis demanda à son ami de venir examiner le bureau. Selon toute vraisemblance, Annabelle n'était pas tombée ou ne s'était pas cogné la tête ; on l'avait délibérément assommée.

Une fois aux urgences, il déclina l'identité d'Annabelle à une infirmière, puis patienta à contrecœur sur une des chaises en plastique de la salle d'attente. Au bout d'une minute, il se mit à faire les cent pas dans la pièce, incapable de rester assis. Sans prêter attention aux regards curieux du personnel interloqué par son t-shirt « Faites-moi confiance, je suis avocat », il prit son téléphone et appela sa tante.

— Oh mon Dieu. Dis bien à Annabelle qu'elle peut rester chez nous à sa sortie d'hôpital. Je me ferais un plaisir de m'occuper d'elle, suggéra Camille.

Après lui avoir promis de prendre soin de son amie, Coop informa Madison et Ross et leur demanda de prendre la relève sur la mission de surveillance. Madison lui répondit dans la foulée, lui précisant qu'elle s'occuperait du bureau.

Alors qu'il s'apprêtait à la remercier par message, un appel entrant de Ben s'afficha sur l'écran.

— Comment va Annab' ?

— Pas de nouvelles. J'attends encore, exposa Coop en sortant.

— Jusqu'à ce qu'on en sache plus, on doit traiter votre bureau comme une scène de crime. J'ai parlé à la société d'alarme et apparemment, elle aurait été activée vers dix-sept heures hier en fin de journée, puis désactivée à trois heures cinquante-deux ce matin. Il faudrait que l'on sache si c'est bien Annab' qui l'a désactivée aussi tôt ou qu'elle nous en dise davantage dès qu'on pourra lui parler. Vos bureaux sont dans un sale état : il y avait des papiers éparpillés partout sur la table et par terre. Un vrai bordel. À première vue, rien ne manque, mais ça reste difficile à dire comme ça.

— Son ordinateur était allumé ?

— Oui, mais pas encore connecté à sa session.

— D'accord, donc elle venait d'arriver. Elle l'allume toujours dès la première heure.

— On est en train de chercher des empreintes. Je te rappellerai dès qu'on tiendra quelque chose. Dis-moi quand tu peux venir sur place.

Après avoir raccroché, Coop sonna à l'interrupteur pour pouvoir accéder à la salle d'attente et, à son entrée, le Dr Weston l'apostropha.

— Hé, Coop. Tu peux aller la voir. Je peux te donner des nouvelles de son état.

Alors qu'ils progressaient dans le couloir, Alex Weston en profita pour lui dire combien il était dommage qu'ils se rencontrent toujours aux urgences. Dans un hochement de tête, il la suivit sans un mot à travers le labyrinthe aseptisé, l'esprit trop préoccupé par Annabelle. Lorsqu'ils arrivèrent auprès d'elle, la jeune femme se reposait, l'arrière de sa tête recouverte d'un bandage surdimensionné. L'air soucieux, Coop s'installa à côté d'elle et lui prit la main.

— Annab', comment vas-tu ?

— Ça va, répondit-elle d'une voix faible.

— Annabelle a subi une commotion cérébrale sévère à l'arrière du crâne. Nous allons la garder en observation cette nuit. Elle souffre d'importantes céphalées.

— Tante Camille insiste pour que tu restes à la maison à ta sortie, déclara doucement Coop. Tu veux que j'appelle tes parents ?

Dans un effort surhumain, elle plissa ses yeux fatigués et fit non de la tête.

— Je n'ai rien vu d'inquiétant sur son scanner. Elle ira mieux d'ici quelques jours. Les seules choses à surveiller sont ses maux de tête ou ses changements de vision, commenta le Dr Weston. Tu peux rester aussi longtemps que tu le souhaites. Les infirmières sont en train de lui préparer sa chambre. Appelle-moi si tu as des questions.

Coop hocha la tête et la remercia du bout des lèvres. Une fois seuls, il se tourna vers son amie, à la fois soulagé de la voir en vie et préoccupé par son état.

— Je sais que tu veux te reposer, mais je dois te poser quelques questions. Te souviens-tu de l'heure à laquelle tu es arrivée au bureau ce matin ?

De sa main droite sous perfusion, elle leva quatre doigts.

— Pas avant quatre heures ? L'alarme a été désactivée à trois heures cinquante-deux.

— Non, elle était désactivée à mon arrivée, un peu après quatre heures, murmura-t-elle d'une voix presque inaudible. Je pensais que c'était toi.

— Y avait-il quelqu'un d'autre dans le bureau ?

Pour toute réponse, elle secoua la tête et grimaça.

— Et ton agresseur, tu l'as vu ?

Elle tenta de répondre, mais aucun son ne sortit de sa bouche. La voyant peiner à déglutir, il lui tendit un gobelet rempli d'eau et lui fit boire une gorgée.

— J'ai entendu du bruit dans ton bureau… J'ai cru que c'était toi, puis j'ai réalisé qu'aucune lumière n'était allumée… Quand je me suis retournée, j'ai senti un objet lourd me frapper à la tête, je suis tombée par terre, j'ai vu des chaussures, puis… plus rien.

Suspendu à ses lèvres, Coop vit alors ses yeux vaciller sous l'effort de cette révélation, puis se refermer. Réalisant qu'il lui en demandait sûrement trop, il mit la main de la jeune femme sous la couverture et se leva sans un bruit.

— À très vite, Annab', chuchota-t-il.

Après s'être assuré que le personnel soignant avait son numéro de téléphone, il retourna au bureau, le cœur lourd.

— Comment va-t-elle ? demanda Madison, assise derrière le bureau d'Annabelle.

— Commotion sévère. Ils lui ont bandé tout l'arrière de la tête. Elle devra passer la nuit là-bas.

Sentant la trace d'un inconnu, Gus passait son temps à renifler les quatre coins des bureaux en s'attardant en particulier dans celui de Coop.

— L'équipe de Ben est partie il y a une heure environ. Rien de neuf au sujet de Meredith ou Craig. Ils sont tous les deux au travail.

Chamboulé par cette matinée, Coop opina et alla se servir une tasse de café qu'il emmena dans son bureau. Lorsqu'il pénétra dans la pièce d'ordinaire ordonnée, il observa d'un regard réprobateur le fouillis de papiers disséminés au sol. Par chance, tous les pense-bêtes étaient encore collés au mur, contrairement aux dossiers enchevêtrés les uns sur les autres, des feuilles çà et là. Il parvint malgré tout à retrouver les grandes lignes des événements des cabinets de lobbying. Agenouillé par terre, il récupéra son téléphone et appela Ben, tout en fouillant la paperasse.

— Rien ne semble manquer à l'appel. Notre inconnu a vraisemblablement voulu voir ce qu'on trafiquait, sans se douter qu'Annab' le surprendrait en pleine nuit.

Il lui donna également les quelques précisions transmises par Annabelle.

— Je vois. De notre côté, aucune trace d'une arme potentielle. La seule piste pour le moment a été prélevée sur sa blessure. Avec ça, le labo va tenter de déterminer ce qui a servi pour l'assommer.

— Tiens-moi au courant, implora Coop avant de raccrocher.

Tout au long de l'après-midi, le détective passa sa journée à trier et à réorganiser tous les documents qui jonchaient son bureau. Il échangea avec la société d'alarme et entreprit d'en faire changer le code dans la foulée, en plus de commander un nouveau système dernier cri moins vulnérable aux hackers. D'un commun accord avec Madison et Ross, ils décidèrent de surveiller à tour de rôle à la fois les bureaux et les localisations de Meredith et de Craig. Comme Coop ne dormait généralement pas beaucoup, il se porta volontaire pour prendre le service d'Annabelle. Paré à tout, il sortit son arme rangée précieusement dans le coffre-fort de son bureau et sangla son holster.

— Je sais qu'en temps normal, on ne porte pas notre arme, mais pour notre sécurité à tous, j'insiste pour que vous le fassiez jusqu'à ce que cette affaire soit résolue, souligna-t-il. Il semblerait qu'on se soit frottés à plus gros que nous.

Après s'être assuré que les choses étaient sous contrôle au bureau, Coop grimpa dans sa Jeep, accompagné de Gus, puis prit la direction de l'hôpital. Estimant qu'un bouquet coloré ravirait son amie à son réveil, il s'arrêta en chemin chez le fleuriste. Une fois stationné sur le parking des urgences, Coop laissa son chien mécontent dans la voiture, déçu de ne pas accompagner son maître au chevet de la jeune femme. Une fois son arrivée annoncée auprès du personnel soignant avec son permis de conduire et son permis de port d'arme, il se rendit à l'étage.

Grâce aux relations du Dr Weston, Annabelle se reposait désormais dans une grande chambre privée baignée de lumière. Sur fond de musique douce et d'un reportage à la télévision, Annabelle affichait des traits légèrement moins tirés, et ses joues semblaient avoir repris quelques couleurs. Le détective plaça le large bouquet de mufliers sur l'étagère et se glissa discrètement sur le fauteuil à côté de son lit. D'un coup d'œil, il consulta les écrans qui s'animaient au rythme cardiaque d'Annabelle et se détendit, prêt à se laisser bercer par les paysages magnifiques du documentaire et sa mélodie apaisante. En quelques secondes, il sombra dans un sommeil profond et ne se réveilla qu'au cliquetis d'un chariot à roulettes une vingtaine de minutes plus tard. L'esprit embrumé, il ouvrit un œil, puis l'autre, et aperçut alors Annabelle complètement réveillée.

— Désolé, j'ai dû m'assoupir.

— Ça m'a fait plaisir de voir que tu te reposais un peu.

— Comment tu te sens ? demanda-t-il.

— J'ai encore mal à la tête, je me sens fatiguée et j'ai

l'impression d'être totalement désorientée, confia-t-elle. Ben est passé me voir pour me raconter les dernières nouvelles. Il voulait savoir si je me souvenais d'avoir vu un véhicule suspect au bureau et ce que je pouvais lui dire de plus sur les chaussures que j'avais vues.

Attristé, Coop secoua la tête.

— Je suis vraiment désolé, Annab'. Je n'aurais jamais pensé que cette affaire te mettrait en danger.

— Ça va aller. Alex m'a fortement conseillé de ne pas travailler de toute la semaine et de voir comment je me sentirai la semaine prochaine. Je devrais pouvoir sortir d'ici demain.

— Tante Camille sera ravie, fit-il en souriant. Prends le temps qu'il te faut. On s'occupe de tout.

Tandis que l'infirmière lui présenta un plateau avec son déjeuner, Coop lui déposa un baiser sur le front.

— Je repasserai te voir demain. On alterne les tours de garde au bureau. J'y retourne ce soir à partir de vingt-deux heures. Appelle-moi si tu t'ennuies.

— Merci pour les fleurs. Elles sont magnifiques. Embrasse Gus pour moi.

Rassuré de voir son amie reprendre du poil de la bête, Coop regagna sa voiture, où Gus avait fini par s'endormir.

— Rentrons à la maison, Gus, déclara Coop en lui grattouillant la tête. Annab' m'a dit de te passer le bonjour. Elle va bien. Tu la verras demain.

Dans un jappement joyeux, le labrador fit frétiller sa queue duveteuse comme s'il avait compris le message.

Quelques minutes après son retour chez lui, Ben lui fit part des résultats du laboratoire : l'assaillant d'Annabelle l'avait très certainement frappée avec une arme à feu et d'après la description des chaussures, il devait s'agir d'un homme.

— Aucune empreinte, déplora Mason. Il portait sûrement des gants et il a dû utiliser un appareil électronique pour pirater le code de l'alarme.

— Ces enflures s'en sont prises à la mauvaise personne. Je suis encore plus déterminé à les attraper.

CHAPITRE VINGT

Ce fut autour d'un délicieux repas réconfortant que tante et neveu se retrouvèrent, tous les deux soulagés d'apprendre qu'Annabelle était hors de danger. Après avoir assuré plus d'une fois à Camille que la chambre d'amis au premier étage était parfaite pour leur hôte, Coop s'offrit une petite sieste réparatrice de quelques heures. À son réveil, pour affronter la longue soirée qui l'attendait, sa tante lui avait préparé son souper du soir à emporter, à savoir un sandwich copieux et quelques biscuits. Préférant la sérénité d'un foyer chaud, Gus resta pelotonné sur le canapé en chintz à côté d'elle.

À son arrivée au bureau, Coop déchargea Ross, responsable de la surveillance de Baker et Stevens, qui lui indiqua que leurs deux suspects avaient passé toute la journée en campagne dans l'est du Tennessee et assistaient à présent à un dîner caritatif.

D'après son expression agitée, le jeune agent semblait avoir appris autre chose.

— Madison a une piste sur le potentiel agresseur

d'Annabelle. Elle a une amie qui connaît quelqu'un au département d'éthique. Apparemment, pour chaque demande de dossier, un formulaire doit obligatoirement être rempli, détail auquel Annabelle s'est également pliée. Lorsqu'elle a récupéré tous les dossiers, elle a mentionné Harrington and Associates en tant que partie requérante, et notre adresse...

Comprenant peu à peu où son agent voulait en venir, Coop haussa les sourcils, mais le laissa poursuivre.

— L'amie de Madison lui a précisé que les formulaires n'étaient pas confidentiels, et qu'il arrivait souvent que des élus ou des lobbyistes appellent ou passent, et demandent à connaître l'identité de celui ou celle qui a consulté leurs dossiers, lâcha Ross. Bref, tout porte à croire que quelqu'un a compris le stratagème d'Annabelle et en a informé Wagner ou le cabinet de Baker. Selon elle, il n'est pas rare que certains fonctionnaires et lobbyistes soient en contact avec un membre du département qui les alerte dès que des demandes sont déposées.

— Très « éthique » tout ça, hein ? releva Coop avec un sourire narquois.

Le jeune homme hocha la tête et ajouta :

— Alors, bien sûr, nous n'en avons pas la preuve, mais il semblerait logique que l'effraction soit liée à ces demandes. Je mettrais ma main à couper qu'ils s'attendaient à trouver le bureau vide à quatre heures du matin.

Coop remercia son agent, puis ferma la porte derrière lui avant de s'installer confortablement derrière son ordinateur. Son application de suivi affichée sur son écran, il garda un œil sur les points clignotants tout en réfléchissant aux liens susceptibles d'exister entre le sénateur Wagner et Craig Baker.

Un peu avant vingt-trois heures, les points rouges et

bleus se mirent à bouger, annonçant leur départ du dîner, et parurent tous les deux se diriger vers l'autoroute 321 à l'extérieur de Pigeon Forge. Ils se situaient à plus de trois heures de Nashville et, d'après leur emploi du temps, devaient participer à un autre événement à Knoxville le lendemain. Les yeux plissés, Coop suivit avec attention leur itinéraire, supposant qu'ils se rendaient à leur hôtel, mais vit, à son grand étonnement, les points s'engager sur une autre route en direction de l'ouest.

— Où vont-ils, bon sang ? maugréa-t-il.

Les sourcils froncés et son pouce serré entre ses dents, il continua à traquer les points sur l'écran, Craig en tête, Meredith derrière lui, ne parvenant pas à comprendre ce qui pouvait les conduire à choisir ce parcours. Tout à coup, le point rouge de Stevens s'immobilisa, tandis que le point bleu de Baker commença à revenir sur ses pas, s'arrêta à l'emplacement du point rouge avant de finalement faire demi-tour et de s'éloigner seul.

— Hum, sa voiture a dû avoir un problème et elle a dû monter avec lui.

Absorbé par cette course digne d'un film d'action, le détective continua de scruter l'écran, puis rafraîchit le logiciel pour s'assurer que le point rouge restait immobile. Une heure plus tard, il localisa le véhicule de Craig au garage Market Square, près de l'Oliver Hotel, et celui de Meredith toujours stationné sur l'autoroute 321.

Coop ajouta des éléments au registre de surveillance, puis se plongea dans les dossiers qu'Annabelle avait récupérés mardi. Sentant la fatigue le gagner, il passa les dernières heures de son service à se renseigner sur les principaux clients de Whitehead, Baker et McCord. De l'automobile à la fabrication, en passant par les centres de distribution et sociétés de semi-conducteurs, grand nombre d'entre eux avaient un point commun : ils avaient tous reçu des avantages fiscaux colossaux, qui se comptaient en centaines de millions de dollars, pour implanter leur entreprise dans l'État du Tennessee.

À l'aide du site législatif, Coop retraça certaines des lois liées aux intérêts fiscaux et rédigea sur son bloc-notes tous les projets de loi et toutes les données ayant récolté des fonds par le sénateur Wagner. Rien de surprenant, puisqu'il était considéré comme le champion de la croissance économique. La plupart des contributions à sa campagne provenaient des mêmes grandes entreprises que celles qui figuraient sur la liste des clients de Craig Baker.

Tout en se levant pour ajouter des précisions aux pense-bêtes collés au mur, il en profita pour vérifier le statut des points clignotants. Hélas, rien n'avait changé. Lorsque Madison arriva à six heures du matin, un sac rempli de beignets frais et deux gobelets de café dans les mains, Coop travaillait encore sur ses trouvailles.

— Bonjour, dit-elle en posant une tasse fumante devant lui tandis qu'elle étudiait les nouveaux éléments au mur. Tu n'as pas chômé, dis-moi.

Coop prit une gorgée et soupira de satisfaction en appréciant la chaleur se répandre dans son corps fébrile.

— Exactement ce qu'il me fallait. Merci, Madi'.

Il lui montra le registre de la nuit dernière et lui expliqua les liens qu'il avait relevés afin qu'elle puisse poursuivre là où il s'était arrêté. Enfin, il lui promit d'être retour à midi après un peu de repos et une bonne douche.

Une fois chez lui, vaincu par la fatigue physique et émotionnelle, il s'effondra sur son lit sans chercher à se déshabiller. Son téléphone portable sonna quelques heures plus tard et le tira d'un sommeil profond. La tête empâtée, il cherche son téléphone des mains, puis réalisa qu'il était resté dans sa poche durant sa sieste. L'écran affichait neuf heures et un appel entrant de Ben.

— Coop, désolé de te déranger, enchaîna son ami sans lui laisser le temps de le saluer. Je discutais avec Madison et elle vient de me dire que tu avais vu la voiture de Stevens sur la 321 au milieu de nulle part ? La police de Knoxville tente en ce moment de la localiser. Elle ne s'est pas présentée à une réunion prévue à huit heures avec le sénateur Wagner et elle n'est pas non plus dans sa chambre d'hôtel.

— Elle est toujours au même endroit, confirma-t-il. Je me suis dit que sa voiture avait dû avoir un problème et qu'elle était rentrée avec Baker. J'imagine que tu vas devoir envoyer quelqu'un sur place. Madison vous a communiqué les coordonnées ?

— Oui, je suis en relation avec l'inspecteur Mobley, mon homologue de Knoxville. Je n'ai pas tout divulgué, mais je lui ai dit qu'on était au milieu d'une enquête très médiatisée impliquant la chef de cabinet de Wagner. Apparemment, son véhicule se trouve dans le comté de Blount, une région au sud de Knoxville. Un de ses hommes va aller vérifier et me tiendra informé dès qu'ils auront établi un rapport. D'ici moins de trente minutes environ. Je te tiens au courant.

À présent réveillé, Coop prit une douche éclair et engloutit un petit-déjeuner copieux en attendant que son ami le rappelle. Une vingtaine de minutes plus tard, la sonnerie de son téléphone retentit de nouveau.

— Alors ? demanda-t-il.

— Sa voiture a quitté la chaussée et a heurté un arbre, déclara Ben rapidement. Stevens est blessée ; on l'a transportée par hélicoptère au centre médical de Knoxville. Que dirais-tu d'un petit roadtrip ?

— J'aimerais bien, mais je dois m'occuper de la sortie d'hôpital d'Annab'. À quelle heure est-ce que tu y vas ?

— D'ici une heure ou deux. De toute façon, je ne suis pas certain qu'elle soit prête à parler. Tout dépend de la gravité de ses blessures.

Sans perdre de temps, Coop raccrocha et appela le Dr Weston pour lui expliquer la situation délicate et lui demander la sortie anticipée de la jeune femme. Après quelques hésitations, Alex lui proposa plutôt de s'occuper de la conduire et de l'installer elle-même chez tante Camille.

— Merci, Alex. Tu m'enlèves un poids, avoua Coop. Je passe de suite le dire à Annabelle. Camille sera prête à vous accueillir.

Fidèle à son côté maternel, sa tante lui avait préparé une glacière remplie de sandwichs, de biscuits et de fruits, ainsi que de quelques bouteilles d'eau et de thé sucré. Après une affectueuse accolade, Coop tint à ce qu'elle l'appelle dès l'arrivée d'Annabelle, puis se pencha vers Gus, lui aussi ayant droit à sa dose d'affection.

— À très vite, fit le détective avant de s'éclipser.

Après un passage à l'hôpital où il mit brièvement Annabelle à la page tout en lui assurant qu'Alex prendrait soin d'elle à sa sortie, il partit en coup de vent et appela Madison pour l'informer de son absence aujourd'hui. La jeune femme ne broncha pas et lui fit savoir que Ross et elle surveilleraient l'émetteur de Craig et le contacteraient en cas d'activité suspecte. Rassuré de pouvoir compter sur son équipe même dans les situations les plus inattendues, Coop fila à vive allure en direction du commissariat.

Ben l'attendait sur le parking, adossé contre le coffre de sa vieille Crown Victoria. Ils y chargèrent les affaires de Coop et s'engouffrèrent dans la voiture, parés pour le long voyage de trois heures qui les attendait. Sur la route, le détective narra à son ami son avancée sur l'étude des dossiers de lobbying et de la campagne.

— Tout est lié, je le sens, asséna-t-il.

— Reste à savoir si Stevens parlera. D'après ce que tu as vu sur le tracker, Craig l'a laissée délibérément sur place. Je suis prêt à parier qu'il ne s'agissait pas d'un accident, commenta Ben. J'ai vu avec l'inspecteur Mobley et le responsable de la clinique pour la cacher au mieux de tout intrus. Je ne veux pas compromettre notre seule chance de lui parler avant Craig.

— On peut le confronter avec le peu que l'on sait, mais je suis d'accord, il vaut mieux qu'elle commence par cracher le morceau, accorda Coop en lui tendant un sandwich généreusement garni.

Tout en dégustant son déjeuner, il regarda distraitement défiler le paysage verdoyant, cadre propice pour mettre de l'ordre dans ses réflexions. Tout à coup, alors qu'il mordait dans son dernier cookie, une idée lui traversa l'esprit. Il s'empara de son téléphone, puis le colla à son oreille, une main feuilletant rapidement les pages de son petit carnet fétiche.

— Madison, rends-moi un service s'il te plaît. Pourrais-tu te charger de contacter les conjoints de deux victimes d'accidents de voiture survenus il y a quelques années ? Je vais t'envoyer leurs noms. En gros, essaie de savoir s'ils se souviennent de quelconques problèmes liés à leur travail avant les accidents. N'en dis pas trop. Reste vague.

Quelques secondes plus tard, il lui envoya leurs identités et les dates correspondant aux drames.

— L'accident de Meredith te fait penser à ceux des deux autres ?

— Oui, je ne crois pas aux coïncidences. C'est trop proche pour être un pur hasard.

Leur trajet touchant à sa fin, ils aperçurent enfin le panneau de Knoxville décoré de la célèbre tour Sunsphere. Après quelques kilomètres à suivre les indications du GPS, ils débouchèrent sur le parking du centre médical, puis se pressèrent dans l'établissement. À l'intérieur, les hommes de l'inspecteur Mobley leur apprirent que Meredith était toujours dans l'unité de traumatologie à subir toute une batterie de tests et de soins. N'ayant pas encore pu l'interroger, on laissa à Ben le soin de mener l'entrevue. Toujours sur place pour enquêter sur l'accident, l'équipe du comté de Blount penchaient pour une simple perte de contrôle due à la vitesse d'après les premières conclusions. Par chance, les airbags lui avaient fait éviter le pire. Cependant, l'une des branches de l'arbre qu'elle avait heurté avait traversé le pare-brise de sa voiture ancienne dépourvue d'un système d'urgence qui aurait permis d'alerter immédiatement les forces de l'ordre.

L'inspecteur Mobley les informa, qu'avant de trouver Meredith Stevens, Craig Baker avait été interrogé et leur aurait dit avoir quitté l'événement autour de la même heure, mais n'avait pas remarqué si Meredith était rentrée directement à l'hôtel ou non. D'après lui, ils n'avaient pas prévu de se retrouver avant la réunion du lendemain matin, et ce fut seulement à ce moment-là qu'il avait pris conscience de sa disparition.

— Si vous voulez mon avis, Baker a supposé qu'elle était morte ou qu'elle le serait le temps que les secours la retrouvent. Ils n'avaient aucune raison de prendre la route pour se rendre à Knoxville, remarqua Coop.

— D'après votre description, sa voiture se situait devant la sienne, non ? Donc, il est possible qu'un autre véhicule soit impliqué si elle a fini par quitter la route.

— Ça m'étonnerait que Baker ait pilé et causé l'accident.

Il semblait constamment devant elle et maintenait une certaine distance entre leurs véhicules. Quand elle s'est arrêtée, il a fait demi-tour, puis il est revenu sur ses pas.

— Gardons ça pour nous pour le moment, déclara Ben.

Dans un hochement de tête, Coop consulta le calendrier des différents événements politiques enregistrés sur son téléphone et vit que la campagne de Knoxville battait son plein et ne devait se terminer que plus tard dans la soirée. Il soupçonnait le sénateur Wagner ou Craig Baker de passer à l'hôpital voir Meredith. Par chance, Ross lui confirma que la voiture de Craig était toujours garée à l'hôtel et n'avait pas bougé, ce qui paraissait logique puisque le lieu était accessible à pied.

Désireux de réunir leurs forces et compétences, les inspecteurs Mason et Mobley s'entretinrent brièvement pour échanger sur l'affaire. Peu avant dix-sept heures, autorisés dans le cadre de l'enquête à rendre visite à Meredith Stevens, Ben et Coop furent conduits par une infirmière à l'étage après s'être présentés au poste du personnel d'aides-soignants. On leur rappela son état de fatigue avancé dû aux procédures chirurgicales et l'importance de ne pas s'éterniser.

Lorsqu'ils pénétrèrent dans la chambre, ils découvrirent une femme méconnaissable. La tête recouverte de bandages, le visage tailladé de coupures et brûlé par les airbags, la chef de cabinet ne ressemblait en rien à la femme à cran et autoritaire à laquelle ils avaient parlé plus tôt dans la semaine. Sans parler de son bras gauche et de sa jambe droite entièrement plâtrés qui en disaient long sur sa convalescence prochaine.

Malgré leur volonté d'entrer le plus silencieusement possible, elle ouvrit ses yeux encerclés de noir et les dévisagea sans pouvoir retenir quelques larmes.

— Mme Stevens, commença Ben. Désolés de vous déranger. Nous avons quelques questions à vous poser au sujet de l'accident d'hier soir…

Il hésita, échangea un coup d'œil avec son acolyte, puis poursuivit :

— Seriez-vous prête à nous parler quelques instants ?

Coop sentit alors son regard d'ordinaire sévère vaciller, puis d'autres larmes se mirent à couler sur ses joues tuméfiées. Le cœur meurtri par la vision de cette femme en état de choc, il prit un mouchoir en papier dans la boîte posée sur sa table de chevet et le lui tendit. Sans un mot, la chef de cabinet se tamponna les yeux de sa main libre et chevrota :

— Oui.

— Je tiens tout d'abord à vous annoncer que si vous avez été retrouvée, c'est grâce à M. Harrington.

Son expression bouleversée laissa place au doute, incertaine de comprendre où il voulait en venir.

— Vous allez sûrement me détester encore plus, mais j'avais placé un tracker sur votre voiture quand vous étiez à Silverwood lundi, avoua Coop. Il était évident que vous en saviez beaucoup plus que ce que vous nous disiez et pour tout vous dire, je tenais à garder un œil sur vos moindres faits et gestes.

En dépit de son regard aussi noir que ses yeux meurtris, elle encaissa la nouvelle sans parvenir à répliquer.

— C'est donc grâce à cette surveillance que nous avons réussi à localiser votre emplacement après l'accident.

— M. Harrington a également surveillé le véhicule de Craig Baker et l'a vu partir avec vous le soir de l'accident, ajouta l'inspecteur.

En voyant le regard de Meredith s'élargir, il jugea utile de préciser :

— En suivant votre parcours, il a pensé que votre voiture était tombée en panne et que Baker vous avait emmenée dans la sienne. Or ce n'est pas du tout ce qui s'est passé, n'est-ce pas ?

Visiblement décontenancée, ses yeux balayèrent la pièce de gauche à droite quelques instants à la recherche d'une éventuelle échappatoire, puis elle capitula.

— Ce n'était pas un accident, admit Stevens d'une voix éraillée avant de porter à sa bouche la paille du verre d'eau que lui tendait Coop.

Après plusieurs longues gorgées qui semblèrent lui brûler les poumons à chaque déglutition, elle reprit la parole :

— On m'a fait sortir de route.

— Et que faisiez-vous sur cette route précisément ? demanda Ben.

La voix légèrement plus assurée, elle sembla puiser au fond d'elle ses dernières forces.

— Craig souhaitait qu'on parle en privé. Il m'a demandé de le suivre pour que personne ne nous voie.

— Et cette conversation privée, a-t-elle eu lieu ?

— Non. Il devait s'arrêter à un endroit précis, mais un gros pick-up derrière moi ne faisait que me serrer à chaque virage, expliqua-t-elle en peinant à déglutir. J'ai continué d'accélérer comme j'ai pu pour lui échapper. Je me souviens avoir poussé un cri quand j'ai vu que je quittais la route, et la seconde qui a suivi, j'étais dans les airs, et puis plus rien, le néant.

— Pourriez-vous identifier le véhicule en question ? Couleur, plaque d'immatriculation ?

— Non, il faisait trop sombre. J'ai juste vu des phares aveuglants assez hauts.

— Craig est-il revenu vous voir ?

— Je ne sais pas, répondit-elle les yeux embués de larmes. Si c'est le cas, il n'a pas pris la peine de m'aider.

Un silence s'ensuivit laissant Meredith seule avec ces souvenirs funestes. Coop regarda Ben d'un air entendu.

— Pardonnez-moi d'être aussi direct, Mme Stevens, mais je pense que vous savez qui a tué Grayson Taylor. Et savoir cette information a mis votre vie en danger, observa-t-il, les yeux rivés sur elle. J'espère que vous réalisez combien il est important de nous dire la vérité à présent.

Les lèvres pincées, elle fixa un point sur l'écran de la télévision éteinte et s'abstint de tout commentaire.

— Je me suis arrangé pour que vous restiez dans cette chambre sous un autre nom, l'informa Ben. Vous serez également enregistrée comme patiente de l'hôpital sous votre vrai nom en guise de leurre. La personne responsable de votre accident pourrait encore tenter de mettre fin à vos jours une fois qu'elle saura que vous avez survécu.

Elle regarda vers la fenêtre pour dissimuler son visage trahi par la peur et prit une profonde inspiration.

— Je n'avais pas pensé à ça, lâcha-t-elle.

— Mais nous, si. En ce moment, Meredith Steven est officiellement dans le coma, avec très peu de chance de survie, et personne n'est autorisé à lui rendre visite. Une agente secrète recouverte de bandages occupe votre lit d'hôpital, dans l'éventualité où une personne indésirable viendrait vous rendre visite. Ici, vous êtes Cybil Reynolds. Vous n'êtes pas surveillée, car cela ne ferait qu'éveiller les soupçons. L'idée est de faire croire qu'on pense que c'était un accident qui vous a plongé dans le coma.

N'ayant guère d'autre choix que d'accepter, elle hocha doucement la tête.

— Qui peut-on contacter parmi vos proches ? demanda Coop.

— Ma sœur en Californie. Vous trouverez son numéro dans mon sac à main et dans mon téléphone portable. S'ils l'ont retrouvé.

— Nous allons la tenir informée. Si vous étiez réellement dans le coma, elle serait à vos côtés, n'est-ce pas ?

Meredith soupira et tenta de hausser les épaules, ce qui lui arracha une grimace de douleur.

— J'imagine, oui. Je ne suis pas proche de ma famille, vous savez.

En approfondissant leurs questions sur sa vie privée, Mason et Harrington apprirent que seul le sénateur Wagner avait rencontré sa sœur quelques années auparavant. Malgré leur insistance, Meredith refusa de prendre un avocat sous prétexte qu'elle ne pouvait faire confiance à aucune de ses connaissances, mais accepta toutefois de répondre à un interrogatoire enregistré depuis son lit d'hôpital. Elle leur transmettrait tout ce qu'elle savait sur le meurtre de Grayson Taylor et sur les autres crimes en échange d'une immunité contre toute poursuite judiciaire. Au fur et à mesure que la conversation s'étirait, la chef de cabinet sembla perdre le fil, ses paupières luttant pour rester ouvertes. Après quelques remerciements succincts et lui avoir précisé qu'ils reviendraient accompagnés d'un technicien vidéo et du contrat d'immunité, Coop et Ben prirent la porte.

Une fois dans le couloir, l'inspecteur appela un hôtel près de l'hôpital pour réserver une chambre pendant que Coop informait son bureau de son avancée. Ne tenant pas à croiser Craig Baker ou le sénateur Wagner à l'hôpital au risque de ruiner tous leurs efforts, ils firent en sorte de partir avant la fin de la collecte de fonds et optèrent pour des plats à emporter sur le chemin de l'hôtel plutôt que d'aller au restaurant. Une fois installés dans leur chambre commune, Mason passa la soirée à mettre au point la logistique juridique derrière l'entrevue de Meredith le lendemain. Coop, quant à lui, appela sa tante pour prendre des nouvelles d'Annabelle.

Ravie d'entendre son neveu, Camille l'informa que la jeune femme allait bien et qu'elle était confortablement installée dans la chambre d'amis, Gus à son chevet. Toujours très fatiguée, Annabelle dormait par intermittence depuis sa sortie d'hôpital. Également aux petits soins, Mme Henderson lui avait préparé une soupe maison, des crackers, ainsi qu'une glace au brownie pour le dessert.

Rassuré, Coop lui narra rapidement les nouveaux éléments de l'enquête survenus à Knoxville et promit d'être bientôt de retour à la maison. Au même moment, son portable lui indiqua un autre appel entrant.

— Je dois y aller. On se voit demain. Embrasse Gus et Annab' de ma part.

Il décolla son smartphone de son oreille et accepta l'appel de Ross.

— Bonsoir, Coop. Comme je n'étais pas sûr que vous soyez en mesure de surveiller le logiciel, je voulais que vous sachiez que la voiture de Craig vient de quitter son hôtel. Il semble se diriger vers l'hôpital.

— Parfait. Ben et moi sommes à notre hôtel. J'y vais. Continuez à surveiller tout ça. On reste en contact.

Après l'avoir avisé que Madison échangeait en ce moment même avec les membres de la famille des deux victimes de l'accident et qu'elle aurait bientôt des informations à lui communiquer, Ross raccrocha. Songeur, Coop scruta son téléphone et vit le point avancer progressivement, puis quinze minutes plus tard, s'immobiliser sur le parking de l'hôpital. En alerte, il montra l'écran à Ben, encore en pleine conversation téléphonique.

Lorsqu'il eut raccroché, l'inspecteur informa aussitôt les

détectives de Knoxville sous couverture sur place de l'arrivée de Baker.

— Ils sont prêts, ils nous rappelleront pour faire le point.

Une fois leurs hamburgers et frites dévorés, ils s'attaquèrent aux restes de cookies de tante Camille et attendirent impatiemment près de leurs téléphones. Désormais au courant que Meredith avait eu un grave accident qui l'avait plongée dans le coma, sa sœur avait organisé son départ pour le Tennessee dans les prochains jours.

Tout en continuant de vérifier son téléphone, Coop reçut alors un message de Madison :

Bonsoir Coop, pour faire suite à ta requête, les conjoints des deux victimes se souviennent effectivement de leurs compagnons stressés par leur travail, mais aucun d'eux n'a donné plus de détails. Bref, rien de définitif, mais ils maintiennent tous les deux que ni l'un ni l'autre n'était un conducteur imprudent. Dis-moi si tu trouves quelque chose et je continuerai de chercher.

Moins d'une demi-heure plus tard, le détective aperçut enfin le point de Craig se remettre en route, puis dans la foulée, la sonnerie du téléphone de Ben retentit. Après une conversation succincte et directe, Mason raccrocha et regarda son ami droit dans les yeux.

— Baker et le sénateur Wagner se sont bien rendus à l'hôpital, rapporta Ben. Ils ont demandé à voir Meredith. On leur a stipulé qu'elle ne pouvait pas recevoir de visiteurs et qu'elle était encore inconsciente. Apparemment, Wagner a souligné combien la santé de sa chef de cabinet le préoccupait et il a laissé son numéro de portable privé au médecin pour qu'il l'appelle.

— Ils n'ont pas essayé de trouver sa chambre ?

— Non, heureusement. On leur a indiqué le numéro, mais

ils n'ont rien tenté. À présent, on va demander au médecin d'annoncer au sénateur le coma de Meredith. Il lui laissera penser que bien qu'il ne soit pas censé le lui dire, vu son statut particulier et le fait que Stevens soit sa collaboratrice de longue date, il est prêt à faire une entorse au règlement. D'après le site de la campagne, ils ont un autre déjeuner demain à Clarksville. Logiquement, ils seront sur la route dans la matinée. Bien entendu, Craig n'a aucune obligation d'y être présent, donc gardons en tête qu'il peut aussi rester dans le coin.

— On te surveille, mon vieux, renchérit Coop, en tapant sur l'écran de son téléphone pour retourner sur l'application de suivi.

La voiture de Craig venait tout juste de retourner à son hôtel.

———

Quelques heures avant l'aube, Ben fut réveillé en sursaut par la mélodie entêtante de son téléphone. L'esprit dans le brouillard, il tâtonna d'une main maladroite sur sa table de nuit, puis parvint à trouver son smartphone.

— Mason, répondit-il d'une voix enrouée.

À moitié réveillé dans son lit, Coop l'entendit acquiescer à plusieurs reprises, puis ajouter avant de couper court à la conversation :

— Je serai là dans moins d'une heure. À tout à l'heure.

— Qu'est-ce qu'il se passe ? demanda le détective en bâillant.

— Il semblerait qu'un type soit venu à l'hôpital. Il rôdait dans le couloir près de la chambre de la prétendue Meredith. Notre équipe sur place a fait du bon boulot : l'agente déguisée en infirmière l'a envoyé balader, et les caméras ont réussi à enregistrer ses allées et venues ainsi que le numéro de plaque de sa voiture, qui s'avère être de location. Son dossier est en cours d'analyse.

En moins de trente minutes, ils furent douchés, habillés et prêts à partir, stimulés par ces soudaines progressions dans l'affaire. Dehors, sous un ciel couleur encre dénué de nuages, ils filèrent jusqu'au Dunkin' Donuts le plus proche et emportèrent une douzaine de donuts ainsi que deux plateaux cartonnés de café, dont un déca pour Coop.

— Je me demande à combien s'élève ton budget donuts, remarqua Coop, pince-sans-rire.

— Si j'arrive à boucler cette affaire, budget illimité, répondit Ben en riant.

Une fois au commissariat de Knoxville, ils débarquèrent avec les fameuses boîtes roses et furent aussitôt intégrés par la brigade locale et par l'inspecteur Mobley, qui les accueillit dans son bureau pour échanger sur l'inconnu de l'hôpital.

— La voiture a été louée par White Sands Development, Inc., une société basée aux îles Caïmans. Nous ne disposons pas de logiciel de reconnaissance faciale, hélas, donc aucun moyen d'identifier ce type, déplora Mobley. Est-ce que l'un de vous le reconnaît, par hasard ?

Les yeux plissés pour discerner le visage de l'intrus, Coop et Ben firent non de la tête en observant avec minutie l'homme de grande taille aux cheveux bruns et à la barbe taillée de près. De corpulence athlétique, il semblait avoir une trentaine d'années. Intrigué, le détective sortit son téléphone portable et le prit en photo.

— Pouvez-vous envoyer la vidéo à mon département ? demanda Ben. On parviendra peut-être à l'identifier. Comment était-il ? Coopératif ?

— Étonnement, oui. Il s'est montré poli et n'a pas dit grand-chose, hormis qu'il connaissait bien Meredith. Il n'a pas cherché à insister et a simplement déclaré qu'il reviendrait demain. L'infirmière n'a rien remarqué d'utile en termes d'indices dans sa façon de parler, à part qu'il ne semblait pas du coin.

Mobley et Ben passèrent ensuite en revue les différents documents juridiques rédigés par le procureur de Nashville avec l'approbation de celui de Knoxville.

— Notre technicien vidéo sera là à huit heures pour prendre son matériel et vous retrouvera dans la chambre de Meredith à neuf heures, les informa l'inspecteur. En attendant, n'hésitez pas à occuper un des bureaux libres. Vous y trouverez un téléphone et un ordinateur, si besoin.

Dès qu'ils furent installés dans la petite salle adjacente, le portable de Coop émit un signalement. Il sortit son smartphone et lut un message d'Annabelle.

— Annab' se sent mieux. Elle est prête à reprendre les recherches et se penche sur White Sands Development. Madison et Ross, eux, s'occupent du type.

Au même moment, Madison le contacta pour l'informer que la voiture de Craig venait tout juste de quitter son hôtel. Il consulta l'écran de son côté et suivit le point qui se serpentait sur la voie I-40, en dehors de la ville.

— Craig est sur le chemin du retour. Je me demande si le sénateur est avec lui.

— Même s'il ne l'accompagne pas, il doit bientôt partir pour assister au déjeuner, lui rappela Ben.

Après avoir occupé leur temps libre en rédigeant toutes sortes d'emails autour de l'enquête, ils partirent pour l'hôpital retrouver Meredith. Lorsqu'ils foulèrent le couloir de l'établissement d'un pas pressé et arrivèrent devant la porte ouverte de sa chambre, ils s'attendirent à tout sauf à trouver une horde d'infirmières et de médecins en blouse agglutinés autour de son lit.

— Vous ne pouvez pas entrer ! s'écria derrière eux une voix affolée.

CHAPITRE VINGT-ET-UN

Interloqués, ils tournèrent la tête et virent une infirmière replète foncer droit sur eux, puis se mettre en travers de leur chemin.

— Elle a très mal dormi et son état s'est dégradé dans la nuit, observa-t-elle sous le regard interrogateur des deux agents. Son médecin a interdit jusqu'à nouvel ordre toute visite ou tout ce qui pourrait lui causer du stress.

L'infirmière désigna une petite pièce derrière son bureau.

— Mais vous êtes les bienvenus pour patienter dans notre salle de conférence, ajouta la femme d'une voix plus douce. J'ignore combien de temps ça va durer.

Alors qu'ils se rendaient à contrecœur dans la pièce d'à côté, Coop et Ben virent le technicien vidéo équipé de plusieurs mallettes s'approcher du bureau, l'air visiblement perdu. Mason l'intercepta et lui expliqua qu'ils devaient momentanément repousser leur entrevue.

Dépité, Ben s'affala sur une chaise.

— Je sais que tu as l'habitude de ne pas dormir, mais moi,

je suis épuisé et je commence sérieusement à perdre patience.

Coop referma la porte derrière l'infirmière, qui leur promit de les alerter dès que la patiente serait de nouveau autorisée à recevoir des visiteurs.

— Ça nous laisse le temps d'établir une stratégie pour coincer Craig une fois la déposition de Meredith obtenue, suggéra le détective.

Aussi vite que la matinée fila, les idées fusèrent de toute part, avec comme thématique centrale le lien entre Craig et la mort de Grayson. Quand midi sonna, Ben descendit leur chercher de quoi déjeuner à la cafétéria de l'hôpital, et Coop répondit à un appel d'Annabelle.

— Comment te sens-tu ?

— Beaucoup mieux aujourd'hui, répondit-elle vivement. Pour tout dire, je m'ennuyais à mourir. Ta requête est tombée à pic. Bon, bien sûr, je n'ai pas à me plaindre : Gus me tient compagnie et tante Camille me nourrit à longueur de journée.

Elle éclata d'un rire cristallin, puis ajouta sur un ton plus sérieux :

— Je t'appelle, car je tiens une piste sur White Sands.

— J'ai toujours dit que tu étais la meilleure enquêtrice que je connaisse.

— Il s'agit d'une société-écran, comme tu l'as sûrement deviné. J'ai mené mon enquête, et tout porte à croire qu'elle semble liée à plusieurs gros clients de la liste de lobbying de Baker. Lorsqu'on avait enquêté sur les entreprises de cette liste, nous n'avions pas poussé assez loin nos recherches. Plusieurs de ces sociétés sont en réalité détenues par des sociétés mères. Tous les clients liés à White Sands passent par une société mère appelée HIP Development, Inc.

— Et cette HIP, on en sait plus ?

Comme si elle avait anticipé sa question, la jeune femme enchaîna :

— C'est l'acronyme de Harold et Isabelle Palmer, à savoir la sœur d'Emily Taylor et son mari fortuné.

— Donc le type venu voir Meredith, très probablement pour finir le sale boulot, travaillerait pour le beau-frère d'Emily ? reformula Coop.

— Ça paraît tordu, mais c'est bien Harold et Isabelle qui se cachent derrière White Sands. Ils possèdent une multitude d'entreprises, de sociétés et de partenariats dans le coin. Je suppose qu'il existe plus d'une société-écran offshore, mais pour le moment, je n'en sais pas plus.

— Les entreprises de fabrication et de semi-conducteurs où bossaient les autres victimes sont aussi rattachées à la société HIP ?

— Tu as l'œil Coop, confirma Annabelle. HIP en est bien la société mère.

— Très bien, appelle Madison. Avec cette information, elle pourra tenter de faire le lien avec les autres accidents. On attend toujours d'interroger Meredith.

— Entendu. De mon côté, je vais continuer à investiguer et voir ce que je peux trouver d'intéressant. Tiens-moi au courant.

— N'en fais pas trop, Annab'. Tu as besoin de repos.

— Ne t'inquiète pas. À ce soir, Coop.

Au retour de Ben, chargé de deux sacs en papier kraft à la main, Coop lui fit part des découvertes de son associée.

— Si un jour Annab' en a marre de travailler pour toi, je l'accueillerai avec grand plaisir dans mon équipe, plaisanta Ben avant d'appeler Kate.

Ce ne fut qu'à treize heures que l'infirmière accepta enfin de les laisser voir la patiente. Le technicien vidéo était prêt pour l'enregistrement, et Meredith confirma se sentir mieux.

Elle lut l'accord juridique, qui mentionnait son renoncement au droit à un avocat, puis le signa d'une main tremblante.

L'entretien débuta en douceur, avec des demandes anodines sur son lieu de résidence, ses antécédents professionnels et d'autres questions basiques. Ben passa ensuite aux choses sérieuses et demanda à Stevens de lui décrire l'événement auquel elle avait assisté à Silverwood le soir de la mort de Grayson Taylor.

Après une profonde inspiration, Meredith se lança :

— J'accompagnais le sénateur Wagner, comme à chaque événement politique. En plus d'être un événement législatif, il s'agissait d'une opportunité supplémentaire dans la course électorale pour prétendre au poste de gouverneur, déclara-t-elle lentement en choisissant ses mots. Après sa rencontre avec les électeurs, il a discuté des projets de loi sur le budget avec plusieurs lobbyistes.

Les yeux baissés sur ses mains perfusées, elle marqua une pause comme pour mettre de l'ordre dans ses souvenirs.

— Tout ce que je vous ai dit la première fois que vous m'avez interrogée est vrai. À l'exception de ma présence sur la terrasse. J'ai bien été témoin… de l'incident. Toutefois, je tiens à préciser que je ne connaissais pas Grayson Taylor avant cette soirée-là, souligna-t-elle.

Coop profita du silence qui s'ensuivit pour lui tendre son verre d'eau. Après une longue gorgée, elle s'adossa contre ses oreillers rembourrés et poursuivit :

— Après sa rencontre avec le sénateur, Craig et moi sommes allés dans le jardin. Il fallait qu'on parle d'une… situation. Après un bon quart d'heure, on a entendu du bruit sur la terrasse. Craig ne tenait pas en place ; il paniquait à l'idée que quelqu'un puisse avoir surpris notre conversation. Quelques minutes plus tard, Beau a débarqué et s'est mis à enguirlander Grayson Taylor. Pour garder l'anonymat si l'un ou l'autre nous voyait, on s'est cachés dans les buissons après leur dispute. C'est à ce moment-là qu'on a vu Grayson retourner sur la terrasse. Et avant même que je ne comprenne ce qui se passe...

Sa voix chancela. Dans un effort surhumain, elle continua, les yeux larmoyants.

— J'ai vu Craig se précipiter sur la terrasse et l'assommer... Le pauvre homme n'a rien vu venir et a basculé par-dessus la balustrade. Quand j'ai entendu le bruit sourd, je me suis précipitée à mon tour là-haut. Craig m'a intimé de rester avec Grayson pour faire le guet. Il a couru jusqu'à sa voiture, puis il est revenu un peu après avec une paire de gants.

Elle avala une autre gorgée d'eau pour se donner du courage.

— Lorsqu'il est revenu, Craig a traîné le corps dans les buissons, le long du mur. Comme il faisait sombre, je ne pouvais pas voir grand-chose.

— De quelle situation discutiez-vous avec Craig ? interrogea Ben.

Bouleversée par le récit de cette soirée, Meredith saisit un mouchoir avant d'inspirer profondément.

— La campagne du sénateur. Craig m'a annoncé qu'il y avait un problème avec l'un de ses clients. Un membre de la comptabilité commençait à poser trop de questions. Il avait peur que cela nuise à la campagne du sénateur pour le poste de gouverneur.

— Et en quoi cela pouvait-il être un problème ?

— À cause des pots-de-vin, confessa-t-elle, le regard soudain fermé. Le sénateur Wagner a consacré sa carrière à accroître le développement de l'État. Plusieurs des grandes entreprises qui ont bénéficié de ses services juridiques et de son soutien législatif ont voulu le récompenser par des versements. Évidemment, ils ne pouvaient pas le faire directement, alors certains de ces versemênts ont été acheminés par le cabinet d'avocats de Craig, puis transmis au sénateur pour ses qualités de « conseiller ».

Au fur et à mesure de l'interrogatoire, Coop et Ben apprirent que Meredith était au courant des comptes offshore détenus par Grant Wagner et que des sommes y étaient régulièrement versées. Cependant, elle ignorait comment Baker comptait gérer le problème éventuel lié aux questions du comptable, et leur avoua même que le sénateur vouait une confiance absolue en Craig et qu'il supervisait la gestion des pots-de-vin.

— J'ai entendu plus d'une fois le terme « déni plausible », et je sais que le sénateur refusait d'être impliqué dans des actes répréhensibles. Tout comme Craig ne voulait pas que je parle au sénateur de ce qui s'était passé à Silverwood.

Ben interrogea ensuite Meredith sur les victimes des accidents de voiture qui travaillaient pour des clients de Baker, mais elle ne reconnut aucun nom et n'avait pas eu vent de ces incidents. Lorsque l'inspecteur lui décrivit les détails sordides, ils virent ses lèvres frémir et des larmes perler de nouveau aux coins de ses yeux. Après quelques minutes de répit, Ben lui montra la capture d'écran de la vidéo enregistrée à l'hôpital et lui demanda si elle reconnaissait l'homme en question.

Les yeux rougis, elle l'étudia de près.

— Je n'en suis pas certaine. Il me semble familier, mais je ne suis pas sûre de savoir où je l'ai déjà vu.

— Que savez-vous des sociétés HIP Development ou White Sands Development ?

— Je connais White Sands. Plusieurs dépôts de cette entité ont été enregistrés sur les comptes du sénateur aux îles Caïmans. En ce qui concerne, HIP Development, je sais simplement qu'elle appartient à Harold Palmer, le plus grand promoteur de l'État, propriétaire de plusieurs sociétés. C'est un grand fan du sénateur Wagner et également un important contributeur de sa campagne.

Meredith leur confirma posséder les numéros de compte dans son journal de bord et les invita à le trouver dans son sac, puis regarda avec désespoir le mouchoir en papier froissé dans sa main.

— Que va-t-il arriver à Grant ? demanda-t-elle avec une petite voix.

— On l'ignore pour le moment. Une fois que j'aurai tous les faits, ce sera au procureur et aux autres agences de trancher, répondit Ben en regardant l'horloge. Avez-vous besoin d'une pause, Mme Stevens ?

— Non, allez-y, j'aimerais en finir au plus vite.

Dans un hochement de tête, il lui posa ensuite plusieurs questions sur le poste de conseiller spécial que le sénateur Wagner occupait également au cabinet de Peter Collins et sur la nature des versements perçus.

—Cela lui arrive d'offrir ses services à certains des avocats du cabinet de Peter pour des projets spéciaux, mais à ma connaissance, il n'est rémunéré que pour les conseils et la consultation. Rien qui ne soit lié aux pots-de-vin.

Ben passa ensuite aux appels téléphoniques passés avec Craig Baker la nuit du meurtre et leur contact fréquent depuis qu'ils l'avaient interrogée.

— Je, euh, je ne pouvais pas faire face à ce que j'avais vu sur la terrasse… Au fait que Craig ait abattu de sang-froid Grayson Taylor. J'étais dans tous mes états. Je voulais qu'on appelle la police pour leur dire qu'il s'agissait d'un accident. Il m'a dit de ne pas m'inquiéter, qu'il allait s'en occuper et qu'il fallait que je me taise.

Les lèvres pincées, Meredith ferma les yeux.

— Au début, il a essayé de me rassurer. Puis, il s'est agacé et m'a dit que si je voulais garder mon travail et mon train de vie confortable, il fallait que je garde le silence et que je le laisse prendre les choses en main. Il ne voulait absolument pas que j'en parle avec le sénateur, car je risquerais de ruiner sa candidature au poste de gouverneur. D'après lui, je garderai mon poste une fois que Grant aurait remporté l'élection.

Pour ce qui était de son alcoolémie, ce soir-là, elle leur expliqua que l'idée venait de Craig. Pour paraître plausible, il lui avait dit de faire croire à la police qu'elle avait tenté de lui faire des avances à cause de son état d'ébriété.

— Il ne faisait que me répéter que nos versions devaient corroborer. Il m'a même fourni un téléphone prépayé et m'a donné un numéro spécial pour le joindre.

— Craig savait-il que vous aviez perdu votre boucle d'oreille ?

Elle écarquilla des yeux terrifiés.

— Non, j'avais trop peur de lui dire.

Elle soupira et ajouta :

— J'imagine que je n'aurais pas dû appeler pour savoir si on l'avait retrouvée, mais c'était un cadeau de Grant et je tenais à la récupérer.

— Mais vous l'avez appelé sur le téléphone prépayé après que nous vous avons interrogée à Silverwood ?

— J'étais terrorisée. Je lui ai simplement dit que vous étiez tous les deux revenus me voir et que vous m'aviez interrogée sur le meurtre. En aucun cas, je n'ai mentionné la boucle d'oreille. C'est à ce moment-là qu'il m'a dit de me ressaisir. Ce à quoi j'ai répondu que je n'en pouvais plus et que nous devions tout avouer au sénateur.

— Nous y sommes presque, Mme Stevens, assura Mason. Pour résumer, vous êtes certaine d'avoir vu Craig Baker tuer

Grayson Taylor d'un coup à la tête et dissimuler ensuite son corps dans les buissons sous la terrasse. Vous savez également que Baker est celui qui a orchestré et supervisé l'opération qui consiste à acheminer l'argent de ses clients à Grant Wagner par le biais d'un poste au sein de son cabinet d'avocats, créé pour transférer ces pots-de-vin illégaux. Vous avez également connaissance des comptes offshore du sénateur et savez que certains des dépôts sur ces comptes provenaient de White Sands Development, Inc. Connaissez-vous d'autres crimes perpétrés par M. Baker ou ses associés ou par le sénateur Wagner ou ses semblables ?

Le visage noyé par les larmes, elle se tordit les mains, mal à l'aise.

— Non. Pour tout vous dire, je n'ai jamais considéré les versements comme de véritables crimes. À mes yeux, c'était monnaie courante dans le monde des affaires. J'avais conscience que ça pouvait être néfaste pour la campagne et le statut de Grant, mais rien de tout cela ne me semblait significatif, jusqu'à ce que… Craig s'en prenne à M. Taylor.

— Après lui avoir fait part de votre inquiétude, avez-vous eu peur pour votre vie ?

Une lueur de panique anima son regard déjà ébranlé.

— Pas avant l'accident, murmura-t-elle. À présent, je suis convaincue que Craig voulait se débarrasser de moi. Il se serait arrêté pour m'aider si ça avait vraiment été un accident. Plus j'y pense, plus je m'aperçois que ma réaction suite au drame de Silverwood le rendait nerveux. Je compromettais tous ces plans.

Comme le voulait le protocole de ce genre de déposition filmée, Ben annonça la date, l'heure et le lieu, avant de mettre fin à l'entrevue.

— Votre sœur devrait arriver ce soir. Appelez-moi une fois que vous aurez échangé avec elle. Je pourrais organiser votre transfert dans un autre hôpital où vous pourrez vous rétablir en toute sécurité. Ils tenteront sûrement de vous faire taire de nouveau quand ils apprendront vos aveux à la police, avertit Ben. Nous avons toujours des agents secrets dans l'hôpital, mais il serait préférable de vous faire transférer, selon moi.

Meredith lui adressa un petit signe de la tête et promit de le contacter dans les plus brefs délais. Alors qu'ils s'apprêtaient à quitter la pièce, elle se racla la gorge.

— Je… Merci pour votre aide. À tous les deux. Je regrette de vous avoir menti au départ. Je réalise seulement maintenant que j'aurais pu m'éviter ce calvaire si je vous avais dit la vérité il y a des mois.

Sans un mot, ils lui firent un dernier signe de la main, puis la laissèrent, exténuée et désemparée, avec à ses côtés une nouvelle boîte de mouchoirs et une copie de l'accord d'immunité qu'elle venait de signer.

———

L'après-midi touchait progressivement à sa fin lorsque Ben et Coop passèrent au commissariat pour envoyer le fichier vidéo au procureur et récupérer une copie avant leur départ de Knoxville. Ils remercièrent chaleureusement l'inspecteur Mobley et s'assurèrent de rester en contact concernant le transfert de Meredith dans un nouveau centre médical. Avant de prendre la route, ils s'arrêtent dans une supérette des alentours pour acheter quelques provisions. Coop appela sa tante pour prendre des nouvelles et l'informer qu'il serait de retour tard pour le souper.

Dès qu'ils furent engagés sur les voies soporifiques de l'autoroute, Ben reçut un appel de Kate qui, habituellement de nature calme, semblait surexcitée.

— Madison et moi avons passé la journée sur la société HIP. On a enfin trouvé l'identité du type qui a loué la voiture, s'exclama sa voix dans le haut-parleur. Il fait partie de leur équipe de sécurité.

— Comment avez-vous su ? s'étonna Ben, admiratif.

— On ne peut pas révéler tous nos secrets, gloussa-t-elle. Disons simplement que Madison joue à merveille la petite amie fraîchement plaquée, et qu'on a eu la chance de tomber sur une secrétaire fort sympathique dans l'immeuble. Elle nous a confirmé son identité. Il s'appelle Leonard Hall et vit dans un appartement à l'est de Nashville.

Kate leur résuma l'histoire du mystérieux inconnu. L'homme aurait grandi dans l'État du Nebraska et avait déjà eu des problèmes avec la justice quand il était mineur, puis jeune adulte, pour cambriolage, vol de voitures et agressions. D'après ses informations, Leonard vivait à Nashville depuis sept ans et travaillait pour Harold Palmer. Jimmy et elle avaient prévu de lui rendre visite dès qu'il rentrerait chez lui.

Appréciant grandement l'aide de ses agents, Ben précisa qu'il voulait que l'homme soit dans une salle d'interrogatoire avant que Coop et lui ne reviennent à Nashville. La jeune femme approuva et lui indiqua qu'elle travaillait parallèlement sur les anciens accidents et essayait de les relier à Leonard via HIP, White Sands ou n'importe quelle autre société parmi toutes les entreprises concernées.

Alors que les kilomètres défilaient sous leurs yeux, ce fut au tour du procureur et du FBI de contacter Ben. Après plusieurs minutes de conversation visiblement loin d'être réjouissante, il jeta son téléphone sur le siège arrière.

— Je savais que les services secrets auraient à intervenir vu le niveau de corruption auquel nous avons affaire et le statut de Wagner. Mais je ne veux pas abandonner l'affaire. Craig est à nous. On peut leur laisser le sénateur.

— Ils comptent te donner du temps pour boucler l'enquête ?

— J'essaie d'en gagner, justement. L'agent spécial est un brave type. Il fait ce qu'il peut, mais parfois la situation peut vite devenir hors de contrôle. Ces rapaces sont connus pour accaparer une affaire une fois toute la besogne faite. Tout ce qu'ils veulent, c'est que tous les regards soient braqués sur eux lors de la conférence de presse, râla Ben. Bref, le procureur général est en pourparlers avec le procureur du district.

— Leonard doit cracher le morceau. Mais pour ça, on a besoin de plus de temps.

Les yeux rivés sur la route, Ben acquiesça avant d'appuyer sur l'accélérateur.

— Pour l'instant, ils se penchent sur les comptes en banque des Caïmans. Ça les occupera un peu. Il faut qu'on en profite pour obtenir le maximum d'informations pour coffrer Baker. Une fois qu'ils auront fouillé tous les dossiers, Wagner tombera pour fraude et corruption. Mais je ne veux pas que Craig soupçonne quoi que ce soit.

— Le beau-frère d'Emily va payer les pots cassés. Il me tarde de voir sa réaction.

Avec trente minutes d'avance, la vieille Crown Victoria bifurqua dans l'allée qui menait au parking du commissariat. Coop envoya un message à Annabelle pour lui annoncer qu'il était en mission et de ne pas l'attendre pour le dîner.

À leur arrivée, les deux acolytes trouvèrent dans la salle de conférence Kate, Jimmy, Ross et Madison, absorbés par leur travail, entourés de plusieurs tableaux blancs constellés de notes, de traits et de cercles reliant les différents éléments entre eux.

— Salut, patron, bonjour Coop, les salua Jimmy en levant les yeux de son ordinateur.

— Vous avez trouvé Leonard ?

Un sourire se dessina sur le visage de Kate.

— Bien sûr. Il attend dans la salle d'interrogatoire.

— Grâce à notre travail à tous les quatre et à l'aide précieuse de notre enquêtrice alitée, précisa Madison. On dispose aussi d'éléments pertinents à vous communiquer concernant les deux autres « accidents ». Si vous vous en servez pendant l'interrogatoire, j'en connais un qui se réveillera.

Avant de partir affronter leur suspect, Ben prit le temps d'organiser ses notes et de griffonner les preuves des véhicules reliés à HIP : reçus de la carte de crédit utilisée pour le carburant, amende pour un phare grillé et facture pour des pneus neufs. Ils disposaient également de tous les enregistrements du téléphone portable de Leonard.

Satisfait, Ben étudia une dernière fois son attaque.

— Vous m'avez tous bluffé.

Il remit ses notes à Kate et lui fit signe de la tête pour qu'elle et Jimmy mènent l'interrogatoire. Aux anges, ils peinèrent à dissimuler leur enthousiasme et leur gratitude à leur chef, qui conduisit Coop, Madison et Ross dans la salle d'observation. Une fois tout le monde installé, Jimmy lut ses droits à Leonard et vit ses yeux se rétrécir comme sur un air de défi.

— Je ne vous parlerai pas sans la présence de mon avocat, protesta le type.

— Aucun problème. Vous n'êtes pas obligé, mais je pense que ceci va vous intéresser.

Derrière le miroir sans tain, le reste du groupe observa leurs pairs lancer la danse : une valse lente et cruelle pour le déséquilibrer avec des questions, puis un tango final pour l'anéantir avec des pièces à conviction. Maîtres en la matière, Kate et Jimmy prirent un malin plaisir à voir l'un des coupables présumés se tortiller sur son siège. L'un après l'autre, le duo détailla les faits et embellit les moindres détails pour persuader Leonard qu'il était sur le point d'être accusé, non pas d'un, mais de deux meurtres, voire trois si Meredith ne s'en sortait pas indemne. Pour l'achever, Kate et Jimmy ajoutèrent à cela l'agression et le cambriolage du bureau de Coop, le soupçonnant d'en être l'auteur.

— D'après nos informations, vous étiez simplement celui qui se chargeait de faire le sale boulot. Vous suiviez les ordres, c'est bien ça ? demanda la jeune femme avant d'échanger un regard avec son collègue.

— Il n'y aura plus de marché une fois qu'il aura un avocat, intervint Jimmy. Il sera condamné, puisque son avocat ne travaillera plus vraiment pour lui, non ? Sans parler de son passé criminel au Nebraska.

— C'est vrai, fit Kate en hochant la tête. Craig Baker est l'avocat que Harold enverrait, j'imagine, continua-t-elle, avec un sourire.

Sans prêter attention à Leonard, ils poursuivirent leur réflexion à voix haute, sous le regard attentif du reste du groupe. L'homme commençait à s'agiter quand il entendit les noms de son patron et de Craig.

— Ils vont le laisser en plan. C'est comme ça que ces types s'en sortent toujours en arnaquant tout le monde, ajouta Jimmy. Et qui sait combien de temps il leur faudra avant de payer quelqu'un en prison pour se débarrasser de lui. Il doit savoir qu'ils éliminent toujours les obstacles ou les menaces en travers de leur chemin.

— Tu as raison. Même s'il se tait et qu'il accepte, il finira poignardé à mort dans les douches de Riverbend, renchérit Kate avant de reporter son attention sur le détenu. On connaît la loi ; si vous voulez un avocat, Leonard, ce n'est pas un problème, on peut vous apporter un téléphone.

Elle referma le dossier épais d'un coup sec.

— Donc vous pouvez m'obtenir une protection et un accord si je parle ? demanda Leonard, d'une voix dénuée de courage contrastant avec ses propos précédents.

— Exact. On va faire venir le procureur et vous proposer un accord.

— Très bien, marmonna Leonard entre ses dents. Est-ce qu'ils savent que je suis ici ?

De l'autre côté, Ben sortit son téléphone portable et passa un appel rapide. Le procureur adjoint Marvin Clark regardait la procédure et attendait le feu vert dans une autre pièce.

— De qui parlez-vous ? demanda Kate.

— Craig, Harold ou n'importe qui chez HIP.

— Non. C'est pour cela que nous nous sommes rendus chez vous, Leonard, répondit-elle en souriant.

Au même instant, Clark toqua, puis entra dans la pièce.

— Leonard Hall, voici Marvin Clark, le procureur en charge de l'affaire. Il va s'occuper de la paperasse avec vous, puis il faudra nous rédiger tout ce que vous savez sur Craig Baker, le sénateur Grant Wagner, HIP, White Sands, et toute autre société qui les chapeaute. Je vous apporterai à manger à notre retour.

Leonard acquiesça sans rien dire, puis regarda Jimmy et Kate sortirent de la pièce, laissant Clark à ses manœuvres juridiques. Ils rejoignirent Ben, Coop et leurs homologues dans la salle de conférence et furent surpris d'y trouver également tante Camille et Annabelle, un énorme panier de nourriture dans chaque main.

Devant leurs mines ravies, elles ne tardèrent pas à improviser un appétissant buffet où se côtoyèrent poulet frit, salade de chou et de pommes de terre, crackers, purée et sauces ; et en dessert, biscuits et brownie.

— On s'est dit avec Annabelle qu'étant donné que Coop manquerait le souper, on le lui apporterait ici pour que vous puissiez tous en profiter ensemble, se réjouit Camille en finissant de dresser la table.

Sans perdre de temps, ils formèrent une ligne et garnirent copieusement leurs assiettes. Entre deux bouchées, les discussions autour de l'affaire allèrent de bon train. Ils félicitèrent tous Annabelle pour son enquête qui leur avait permis de boucler Leonard. Une heure plus tard, le pique-nique géant débarrassé, Marvin Clark apparut, un large sourire aux lèvres.

— Il est à vous, détectives.

Parés pour la dernière étape, Kate et Jimmy préparèrent pour le suspect une assiette remplie d'un assortiment des mets de tante Camille, accompagnée d'un soda, puis retournèrent dans la salle d'interrogatoire. Au grand soulagement de toute l'équipe, ils obtinrent une dizaine de pages relatant les accidents organisés pour Craig Baker : l'effraction du bureau de Coop, l'agression d'Annabelle, et tout ce qu'il savait sur les sociétés HIP et White Sands. En échange de son témoignage, on le condamna pour une accusation bien moins grave que celle d'assassinat commandité ou homicide volontaire. Enfin, Leonard accepta de renoncer à son appel téléphonique afin de ne pas faire savoir qu'il se trouvait en garde à vue et qu'il passait la nuit dans une cellule d'attente.

Tandis que Kate et Jimmy fignolaient les derniers détails, Ben organisa le transfert de Meredith Stevens suite à son appel, où l'inspecteur lui assura qu'elle bénéficierait d'une protection aussi longue que nécessaire. Avec l'aide de Mobley et de son service, la chef de cabinet serait désormais soignée dans un hôpital du Texas et y resterait plusieurs semaines.

Alors que la nuit se prolongeait, l'effervescence et l'adrénaline qui avait maintenu en haleine les équipes de Coop et Ben ces derniers jours retombèrent peu à peu. Après plusieurs échanges avec le FBI et le procureur, Ben convint de les rencontrer dans la matinée pour discuter de leur plan pour coincer Grant Wagner et Harold Palmer, tout en laissant à Ben et son équipe le soin d'arrêter Craig Baker.

CHAPITRE VINGT-DEUX

Coop se faufila à pas feutrés à travers la maison silencieuse, veillant à ne pas réveiller sa tante et Annabelle, toutes les deux profondément endormies. Alors qu'il progressait discrètement dans le couloir, il regarda furtivement par l'entrebâillement de la chambre d'amis et vit Gus au pied du lit de la jeune femme, allongé de tout son long. Interpellé, le labrador releva la tête, partagé entre l'envie de suivre son maître et de paresser encore un peu, puis opta finalement pour la seconde option. Le détective pouffa en silence en voyant son chien se lover de plus belle et se rendit dans sa chambre.

Le manque de sommeil habituel mêlé à l'excitation de la journée était enfin parvenu à l'achever. L'esprit allégé après la découverte du meurtrier, il s'affala dans son lit et ferma les yeux. Prêt à se laisser emporter par Morphée, le visage de Taylor lui apparut alors soudain. Comment lui apprendre la nouvelle sans lui expliquer la dure réalité ? Son père s'était trouvé au mauvais endroit au mauvais moment.

Le lendemain matin, Harrington se leva tôt, moins

fatigué, mais anxieux par ce qui l'attendait aujourd'hui. À son arrivée dans la cuisine, Annabelle prenait tranquillement son petit-déjeuner en compagnie de Gus, qui l'avait visiblement décrétée être sa nouvelle maîtresse.

— Salut, Annab', comment te sens-tu ? On a à peine eu le temps de se parler au commissariat.

— De mieux en mieux, répondit-elle en souriant, ses cheveux châtains illuminés par les rayons du soleil matinal. J'essaie de convaincre tante Camille de me laisser rentrer chez moi, mais comme tu t'en doutes, c'est peine perdue.

— Elle adore t'avoir à la maison, et puis tu as besoin d'être dorlotée après ce qui s'est passé. Leonard nous a avoué hier soir les trois « accidents », ainsi que d'autres missions pour Craig, dont l'effraction et ton agression. Il prenait en photo toutes nos preuves quand tu l'as surpris.

Le regard noir, il s'interrompit pour étaler de la confiture sur sa tartine, puis lâcha :

— Entre nous, je ne rêve que d'une chose : le passer à tabac pour ce qu'il t'a fait.

— Laisse-moi d'abord m'en occuper la première, répondit-elle en souriant. Je vais bien, j'ai eu de la chance. Il aurait pu me tuer.

— Il a accepté l'accord et purgera sa peine pendant quelques années tout au plus. C'est un petit joueur comparé à Craig, au sénateur Wagner ou à Harold Palmer, affirma Coop.

— Ils se sont servis de lui. À plus d'un titre. Avec l'expérience, je commence à comprendre qu'il faut parfois laisser les petits poissons s'éloigner pour pêcher les plus gros. Ça finit toujours par fonctionner.

— J'espère que tout va bien se passer aujourd'hui. Je ne sais jamais où me mettre quand les services de renseignement sont impliqués dans une affaire. J'aimerais parler à Taylor et à ses grands-parents dès que tout sera réglé. Ensuite, je rentre à la maison, déclara Coop en donnant une tape affectueuse à Gus. Tu vas lui manquer quand tu partiras. Visiblement, il a pris l'habitude de dormir avec toi.

— Un vrai pot de colle, admit Annabelle en riant, et un petit radiateur ambulant. Grâce à lui, j'ai chaud aux pieds toute la nuit.

— Dis à tante Camille que je serai rentré pour le souper. À ce soir !

Après un dernier signe de la main, il sortit sur le perron, puis s'engouffra dans sa Jeep, sous le regard bienveillant de son amie et de son fidèle compagnon.

———

Une frénésie inhabituelle, digne d'une ruche au printemps, animait le commissariat lorsque Coop traversa le long couloir qui menait à l'aile de Ben et de sa brigade. Le département tout entier était occupé par une multitude d'employés provenant d'agences aux acronymes en tout genre. Ben semblait absorbé par une conversation sérieuse dans son bureau, entouré de plusieurs hommes en costume. Coop se glissa sur une chaise vacante à côté de Kate et Jimmy, non sans une pensée pour son accoutrement décontracté : un jean et un t-shirt rouge criard floqué d'une phrase tape-à-l'œil.

— Au moins, les services de renseignement savent être généreux, chuchota Jimmy en lui glissant une boîte de donuts multicolores.

Coop déclina l'offre alléchante d'un geste de la main, rassasié par son petit-déjeuner et bien trop tendu pour avaler quoi que ce soit. Quelque temps après, Ben pénétra dans la pièce entre deux hommes sombres et leur présenta l'agent spécial Mark Walton du FBI et le procureur Trevor McDonald du département de la Justice.

— Le plan opérationnel est en train de s'organiser, annonça Ben. Je vais passer en revue les points principaux. Il s'agit d'une opération conjointe à trois volets, avec des équipes affectées à chaque cible. Pour commencer, on va mettre en œuvre des mandats de perquisition synchronisés dans un certain nombre de bureaux et de domiciles liés à nos suspects. Ensuite, on exécutera également des mandats d'arrêt simultanément sur nos trois cibles, à savoir Baker, Wagner et Palmer. La brigade de Nashville prendra la tête de l'opération Baker, tandis que le FBI sera en charge de celles de Wagner et de Palmer. Chaque brigade comporte des agents issus des trois agences.

Ben feuilleta les pages de son brief et demanda aux chefs d'équipe d'examiner la stratégie pour chaque lieu. Plusieurs fourgons blindés étaient prêts pour collecter les preuves électroniques et papiers suite aux mandats de perquisition.

— Personne ne parle aux médias. Une fois l'opération achevée, une conférence de presse et des déclarations de chaque agence seront tenues officiellement. Seul le département de la Justice est en charge des relations avec la presse.

Après quelques questions-réponses, Ben congédia le groupe. Chaque chef d'équipe se chargea de réunir sa troupe et d'organiser le départ des véhicules. Avant de partir, Ben lança une veste ornée du sigle de la police de Nashville à Coop, puis toute l'équipe se rendit au cabinet Whitehead, Baker et McCord.

À la grande surprise de la jeune réceptionniste, un agent lui retira son casque lorsqu'ils arrivèrent sur place et la détint dans son bureau, tandis que plusieurs officiers armés continuaient à fouler le couloir, munis de mandats. Un à un, ils se dispersèrent dans l'ensemble des salles des bureaux, dont le centre de données. Quand Ben et Coop, ainsi qu'une demi-douzaine d'autres agents, débarquèrent devant l'écriteau doré annonçant le bureau de Craig Baker, ils ne prirent pas la peine de frapper et défoncèrent la porte d'un coup de pied.

— M. Craig Baker, clama Ben, vous êtes en état d'arrestation pour le meurtre de Grayson Taylor, de Sally Cartwright et de Richard Bradley, et tentative de meurtre sur Meredith Stevens. D'autres accusations vous seront prononcées par le Département de la Justice.

Installé dans un des fauteuils pivotants rouge carmin, le lobbyiste se retourna vivement, le visage dénué de son arrogance habituelle. Pour une fois, Craig avait perdu sa fierté légendaire et semblait foncièrement apeuré.

— Vous faites une erreur monumentale, inspecteur Mason, cracha-t-il en se levant précipitamment. Je ne dirai rien sans mon avocat.

— Choisissez-en un bon, rétorqua Ben en lui passant les menottes.

L'inspecteur lui lut ses droits tout en l'escortant sous le regard médusé des avocats et des membres du personnel, tapis dans leurs bureaux ou le long du couloir, dont quelques-uns en pleurs. Abasourdis par l'efficacité des forces de l'ordre qui avaient inondé leur lieu de travail en quelques secondes seulement, ils les regardaient, impuissants, emporter tour à tour des dizaines de boîtes et d'ordinateurs dans l'ascenseur.

Au même moment, à quelques kilomètres de là, le bureau législatif et le domicile de Grant Wagner subissaient le même triste sort. Malgré la futilité de la demande, le sénateur intima à sa femme de contacter Craig. En vain.

Enfin, également placé en garde à vue, Harold Palmer se trouvait à son domicile lorsque les bureaux de sa société furent entièrement vidés de leurs dossiers, données et équipements électroniques, et ses actifs gelés. Tout aussi désespéré, il demanda également à sa femme d'appeler Baker.

Lorsqu'elle reçut les appels paniqués des deux épouses, l'assistante de Craig s'efforça de garder un ton professionnel et, malgré ses mains tremblantes, prit note de leurs messages. Bien qu'elle avait l'habitude de mentir sur l'endroit où se trouvait son responsable, la jeune femme sembla déconcertée à la vue de ce dernier menotté, marchant tête baissée dans le couloir. Elle savait que la situation dépassait tout entendement, mais promit de les recontacter sans délai.

Dès qu'elle eut repris ses esprits, elle actualisa son curriculum vitae à la va-vite avant de l'envoyer à plusieurs cabinets concurrents, avec l'infime espoir de s'en sortir avant que tout n'implose.

———

Seul face à Craig Baker, Ben eut la mauvaise surprise d'affronter un adversaire habile, à l'opposé de son homme de main. Contrairement à Leonard, le lobbyiste refusa de lâcher quoi que ce soit tant qu'il n'aurait pas parlé à son avocat. Le Département de la Justice se trouvait dans la même impasse avec le sénateur Wagner et Harold Palmer, qui exigèrent tous les deux que Craig Baker soit appelé, avant de finalement être informés qu'il se trouvait lui aussi en détention.

Alors que les trois hommes étaient toujours gardés en salles d'interrogatoire, chacun prêt à jeter l'autre en pâture pour sauver sa peau, le Département annonça vouloir tenir une conférence de presse.

Après une déclaration sur le mandat d'arrêt fédéral

retenu contre le sénateur Wagner et Harold Palmer, le procureur lista une série d'accusations dont ils faisaient l'objet avec, entre autres, conspiration, fraude électronique, fraude postale et extorsion. Il décrivit ensuite les pots-de-vin et la corruption mis en place par Wagner, qui s'était servi de son statut pour accorder des faveurs à des entreprises en lien avec l'État du Tennessee, puis lut un extrait de la doléance :

— En vérité et de fait, Grant Wagner a perçu plusieurs millions de dollars de revenus extérieurs comme résultat direct de sa position officielle, dans le but d'obtenir des versements sous forme de pots-de-vin et de corruption. Y compris de la part de clients ayant des affaires substantielles devant l'État, et non comme fruits de revenus extérieurs légitimes qu'il aurait perçus dans ses qualités d'avocat privé.

Devant la foule de journalistes déchaînés, le procureur poursuivit avec Craig Baker et le condamna pour sa part de responsabilité dans les pots-de-vin et fonds extorqués par le cabinet Whitehead, Baker et McCord pour le compte du sénateur Wagner. Il mit également au clair son poste de « conseiller », un rôle purement fictif inventé dans le seul but de blanchir de l'argent.

Lorsqu'il annonça que la police de Nashville l'avait arrêté pour le meurtre de Grayson Taylor, celui de deux autres personnes et la tentative d'assassinat de Meredith Stevens, les flashs redoublèrent d'intensité et les questions fusèrent de toutes parts. D'une main, le procureur se protégea de la lumière éblouissante et en profita pour faire taire le groupe.

Lorsqu'il révéla la nature du lien entre Harold Palmer et Grayson Taylor, la salle entière réprima un cri de surprise, puis des éclats de voix se firent entendre. Malgré le vacarme, le procureur poursuivit sa déclaration. Il détailla la conjuration par laquelle M. Palmer avait reçu des avantages substantiels de la part d'entités gouvernementales, arrangés par le sénateur Wagner grâce à son poste haut placé dans la législature. Il indiqua qu'il était également responsable du meurtre de deux employés qui travaillaient pour des filiales de sa société mère en demandant à l'un de ses propres agents de sécurité de commettre les accidents.

— Pour le moment, je ne répondrai à aucune question. Je vous en dirai plus dès que nous aurons de nouvelles informations. Je tiens à remercier l'inspecteur en chef Ben Mason et le service de police de Nashville pour leur travail exceptionnel sur ces affaires, ainsi que le FBI et Département de la Justice. Grâce à eux, un message fort a été transmis à toutes les personnes impliquées de près ou de loin dans la corruption, en particulier celles qui gèrent l'argent des contribuables et qui sont élues au service public.

Après plusieurs photos officielles, les membres du comité quittèrent la scène, laissant les journalistes en attente. Ben retrouva alors Coop dans le couloir et lui fit signe de venir vers lui.

— J'ai demandé à Kate de contacter Emily Taylor dès leurs arrestations pour lui annoncer la nouvelle. Apparemment, elle se trouvait dans le Kentucky. Son père est décédé la semaine dernière. Je savais qu'elle l'entendrait aux infos ce soir et qu'elle aurait peut-être déjà reçu un appel de sa sœur, mais je tenais à donner à Kate la satisfaction de le lui dire en personne. Du coup, elle et Jimmy sont allés sur place. Emily s'est montrée, comme à son habitude, d'une arrogance affligeante, jusqu'à ce qu'ils lui donnent plus de détails, dont les trois arrestations, y compris celle de son beau-frère. Kate m'a dit qu'elle était devenue pâle comme un linge et qu'elle s'était effondrée par terre. Jimmy l'a aidée à se relever, puis ils l'ont laissée dans un état catatonique après avoir demandé à sa mère de s'occuper d'elle. Ses parents étaient visiblement très inquiets de ce que les gens pourraient penser en apprenant la nouvelle, s'amusa Ben, l'air faussement compatissant.

— C'est vraiment dommage que Gray n'ait pas épousé Abby après le lycée et fait sa vie avec elle et Taylor. Ils auraient été très heureux tous les trois, regretta Coop avec amertume.

— D'ailleurs, Kate n'a pas manqué de préciser à Emily que tu avais largement contribué à l'arrestation de l'assassin de Gray et que tu n'avais jamais cessé de travailler sur cette affaire, même après la fin du contrat, ajouta Ben. Emily n'a pas dit un mot, mais elle avait l'air sidérée.

— Je ne l'ai clairement pas fait pour elle. Mais pour Taylor... et pour Gray.

Les agents encore présents saluèrent Ben d'une poigne de main, puis Coop en fit autant et s'éclipsa pour appeler Taylor qui finissait les cours plus tôt que prévu. Il lui annonça qu'il avait des nouvelles quant à l'affaire et lui demanda s'il pouvait le retrouver chez ses grands-parents.

Quelques minutes plus tard, l'adolescent le rappela et, après avoir échangé avec sa mère et ses grands-parents, l'invita dans leur nouvelle maison à quinze heures. Avant de s'y rendre, Coop décida de passer chez lui récupérer Annabelle, afin qu'elle puisse, elle aussi, participer à la clôture de l'affaire.

Impatiente de sortir, Annabelle le rejoignit dans la Jeep, Gus sur ses talons, ravi de lui céder pour une fois son siège préféré. Après quelques kilomètres, ils se stationnèrent devant la maison d'Abby, et avant même que le détective n'ait coupé son moteur, Taylor les attendait déjà sur le perron. Une fois tous réunis dans le salon, Gus compris, Coop mit fin au plaisir de ces retrouvailles à contrecœur et leur divulgua les sombres dessous du meurtre de Grayson. Préférant jouer la transparence, il leur narra la filature de

Craig Baker et de Meredith Stevens et l'explication derrière deux accidents mortels liés au meurtre de Gray et à l'agression d'Annabelle. Des larmes et une expression d'épouvante se répandirent alors sur leurs visages. La mine déconfite, le détective continua et les informa que la conférence de presse serait prochainement retransmise aux informations, et que l'affaire était déjà diffusée sur les médias sociaux et les sites d'actualités.

— Donc, la boucle d'oreille a joué un rôle déterminant ? s'enquit Taylor, les larmes aux yeux.

— Oui, c'était le point de bascule, acquiesça Coop. Mais c'est la sortie de route de Meredith Stevens qui l'a poussée à tout avouer. Une fois qu'on en a eu connaissance, tout s'est mis en place.

— Je suis désolé de ne pas avoir dit la vérité la première fois, gémit Taylor, la tête entre ses mains. Heureusement, l'inspecteur Mason a accepté ma punition, et Sarah s'est montrée compréhensive et m'a donné une seconde chance à Silverwood. Je ne referai plus jamais cette erreur.

— Annabelle, nous sommes navrés que vous ayez été blessée à cause de cette histoire, se désola Lila Rose en lui serrant la main.

— Tout va bien. Il y a toujours des risques à travailler avec ce type, plaisanta la jeune femme en donnant un coup de coude à Coop.

— Je sais combien la mort de Gray est insensée et fortuite, tout ça parce qu'il a eu le malheur de surprendre une discussion. À présent que vous connaissez toute l'histoire, j'espère que vous parviendrez à aller de l'avant, déclara Coop avec sincérité. Ce fut un honneur de vous rencontrer, même si j'aurais préféré que ce le soit dans d'autres circonstances.

Alors qu'ils se remettaient de leurs émotions, Lila Rose et

Abby partirent préparer un plateau réconfortant avec du thé et des biscuits. Coop orienta la conversation vers les projets d'étude de Taylor. Bien que ravi d'en discuter, le jeune homme afficha un air préoccupé lorsqu'il évoqua la longue attente d'une réponse suite à sa demande d'admission. Assurés de son adhésion, Coop et Annabelle exigèrent de faire partie des premiers au courant dès réception de la bonne nouvelle.

À leur départ, la petite famille les remercia chaleureusement avec une accolade et leur promit de rester en contact. À l'instant où Coop s'apprêta à franchir la porte, Chase lui glissa discrètement dans la main un papier plié en deux, geste furtif que seule Annabelle aperçut. Sous le regard interrogateur de son amie, il haussa légèrement d'épaules sans comprendre non plus. Dans un dernier au revoir, Abby leur proposa de venir dîner chez elle le week-end suivant, puis Taylor les raccompagna jusqu'à la Jeep et offrit à Gus une énorme caresse pleine d'affection. Ils virent le jeune garçon leur adresser de grands signes de la main jusqu'à ce qu'ils bifurquent au coin de la rue.

— Qu'est-ce que c'était, ce papier que Chase t'a donné ? demanda Annabelle une fois sur la route.

— Oh, j'allais oublier.

Une main sur le volant, il extirpa de l'autre le morceau de papier et le déplia. Leurs regards s'agrandirent de surprise lorsqu'ils découvrirent un chèque d'une somme colossale accompagné du mot « Merci » rédigé sur l'encart mémo.

— Purée ! s'exclama Annabelle.

— Prime pour tout le monde, de la part de Chase et Lila Rose Taylor, renchérit Coop, tout aussi perplexe.

— Je suis tellement heureuse de savoir que Taylor fait désormais partie de leur vie, dit-elle, une larme coulant le long de sa joue.

Il s'approcha d'elle et lui serra affectueusement le genou.

— Et si on s'arrêtait manger une glace sur le chemin ? proposa Coop en haussant les sourcils.

— On n'aura plus faim pour le « souper », répondit Annabelle en souriant.

— On ne dira rien à tante Camille.

L'esprit plus léger, il éclata d'un rire sonore et s'engouffra sur le parking de Steve's Ice Cream, son marchand de glace préféré.

Récompensés chacun d'un cône au chocolat, que même Gus eut le droit de goûter, Coop et Annabelle s'installèrent sur un banc sur la terrasse de la boutique. Ils savourèrent ensemble cette fin de journée parfaite au rythme d'une ballade de Beau Branson diffusée à la radio.

ÉPILOGUE

Mélodie mortelle est le premier livre de la série de romans policiers Cooper Harrington. Vous découvrirez dans chaque livre une nouvelle affaire avec les personnages que vous avez appris à connaître. Il n'est pas nécessaire de lire les livres dans l'ordre, mais il sera plus appréciable puisque vous en apprendrez davantage sur l'histoire du détective au fil de la série. Découvrez ci-dessous d'autres polars qui vous tiendront tout autant en haleine. Si vous êtes un nouveau lecteur de cette série, ne manquez pas les autres romans mettant en scène Coop.

Si vous avez omis d'en lire certains, voici les liens vers l'ensemble de la série :
Killer Music (version anglaise de *Mélodie mortelle*)
Deadly Connection (version anglaise, de *Lien fatal*)
Dead Wrong (version anglaise)
Cold Killer (version anglaise)

REMERCIEMENTS

Écrire *Mélodie mortelle* fut à la fois un véritable défi et une belle récompense. C'est suite à un voyage à Nashville que m'est venue l'inspiration de ce livre. J'ai adoré la région, en particulier l'histoire et la beauté des anciennes plantations et des jardins, décor que je tenais à intégrer dans une nouvelle histoire.

Ancienne membre du corps législatif d'un autre État, j'ai utilisé mes connaissances et mon expérience, ainsi que mon attrait pour les grandes villes, pour écrire ce roman. Ainsi, j'ai passé beaucoup de temps au Legislative Plaza et au Tennessee Capitol Building, où j'ai contacté d'anciens collègues pour des questions techniques liées aux bâtiments. Je remercie tous ces employés qui travaillent dur, toujours prêts à partager leur expertise et leurs connaissances. Les libertés prises concernant tout le processus et les entités sont entièrement personnelles.

Le meilleur aspect de l'écriture est de pouvoir librement inventer des personnages et des situations. J'aime utiliser mes connaissances, ici dans le cadre du processus législatif, comme toile de fond d'une histoire sombre et fictive remplie de personnages, certains agréables, d'autres détestables. Bien que ce livre s'éloigne de mes trois autres romans de la série Hometown Harbor, qui s'inscrivent dans le genre de la fiction féminine, j'ai pris beaucoup de plaisir à l'écrire et compte bien poursuivre les enquêtes de Cooper Harrington.

Comme toujours, je remercie du fond du cœur mes premiers lecteurs, particulièrement assidus lorsqu'il s'agit de lire mes manuscrits. Theresa, Ruth et Dana se montrent toujours prêtes à lire mes ébauches et à me donner des idées et de précieux commentaires. Je me suis aussi appuyée sur l'expertise de mon père et sur plus de trois décennies dans le domaine de l'application de la loi pour de nombreux détails techniques de cet ouvrage.

Mon éditrice, Mary Metcalfe, est une professionnelle accomplie et une personne fabuleuse. J'apprends toujours à ses côtés et apprécie grandement sa diligence. Elizabeth Mackey est une artiste très talentueuse, qui a toujours réalisé de sublimes couvertures pour cette série.

Je suis également reconnaissante du soutien et des encouragements de mes amis et de ma famille, qui me permettent de poursuivre mon rêve d'écriture. J'apprécie le temps que consacrent tous les lecteurs pour me laisser leur avis sur Amazon ou Goodreads. Ces retours sont particulièrement importants pour la promotion de mes futurs livres, alors si vous appréciez mes romans, n'hésitez pas à me laisser un avis positif.

Ne manquez pas de suivre mon actualité et de rester en contact via mon site www.tammylgrace.com ou sur mon compte Facebook. Je serais ravie que vous me fassiez part de vos commentaires.

NOTE DE L'AUTEURE

Merci d'avoir lu le premier livre de la série Détective Cooper Harrington. Ces livres policiers sont écrits pour être lus indépendamment les uns des autres, mais je vous recommande vivement de les lire dans l'ordre. Vous en apprendrez ainsi davantage sur les personnages récurrents. Si ce roman vous a plu et que vous êtes un(e) amateur(trice) de romans féminins, découvrez les séries HOMETOWN HARBOR et GLASS BEACH COTTAGE.

Les deux livres que j'ai écrits sous la plume de Casey Wilson, A DOG'S HOPE et A DOG'S CHANCE, ont tous deux reçu un soutien enthousiaste de la part de mes lecteurs. Si vous appréciez nos amis les chiens, ces romans sont incontournables.

Si vous aimez les histoires féériques, découvrez CHRISTMAS IN SILVER FALLS et HOMETOWN CHRISTMAS. Ce sont des contes de Noël où se mêlent espoir, amitié et famille. Je suis également l'une des auteures de la série best-seller SOUL SISTERS AT CEDAR MOUNTAIN LODGE, relatant l'histoire d'une femme qui ouvre son cœur et son foyer à quatre jeunes filles orphelines un jour de Noël.

Enfin, je suis également l'une des fondatrices de My Book Friends et vous invite à rejoindre ce groupe Facebook réunissant lecteurs et auteurs. En guise de remerciement pour avoir rejoint mon groupe exclusif de lecteurs, je serais ravie de vous envoyer mon interview exclusive des compagnons canins de ma série Hometown Harbor. Vous pouvez vous inscrire en suivant ce lien : https://wp.me/P9umIy-e.

J'espère vous lire sur les réseaux sociaux. Vous pouvez me trouver sur Facebook, où j'ai une page et un groupe spécial pour mes lecteurs, et suivre mes parutions et mes offres sur les sites de vente de livres en ligne et BookBub. N'oubliez pas de télécharger la novella gratuite, HOMETOWN HARBOR : THE BEGINNING. Il s'agit d'un prologue à FINDING HOME qui vous plaira à coup sûr.

Si vous avez apprécié ce livre ou l'un de mes autres ouvrages, je vous serais reconnaissante de prendre quelques minutes pour laisser un petit commentaire sur Amazon, BookBub, Goodreads ou tout autre site que vous utilisez.

PLUS DE LIVRES DE TAMMY L. GRACE

DÉTECTIVE COOPER HARRINGTON (version française)

Killer Music (Mélodie mortelle)

Deadly Connection (Lien fatal)

SÉRIE HOMETOWN HARBOR

Hometown Harbor: The Beginning (Prequel Novella)

Finding Home

Home Blooms

A Promise of Home

Pieces of Home

Finally Home

Forever Home

ROMANCES DE NOËL

A Season for Hope: Christmas in Silver Falls Book 1

The Magic of the Season: Christmas in Silver Falls Book 2

Christmas in Snow Valley: A Hometown Christmas Novella

One Unforgettable Christmas: A Hometown Christmas Novella

Christmas Sisters: Soul Sisters at Cedar Mountain Lodge

Christmas Wishes: Soul Sisters at Cedar Mountain Lodge

SÉRIE GLASS BEACH COTTAGE

Beach Haven

Moonlight Beach

Beach Dreams

SÉRIE DÉTECTIVE COOPER HARRINGTON

Killer Music

Deadly Connection

Dead Wrong

Cold Killer

SÉRIE THE WISHING TREE

The Wishing Tree

Wish Again

Overdue Wishes

SOUS LA PLUME DE CASEY WILSON

A Dog's Hope

A Dog's Chance

Tammy aime communiquer avec ses lecteurs sur les réseaux sociaux et espère vous retrouver sur votre plateforme préférée.

N'oubliez pas de vous inscrire sur sa liste de diffusion pour recevoir une interview exclusive avec les chiens de ses livres, réservée exclusivement aux lecteurs inscrits sur sa liste de diffusion. Suivez ce lien pour vous inscrire : https://wp.me/P9umIy-e.

À PROPOS DE L'AUTEURE

Tammy L. Grace est une auteure à succès de *USA Today*, lauréate de nombreux prix. Parmi ses livres figurent les romans policiers Cooper Harrington, la série à succès Hometown Harbor et la série Glass Beach Cottage, ainsi que plusieurs novellas de Noël. Tammy écrit également sous le nom de plume Casey Wilson pour Bookouture et Grand Central Publishing. Vous trouverez Tammy en ligne sur www.tammylgrace.com où vous pouvez rejoindre sa liste de diffusion et faire partie de son groupe exclusif de lecteurs. N'hésitez pas à contacter Tammy sur Facebook : www.facebook.com/tammylgrace.books ou sur Instagram : @authortammylgrace.

www.ingramcontent.com/pod-product-compliance
Lightning Source LLC
Chambersburg PA
CBHW031314210726
48287CB00005B/1543